EL PERFUME

Historia de un asesino

PATRICK SÜSKIND

EL PERFUME
Historia de un asesino

Traducción del alemán por
PILAR GIRALT GORINA

Seix Barral ⚓ Biblioteca Breve

COLECCIÓN: BIBLIOTECA BREVE

Título original: Das Parfum. Die Geschichte Eines
Mörders
Traducción: Pilar Giralt Gorina

Cubierta: fragmento del cuadro de Watteau "Ninfa y
sátiro", llamado también "Júpiter y Antiope"

© 1985, Diogenes Verlag AG, Zürich

Derechos exclusivos de edición en castellano reservados
para todo el mundo y propiedad de la traducción:
© 1985, Editorial Seix Barral, S.A. — Barcelona (España)

Reimpresión exclusiva para México de
Editorial Planeta Mexicana, S.A. de C.V.
Grupo Editorial Planeta de México
Avenida Insurgentes Sur núm. 1162
Col. Del Valle
Deleg. Benito Juárez, 03100
México, D.F.

ISBN: 968-6005-17-X

Vigesimonovena reimpresión (México): diciembre de 1996

Impreso en México — *Printed in Mexico*

Ninguna parte de esta publicación, incluido el diseño de la
cubierta, puede ser reproducida, almacenada o transmitida
en manera alguna ni por ningún medio, ya sea eléctrico,
químico, mecánico, óptico, de grabación o de fotocopia,
sin permiso previo del editor.

Impreso en los talleres de
Impresos y Acabados Marbeth, S.A.
Privada de Álamo, núm. 35
Colonia Arenal
México, D.F.

PRIMERA PARTE

1

En el siglo XVIII vivió en Francia uno de los hombres más geniales y abominables de una época en que no escasearon los hombres abominables y geniales. Aquí relataremos su historia. Se llamaba Jean-Baptiste Grenouille y si su nombre, a diferencia del de otros monstruos geniales como De Sade, Saint-Just, Fouché, Napoleón, etcétera, ha caído en el olvido, no se debe en modo alguno a que Grenouille fuera a la zaga de estos hombres célebres y tenebrosos en altanería, desprecio por sus semejantes, inmoralidad, en una palabra, impiedad, sino a que su genio y su única ambición se limitaban a un terreno que no deja huellas en la historia: al efímero mundo de los olores.

En la época que nos ocupa reinaba en las ciudades un hedor apenas concebible para el hombre moderno. Las calles apestaban a estiércol, los patios interiores apestaban a orina, los huecos de las escaleras apestaban a madera podrida y excrementos de rata, las cocinas, a col podrida y grasa de carnero; los aposentos sin ventilación apestaban a polvo enmohecido; los dormitorios, a sábanas grasientas, a edredones húmedos y al penetrante olor dulzón de los orinales. Las chimeneas apestaban a azufre, las curtidurías, a lejías cáusticas, los mataderos, a sangre coagulada. Hombres y mujeres apestaban a sudor y a ropa sucia; en sus bocas apestaban los dientes infectados, los alientos olían a cebolla y los cuerpos, cuando ya no eran jóvenes, a queso rancio, a leche agria y a tumores malignos. Apestaban los ríos, apestaban las plazas, apestaban las iglesias y el hedor se respiraba por igual bajo los puentes y en los palacios. El campesino apestaba como el clérigo, el oficial de artesano, como la esposa del maestro; apestaba la nobleza entera y, sí, incluso el rey apestaba como un animal carnicero y la reina como una cabra vieja, tanto en verano como en invierno, porque en el siglo XVIII aún no se había atajado la actividad corrosiva de las bacterias y por consiguiente no había ninguna acción humana, ni creadora ni destructora, ninguna manifestación de vida incipiente o en decadencia que no fuera acompañada de algún hedor.

Y, como es natural, el hedor alcanzaba sus máximas proporciones en París, porque París era la mayor ciudad de Francia. Y dentro de París había un lugar donde el hedor se convertía en infernal, entre la Rue aux Fers y la Rue de la Ferronnerie, o sea, el Cimetière des Innocents. Durante ochocientos años se había llevado allí a los muertos del hospital Hôtel-Dieu y de las parroquias vecinas, durante ochocientos años, carretas con docenas de cadáveres habían vaciado su carga día tras día en largas fosas y durante ochocientos años se habían ido acumulando los huesos en osarios y sepulturas. Hasta que llegó un día, en vísperas de la Revolución Francesa, cuando algunas fosas rebosantes de cadáveres se hundieron y el olor pútrido del atestado cementerio incitó a los habitantes no sólo a protestar, sino a organizar verdaderos tumultos, en que fue por fin cerrado y abandonado después de amontonar los millones de esqueletos y calaveras en las catacumbas de Montmartre. Una vez hecho esto, en el lugar del antiguo cementerio se erigió un mercado de víveres.

Fue aquí, en el lugar más maloliente de todo el reino, donde nació el 17 de julio de 1738 Jean-Baptiste Grenouille. Era uno de los días más calurosos del año. El calor se abatía como plomo derretido sobre el cementerio y se extendía hacia las calles adyacentes como un vaho putrefacto que olía a una mezcla de melones podridos y cuerno quemado. Cuando se iniciaron los dolores del parto, la madre de Grenouille se encontraba en un puesto de pescado de la Rue aux Fers escamando albures que había destripado previamente. Los pescados, seguramente sacados del Sena aquella misma mañana, apestaban ya hasta el punto de superar el hedor de los cadáveres. Sin embargo, la madre de Grenouille no percibía el olor a pescado podrido o a cadáver porque su sentido del olfato estaba totalmente embotado y además le dolía todo el cuerpo y el dolor disminuía su sensibilidad a cualquier percepción sensorial externa. Sólo quería que los dolores cesaran, acabar lo más rápidamente posible con el repugnante parto. Era el quinto. Todos los había tenido en el puesto de pescado y las cinco criaturas habían nacido muertas o medio muertas, porque su carne sanguinolenta se distinguía apenas de las tripas de pescado que cubrían el suelo y no sobrevivían mucho rato entre ellas y por la noche todo era recogido con una pala y llevado en carreta al cementerio o al río. Lo mismo ocurriría hoy y la madre de Grenouille, que aún era una mujer joven, de unos veinticinco años, muy bonita y que todavía conservaba casi todos los dientes y algo de cabello en la cabeza y, aparte de la gota y la sífilis y una tisis incipiente, no padecía ninguna enfermedad grave, que aún esperaba vivir mucho tiempo, quizá cinco o diez años más y tal vez incluso casarse y tener hijos de verdad como la esposa respetable de un artesano viudo, por ejemplo... la madre de Grenouille deseaba que todo pasara cuanto antes. Y cuando empezaron los dolores de parto, se acurrucó bajo el mostrador y parió allí, como hiciera ya cinco veces, y cortó con el cuchillo el cordón umbilical del recién nacido. En aquel momento, sin embargo, a causa del calor y el hedor, que ella no percibía como tales, sino como algo insoportable y enervante —como un campo de lirios o un reducido aposento demasiado lleno de narcisos—, cayó desvanecida debajo de la mesa y fue rodando hasta el centro del arroyo, donde quedó inmóvil, con el cuchillo en la mano.

Gritos, corridas, la multitud se agolpa a su alrededor, avisan a la policía. La mujer sigue en el suelo con el cuchillo en la mano; poco a poco, recobra el conocimiento.

¿Qué le ha sucedido?

—Nada.

¿Qué hace con el cuchillo?

—Nada.

¿De dónde procede la sangre de sus refajos?

—De los pescados.

Se levanta, tira el cuchillo y se aleja para lavarse. Entonces, de modo inesperado, la criatura que yace bajo la mesa empieza a gritar. Todos se vuelven, descubren al recién nacido entre un enjambre de moscas, tripas y cabezas de pescado y lo levantan. Las autoridades lo entregan a una nodriza de oficio y apresan a la madre. Y como ésta confiesa sin ambages que lo habría dejado morir, como por otra parte ya hiciera con otros cuatro, la procesan, la condenan por infanticidio múltiple y dos semanas más tarde la decapitan en la Place de Grève.

En aquellos momentos el niño ya había cambiado tres veces de nodriza. Ninguna quería conservarlo más de dos días. Según decían, era demasiado voraz, mamaba por dos, robando así la leche a otros lactantes y el sustento a las nodrizas, ya que alimentar a un lactante único no era rentable. El oficial de policía competente, un tal La Fosse, se cansó pronto del asunto y decidió enviar al niño a la central de expósitos y huérfanos de la lejana Rue Saint-Antoine, desde donde el transporte era efectuado por mozos mediante canastas de rafia en las que por motivos racionales hacinaban hasta cuatro lactantes, y como la tasa de mortalidad en el camino era extraordinariamente elevada, por lo que se ordenó a los mozos que sólo se llevaran a los lactantes bautizados y entre éstos, únicamente a aquéllos provistos del correspondiente permiso de transporte, que debía estampillarse en Ruán, y como el niño Grenouille no estaba bautizado ni poseía tampoco un nombre que pudiera escribirse en la autorización, y como, por añadidura, no era competencia de la policía poner en las puertas de la inclusa a una criatura anónima sin el cumplimiento de las debidas formalidades... por una serie de dificultades de índole burocrático y administrativo que parecían concurrir en el caso de aquel niño determinado y porque, por otra parte, el tiempo apremiaba, el oficial de policía La Fosse se retractó de su decisión inicial y ordenó entregar al niño a una institución religiosa, previa exigencia de un recibo, para que allí lo bautizaran y decidieran sobre su destino ulterior. Se deshicieron de él en el convento de Saint-Merri de la Rue Saint-Martin, donde recibió en el bautismo el nombre de Jean-Baptiste. Y como el prior estaba aquellos días de muy buen humor y sus fondos para beneficencia aún no se habían agotado, en vez de enviar al niño a Ruán, decidió criarlo a expensas del convento y con este fin lo hizo entregar a una nodriza llamada Jeanne Bussie, que vivía en la Rue Saint-Denis y a la cual se acordó pagar tres francos semanales por sus cuidados.

2

Varias semanas después la nodriza Jeanne Bussie se presentó ante la puerta del convento de Saint-Merri con una cesta en la mano y dijo al padre Terrier, un monje calvo de unos cincuenta años, que olía ligeramente a vinagre: «¡Ahí lo tiene!» y depositó la cesta en el umbral.

—¿Qué es esto? —preguntó Terrier, inclinándose sobre la cesta y olfateando, pues presentía algo comestible.

—¡El bastardo de la infanticida de la Rue aux Fers!

El padre metió un dedo en la cesta y descubrió el rostro del niño dormido.

—Tiene buen aspecto. Sonrosado y bien nutrido.

—Porque se ha atiborrado de mi leche, porque me ha chupado hasta los huesos. Pero esto se acabó. Ahora ya podéis alimentarlo vosotros con leche de cabra, con papilla y con zumo de remolacha. Lo devora todo, el bastardo.

El padre Terrier era un hombre comodón. Tenía a su cargo la administración de los fondos destinados a beneficencia, la repartición del dinero entre los pobres y necesitados, y esperaba que se le dieran las gracias por ello y no se le importunara con nada más. Los detalles técnicos le disgustaban mucho porque siempre significaban dificultades y las dificultades significaban una perturbación de su tranquilidad de ánimo que no estaba dispuesto a permitir. Se arrepintió de haber abierto el portal y deseó que aquella persona cogiera la cesta, se marchara a su casa y le dejara en paz con sus problemas acerca del lactante. Se enderezó con lentitud y al respirar olió el aroma de leche y queso de oveja que emanaba de la nodriza. Era un aroma agradable.

—No comprendo qué quieres. En verdad, no comprendo a dónde quieres ir a parar. Sólo sé que a este niño no le perjudicaría en absoluto que le dieras el pecho todavía un buen tiempo.

—A él, no —replicó la nodriza—, sólo a mí. He adelgazado casi cinco kilos, a pesar de que he comido para tres. ¿Y por cuánto? ¡Por tres francos semanales!

—Ah, ya lo entiendo —dijo Terrier, casi con alivio—, ahora lo veo claro. Se trata otra vez de dinero.

—¡No! —exclamó la nodriza.

—¡Claro que sí! Siempre se trata de dinero. Cuando alguien llama a esta puerta, se trata de dinero. Me gustaría abrirla una sola vez a una persona que viniera por otro motivo. Para traernos un pequeño obsequio, por ejemplo, un poco de fruta o un par de nueces. En otoño hay muchas cosas que nos podrían traer. Flores, quizá. O solamente que alguien viniera a decir en tono amistoso: «Dios sea con vos, padre Terrier, ¡os deseo muy buenos días!» Pero esto no me ocurrirá nunca. Cuando no es un mendigo, es un vendedor, y cuando no es un vendedor, es un artesano, y quien no quiere limosna, presenta una cuenta. Ya no puedo salir a la calle. Cada vez que salgo, ¡no doy ni tres pasos sin verme rodeado de individuos que me piden dinero!

—Yo, no —insistió la nodriza.

—Pero te diré una cosa: no eres la única nodriza de la diócesis. Hay centenares de amas de cría de primera clase que competirán entre sí por dar el pecho o criar con papillas, zumos u otros alimentos a este niño encantador por tres francos a la semana...

—¡Entonces, dádselo a una de ellas!

—...Pero, por otra parte, tanto cambio no es bueno para un niño. Quién sabe si otra leche le sentaría tan bien como la tuya. Ten en cuenta que está acostumbrado al aroma de tu pecho y al latido de tu corazón.

Y aspiró de nuevo profundamente la cálida fragancia emanada por la nodriza, añadiendo, cuando se dio cuenta de que sus palabras no habían causado ninguna impresión:

—¡Llévate al niño a tu casa! Hablaré del asunto con el prior y le propondré que en lo sucesivo te dé cuatro francos semanales.

14

—No —rechazó la nodriza.

—Está bien. ¡Cinco!

—No.

—¿Cuánto pides, entonces? —gritó Terrier—. ¡Cinco francos son un montón de dinero por el insignificante trabajo de alimentar a un niño pequeño!

—No pido dinero —respondió la nodriza—; sólo quiero sacar de mi casa a este bastardo.

—Pero ¿por qué, buena mujer? —preguntó Terrier, volviendo a meter el dedo en la cesta—. Es un niño precioso, tiene buen color, no grita, duerme bien y está bautizado.

—Está poseído por el demonio.

Terrier sacó la mano de la cesta a toda prisa.

—¡Imposible! Es absolutamente imposible que un niño de pecho esté poseído por el demonio. Un niño de pecho no es un ser humano, sólo un proyecto y aún no tiene el alma formada del todo. Por consiguiente, carece de interés para el demonio. ¿Acaso habla ya? ¿Tiene convulsiones? ¿Mueve las cosas de la habitación? ¿Despide mal olor?

—No huele a nada en absoluto —contestó la nodriza.

—¿Lo ves? Esto es una señal inequívoca. Si estuviera poseído por el demonio, apestaría.

Y con objeto de tranquilizar a la nodriza y poner a prueba el propio valor, Terrier levantó la cesta y la sostuvo bajo su nariz.

—No huelo a nada extraño —dijo, después de olfatear un momento—, a nada fuera de lo común. Sólo el pañal parece despedir algo de olor. —Y acercó la cesta a la nariz de la mujer para que confirmara su impresión.

—No me refiero a eso —dijo la nodriza en tono desabrido, apartando la cesta—. No me refiero al contenido del pañal. Sus excrementos huelen. Es él, el propio bastardo, el que no huele a nada.

—Porque está sano —gritó Terrier—, porque está sano, ¡por esto no huele! Es de sobras conocido que sólo huelen los niños enfermos. Todo el mundo sabe que un niño atacado por las viruelas huele a estiércol de caballo y el que tiene escarlatina, a manzanas pasadas y el tísico, a cebolla. Está sano, no le ocurre nada más. ¿Acaso tiene que apestar? ¿Apestan acaso tus propios hijos?

—No —respondió la nodriza—. Mis hijos huelen como deben oler los seres humanos.

Terrier dejó cuidadosamente la cesta en el suelo porque sentía brotar en su interior las primeras oleadas de ira ante la terquedad de la mujer. No podía descartar que en el curso de la disputa acabara necesitando las dos manos para gesticular mejor y no quería que el niño resultara lastimado. Ante todo, sin embargo, enlazó las manos a la espalda, tendió hacia la nodriza su prominente barriga y preguntó con severidad:

—¿Acaso pretendes saber cómo debe oler un ser humano que, en todo caso (te lo recuerdo, puesto que está bautizado), también es hijo de Dios?

—Sí —afirmó el ama de cría.

—¿Y afirmas además que, si no huele como tú crees que debe oler (¡tú, la nodriza Jeanne Bussie de la Rue Saint-Denis!), es una criatura del demonio?

Adelantó la mano izquierda y la sostuvo, amenazadora, con el índice doblado como un signo de interrogación ante la cara de la mujer, que adoptó un gesto reflexivo. No le gustaba que la conversación se convirtiera de repente en un interrogatorio teológico en el que ella llevaría las de perder.

—Yo no he dicho tal cosa —eludió—. Si la cuestión tiene o no algo que ver con el demonio, sois vos quien debe decidirlo, padre Terrier; no es asunto de mi incumbencia. Yo sólo sé una cosa: que este niño me horroriza porque no huele como deben oler los lactantes.

—¡Ajá! —exclamó Terrier, satisfecho, dejando caer la mano—. Así que te retractas de lo del demonio. Bien. Pero ahora ten la bondad de decirme: ¿Cómo huele un lactante cuando huele como tú crees que debe oler? Vamos, dímelo.

—Huele bien —contestó la nodriza.

—¿Qué significa bien? —vociferó Terrier—. Hay muchas cosas que huelen bien. Un ramito de espliego huele bien. El caldo de carne huele bien. Los jardines de Arabia huelen bien. Yo quiero saber cómo huele un niño de pecho.

La nodriza titubeó. Sabía muy bien cómo olían los niños de pecho, lo sabía con gran precisión, no en balde había alimentado, cuidado, mecido y besado a docenas de ellos... Era capaz de encontrarlos de noche por el olor, ahora mismo tenía el olor de los lactantes en la nariz, pero todavía no lo había descrito nunca con palabras.

—¿Y bien? —apremió Terrier, haciendo castañetear las uñas.

—Pues... —empezó la nodriza— no es fácil de decir porque... porque no huelen igual por todas partes, aunque todas huelen bien. Veréis, padre, los pies, por ejemplo, huelen como una piedra lisa y caliente... no, más bien como el requesón... o como la mantequilla... eso es, huelen a mantequilla fresca. Y el cuerpo huele como... una galleta mojada en leche. Y la cabeza, en la parte de arriba, en la coronilla, donde el pelo forma un remolino, ¿veis, padre?, aquí, donde vos ya no tenéis nada... —y tocó la calva de Terrier, quien había enmudecido ante aquel torrente de necios detalles e inclinado, obediente, la cabeza—, aquí, precisamente aquí es donde huelen mejor. Se parece al olor del caramelo, ¡no podéis imaginar, padre, lo dulce y maravilloso que es! Una vez se les ha olido aquí, se les quiere, tanto si son propios como ajenos. Y así, y no de otra manera, deben oler los niños de pecho. Cuando no huelen así, cuando aquí arriba no huelen a nada, ni siquiera a aire frío, como este bastardo, entonces... Podéis llamarlo como queráis, padre, pero yo —y cruzó con decisión los brazos sobre el pecho, lanzando una mirada de asco a la cesta, como si contuviera sapos—, ¡yo, Jeanne Bussie, no me vuelvo con esto a casa!

El padre Terrier levantó con lentitud la cabeza inclinada, se pasó dos veces un dedo por la calva, como si quisiera peinársela, deslizó como por casualidad el dedo hasta la punta de la nariz y olfateó, pensativo.

—¿A caramelo...? —preguntó, intentando encontrar de nuevo el tono severo—. ¡Caramelo! ¿Qué sabes tú de caramelo? ¿Lo has probado alguna vez?

—No directamente —respondió la nodriza—, pero

17

una vez estuve en un gran hotel de la Rue Saint-Honoré y vi cómo lo hacían con azúcar fundido y crema. Olía tan bien, que nunca más lo he olvidado.

—Está bien, ya basta —dijo Terrier, apartando el dedo de la nariz—. ¡Ahora te ruego que calles! Es muy fatigoso para mí continuar hablando contigo a este nivel. Colijo que te niegas, por los motivos que sean, a seguir alimentando al lactante que te había sido confiado, Jean-Baptiste Grenouille, y que lo pones de nuevo bajo la tutela del convento de Saint-Merri. Lo encuentro muy triste, pero no puedo evitarlo. Estás despedida.

Cogió la cesta, respiró una vez más la cálida fragancia de la lana impregnada de leche, que ya se dispersaba, y cerró la puerta con cerrojo, tras lo cual se dirigió a su despacho.

3

El padre Terrier era un hombre culto. No sólo había estudiado teología, sino también leído a los filósofos y profundizado además en la botánica y la alquimia. Confiaba en la fuerza de su espíritu crítico, aunque nunca se habría aventurado, como hacían muchos, a poner en tela de juicio los milagros, los oráculos y la verdad de los textos de las Sagradas Escrituras, pese a que en rigor la razón sola no bastaba para explicarlos y a veces incluso los contradecía. Prefería abstenerse de ahondar en semejantes problemas, que le resultaban desagradables y sólo conseguirían sumirle en la más penosa inseguridad e inquietud cuando, precisamente para servirse de la razón, necesitaba gozar de seguridad y sosiego. Había cosas, sin embargo, contra las cuales luchaba a brazo partido y éstas eran las supersticiones del pueblo llano: brujería, cartomancia, uso de amuletos, hechizos, conjuros, ceremonias en días de luna llena y otras prácticas. ¡Era muy deprimente ver el arraigo de tales creencias paganas después de un milenio de firme establecimiento del cristianismo! La mayoría de casos de las llamadas alianzas con Satanás y posesiones del demonio también resultaban, al ser considerados más de cerca, un espectáculo supersticioso. Ciertamente, Terrier no iría tan lejos como para negar la existencia de Satanás o dudar de su poder; la resolución de semejantes problemas, fundamentales en la teología, incumbía a esferas que estaban fuera del alcance de un simple monje. Por otra parte, era evidente que cuando una persona ingenua como aquella nodriza afirmaba haber descubierto a un espíritu maligno, no podía tratarse del demonio. Su misma creencia de haberlo visto era una prueba segura de que no existía ninguna intervención demoníaca, puesto que el diablo no sería tan tonto como para dejarse sorprender por la nodriza Jeanne Bussie. ¡Y encima aquella historia de la nariz! ¡Del primitivo órgano del olfato, el más bajo de los sentidos! ¡Como si el infierno oliera a azufre y el paraíso a incienso y mirra! La peor de las supersticiones, que se remontaba al pasado más remoto y pagano, cuando los hombres aún vivían como animales, no poseían la vista aguda, no conocían los colores, pero se creían capaces de oler la sangre y de distinguir por el olor entre amigos y enemigos, se veían a sí mismos husmeados por gigantes caníbales, hombres lobos y Furias, y ofrecían a sus horribles dioses holocaustos apestosos y humeantes. ¡Qué espanto! «Ve el loco con la nariz» más que con los ojos y era probable que la luz del don divino de la razón tuviera que brillar mil años más antes de que desaparecieran los últimos restos de la religión primitiva.

—¡Ah, y el pobre niño! ¡La inocente criatura! Yace en la canasta y dormita, ajeno a las repugnantes sospechas concebidas contra él. Esa desvergonzada osa afirmar que no hueles como deben oler los hijos de los hombres. ¿Qué te parece? ¿Qué dices a esto, eh, chiquirrinín?

Y meciendo después con cuidado la cesta sobre sus rodillas, acarició con un dedo la cabeza del niño, diciendo de vez en cuando «chiquirrinín» porque lo consideraba una expresión cariñosa y tranquilizadora para un lactante.

—Dicen que debes oler a caramelo. ¡Vaya tontería! ¿Verdad, chiquirrinín?

Al cabo de un rato se llevó el dedo a la nariz y olfateó, pero sólo olió a la col fermentada que había comido al mediodía.

Vaciló un momento, miró a su alrededor por si le observaba alguien, levantó la cesta y hundió en ella su gruesa nariz. La bajó mucho, hasta que los cabellos finos y rojizos del niño le hicieron cosquillas en la punta, e inspiró sobre la cabeza con la esperanza de captar algún olor. No sabía con certeza a qué debían oler las cabezas de los lactantes pero, naturalmente, no a caramelo, esto seguro, porque el caramelo era azúcar fundido y un lactante que sólo había tomado leche no podía oler a azúcar fundido. A leche, en cambio, sí, a leche de nodriza, pero tampoco olía a leche. También podía oler a cabellos, a piel y cabellos y tal vez un poquito a sudor infantil. Y Terrier olfateó, imaginándose que olería a piel, cabellos y un poco a sudor infantil. Pero no olió a nada. Absolutamente a nada. Por lo visto, los lactantes no huelen a nada, pensó, debe ser esto. Un niño de pecho siempre limpio y bien lavado no debe oler, del mismo modo que no habla ni corre ni escribe. Estas cosas llegan con la edad. De hecho, el ser humano no despide ningún olor hasta que alcanza la pubertad. Ésta es la razón y no otra. ¿Acaso no escribió Horacio: «Está en celo el adolescente y exhala la doncella la fragancia de un narciso blanco en flor...»? ¡Y los romanos entendían bastante de estas cosas! El olor de los seres humanos es siempre un aroma carnal y por lo tanto pecaminoso, y, ¿a qué podría oler un iño de pecho que no conoce ni en sueños los pecados de la carne? ¿A qué podría oler, chiquirrinín? ¡A nada!

Se había colocado de nuevo la cesta sobre las rodillas y la mecía con suavidad. El niño seguía durmiendo profundamente. Tenía el puño derecho, pequeño y rojo, encima de la colcha y se lo llevaba con suavidad de vez en cuando a la mejilla. Terrier sonrió y sintió un hondo y repentino bienestar. Por un momento se permitió el fantástico pensamiento de que era él el padre del niño. No era ningún monje, sino un ciudadano normal, un hábil artesano, tal vez, que se había casado con una mujer cálida, que olía a leche y lana, con la cual había engendrado un hijo que ahora mecía sobre sus propias rodillas, su propio hijo, ¿eh, chiquirrinín? Este pensamiento le infundió bienestar, era una idea llena de sentido. Un padre mece a su hijo sobre las rodillas, ¿verdad, chiquirrinín?, la imagen era tan vieja como el mundo y sería a la vez siempre nueva y hermosa mientras el mundo existiera. ¡Ah, sí! Terrier sintió calor en el corazón y su ánimo se tornó sentimental.

Entonces el niño se despertó. Se despertó primero con la nariz. La naricilla se movió, se estiró hacia arriba y olfateó. Inspiró aire y lo expiró a pequeñas sacudidas, como en un estornudo incompleto. Luego se arrugó y el niño abrió los ojos. Los ojos eran de un color indefinido, entre gris perla y blanco opalino tirando a cremoso, cubiertos por una especie de película viscosa y al parecer todavía poco adecuados para la visión. Terrier tuvo la impresión de que no le veían. La nariz, en cambio, era otra cosa. Así como los ojos mates del niño bizqueaban sin ver, la nariz parecía apuntar hacia un blanco fijo y Terrier tuvo la extraña sensación de que aquel blanco era él, su persona, el propio Terrier. Las diminutas ventanillas de la nariz y los diminutos orificios en el centro del rostro infantil se esponjaron como un capullo al abrirse. O más bien como las hojas de aquellas pequeñas plantas carnívoras que se cultivaban en el jardín botánico del rey. Y al igual que éstas, parecían segregar un misterioso líquido. A Terrier se le antojó que el niño le veía con la nariz, de un modo más agudo, inquisidor y penetrante de lo que puede verse con los ojos, como si a través de su nariz absorbiera algo que emanaba de él, Terrier, algo que no podía detener ni ocultar... ¡El niño inodoro le olía con el mayor descaro, eso era! ¡Le husmeaba! Y Terrier se imaginó de pronto a sí mismo apestando a sudor y a vinagre, a chucrut y a ropa sucia. Se vio desnudo y repugnante y se sintió escudriñado por alguien que no revelaba nada de sí mismo. Le pareció incluso que le olfateaba hasta atravesarle la piel para oler sus entrañas. Los sentimientos más tiernos y las ideas más sucias quedaban al descubierto ante aquella pequeña y ávida nariz, que aún no era una nariz de verdad, sino sólo un botón, un órgano minúsculo y agujereado que no paraba de retorcerse, esponjarse y temblar. Terrier sintió terror y asco y arrugó la propia nariz como ante algo maloliente cuya proximidad le repugnase. Olvidó la dulce y atrayente idea de que podía ser su propia carne y sangre. Rechazó el idilio sentimental de padre e hijo y madre fragante. Quedó rota la agradable y acogedora fantasía que había tejido en torno a sí mismo y al niño. Sobre sus rodillas yacía un ser extraño y frío, un animal hostil, y si no hubiera tenido un carácter mesurado, imbuido de temor de Dios y de criterios racionales, lo habría lanzado lejos de sí en un arranque de asco, como si se tratase de una araña.

Se puso en pie de un salto y dejó la cesta sobre la mesa. Quería deshacerse de aquello lo más de prisa posible, lo antes posible, inmediatamente.

Y entonces aquello empezó a gritar. Apretó los ojos, abrió las fauces rojas y chilló de forma tan estridente que a Terrier se le heló la sangre en las venas. Sacudió la cesta con el brazo estirado y chilló «chiquirrinín» para hacer callar al niño, pero éste intensificó sus alaridos y el rostro se le amorató como si estuviera a punto de estallar a fuerza de gritos.

¡A la calle con él!, pensó Terrier, a la calle inmediatamente con este... «demonio» estuvo a punto de decir, pero se dominó a tiempo... ¡a la calle con este monstruo, este niño insoportable! Pero ¿a dónde lo llevo? Conocía a una docena de nodrizas y orfanatos del barrio, pero estaban demasiado cerca, demasiado próximos a su persona, tenía que llevar aquello más lejos, tan lejos que no pudieran oírlo, tan lejos que no pudieran dejarlo de nuevo ante la puerta en cualquier momento; a otra diócesis, si era posible, y a la otra orilla, todavía mejor, y lo mejor de todo extramuros, al Faubourg Saint-Antoine, ¡eso mismo! Allí llevaría al diablillo chillón, hacia el este, muy lejos, pasada la Bastilla, donde cerraban las puertas de noche.

Y se recogió la sotana, agarró la cesta vociferante y echó a correr por el laberinto de callejas hasta la Rue du Faubourg Saint-Antoine, y de allí por la orilla del Sena hacia el este y fuera de la ciudad, muy, muy lejos, hasta la Rue de Charonne y el extremo de ésta, donde conocía las señas, cerca del convento de la Madeleine de Trenelle, de una tal madame Gaillard, que aceptaba a niños de cualquier edad y condición, siempre que alguien pagara su hospedaje, y allí entregó al niño, que no había cesado de gritar, pagó un año por adelantado, regresó corriendo a la ciudad y, una vez llegado al convento, se despojó de sus ropas como si estuvieran contaminadas, se lavó de pies a cabeza y se acostó en su celda, se santiguó muchas veces, oró largo rato y por fin, aliviado, concilió el sueño.

4

Aunque no contaba todavía treinta años, madame Gaillard ya tenía la vida a sus espaldas. Su aspecto exterior correspondía a su verdadera edad, pero al mismo tiempo aparentaba el doble, el triple y el céntuplo de sus años, es decir, parecía la momia de una jovencita. Interiormente, hacía mucho tiempo que estaba muerta. De niña había recibido de su padre un golpe en la frente con el atizador, justo encima del arranque de la nariz, y desde entonces carecía del sentido del olfato y de toda sensación de frío y calor humano, así como de cualquier pasión. Tras aquel único golpe, la ternura le fue tan ajena como la aversión, y la alegría tan extraña como la desesperanza. No sintió nada cuando más tarde cohabitó con un hombre y tampoco cuando parió a sus hijos. No lloró a los que se le murieron ni se alegró de los que se le quedaron. Cuando su marido le pegaba, no se estremecía, y no experimentó ningún alivio cuando él murió del cólera en el Hôtel-Dieu. Las dos únicas sensaciones que conocía eran un ligerísimo decaimiento cuando se aproximaba la jaqueca mensual y una ligerísima animación cuando desaparecía. Salvo en estos dos casos, aquella mujer muerta no sentía nada.

Por otra parte... o tal vez precisamente a causa de su total falta de emoción, madame Gaillard poseía un frío sentido del orden y de la justicia. No favorecía a ninguno de sus pupilos, pero tampoco perjudicaba a ninguno. Les daba tres comidas al día y ni un bocado más. Cambiaba los pañales a los más pequeños tres veces diarias, pero sólo hasta que cumplían dos años. El que se ensuciaba los calzones a partir de entonces recibía en silencio una bofetada y una comida de menos. La mitad justa del dinero del hospedaje era para la manutención de los niños, la otra mitad se la quedaba ella. En tiempos de prosperidad no intentaba aumentar sus beneficios, pero en los difíciles no añadía ni un *sou*, aunque se presentara un caso de vida o muerte. De otro modo el negocio no habría sido rentable para ella. Necesitaba el dinero y lo había calculado todo con exactitud. Quería disfrutar de una pensión en su vejez y además poseer lo suficiente para poder morir en su casa y no estirar la pata en el Hôtel-Dieu, como su marido. La muerte de éste la había dejado fría, pero le horrorizaba morir en público junto a centenares de personas desconocidas. Quería poder pagarse una muerte privada y para ella necesitaba todo el margen del dinero del hospedaje. Era cierto que algunos inviernos se le morían tres o cuatro de las dos docenas de pequeños pupilos, pero aun así su porcentaje era mucho menor que el de la mayoría de otras madres adoptivas, para no hablar de las grandes inclusas estatales o religiosas, donde solían morir nueve de cada diez niños. Claro que era muy fácil reemplazarlos. París producía anualmente más de diez mil niños abandonados, bastardos y huérfanos, así que las bajas apenas se notaban.

Para el pequeño Grenouille, el establecimiento de madame Gaillard fue una bendición. Seguramente no habría podido sobrevivir en ningún otro lugar. Aquí, en cambio, en casa de esta mujer pobre de espíritu, se crió bien. Era de constitución fuerte; quien sobrevive al propio nacimiento entre desperdicios, no se deja echar de este mundo así como así. Podía tomar día tras día sopas aguadas, nutrirse con la leche más diluida y digerir las verduras más podridas y la carne en mal estado. Durante su infancia sobrevivió al sarampión, la disentería, la varicela, el cólera, una caída de seis metros en un pozo y la escaldadura del pecho con agua hirviendo. Como consecuencia de todo ello le quedaron cicatrices, arañazos, costras y un pie algo estropeado que le hacía cojear, pero vivía. Era fuerte como una bacteria resistente, y frugal como la garrapata, que se inmoviliza en un árbol y vive de una minúscula gota de sangre que chupó años atrás. Una cantidad mínima de alimento y de ropa bastaba para su cuerpo. Para el alma no necesitaba náda. La seguridad del hogar, la entrega, la ternura, el amor —o como se llamaran las cosas consideradas necesarias para un niño— eran totalmente superfluas para el niño Grenouille. Casi afirmaríamos que él mismo las había convertido en superfluas desde el principio, a fin de poder sobrevivir. El grito que siguió a su nacimiento, el grito exhalado bajo el mostrador donde se cortaba el pescado, que sirvió para llamar la atención sobre sí mismo y enviar a su madre al cadalso, no fue un grito instintivo en demanda de compasión y amor, sino un grito bien calculado, casi diríamos calculado con madurez, mediante el cual el recién nacido se decidió *contra* el amor y *a favor* de la vida. Dadas las circunstancias, ésta sólo era posible sin aquél, y si el niño hubiera exigido ambas cosas, no cabe duda de que habría perecido sin tardanza. En aquel momento habría podido elegir la segunda posibilidad que se le ofrecía, callar y recorrer el camino del nacimiento a la muerte sin el desvío de la vida, ahorrando con ello muchas calamidades a sí mismo y al mundo, pero tan prudente decisión habría requerido un mínimo de generosidad innata y Grenouille no la poseía. Fue un monstruo desde el mismo principio. Eligió la vida por pura obstinación y por pura maldad.

Como es natural, no decidió como decide un hombre adulto, que necesita una mayor o menor sensatez y experiencia para escoger entre diferentes opciones. Adoptó su decisión de un modo vegetativo, como decide una judía desechada si ahora debe germinar o continuar en su estado actual.

O como aquella garrapata del árbol, para la cual la vida es sólo una perpetua invernación. La pequeña y fea garrapata, que forma una bola con su cuerpo de color gris plomizo para ofrecer al mundo exterior la menor superficie posible; que hace su piel dura y lisa para no secretar nada, para no transpirar ni una gota de sí misma. La garrapata, que se empequeñece para pasar desapercibida, para que nadie la vea y la pise. La solitaria garrapata, que se encoge y acurruca en el árbol, ciega, sorda y muda, y sólo husmea, husmea durante años y a kilómetros de distancia la sangre de los animales errantes, que ella nunca podrá alcanzar por sus propia fuerzas. Podría dejarse caer; podría dejarse caer al suelo del bosque, arrastrarse unos milímetros con sus seis patitas minúsculas y dejarse morir bajo las hojas, lo cual Dios sabe que no sería ninguna lástima. Pero la garrapata, terca, obstinada y repugnante, permanece acurrucada, vive y espera. Espera hasta que la casualidad más improbable le lleve la sangre en forma de un animal directamente bajo su árbol. Sólo entonces abandona su posición, se deja caer y se clava, perfora y muerde la carne ajena...

Igual que esta garrapata era el niño Grenouille. Vivía encerrado en sí mismo como en una cápsula y esperaba mejores tiempos. Sus excrementos eran todo lo que daba al mundo; ni una sonrisa, ni un grito, ni un destello en la mirada, ni siquiera el propio olor. Cualquier otra mujer habría echado de su casa a este niño monstruoso. No así madame Gaillard. No podía oler la falta de olor del niño y no esperaba ninguna emoción de él porque su propia alma estaba sellada.

En cambio, los otros niños intuyeron en seguida que Grenouille era distinto. El nuevo les infundió miedo desde el primer día; evitaron la caja donde estaba acostado y se acercaron mucho a sus compañeros de cama, como si hiciera más frío en la habitación. Los más pequeños gritaron muchas veces durante la noche, como si una corriente de aire cruzara el dormitorio. Otros soñaron que algo les quitaba el aliento. Un día los mayores se unieron para ahogarlo y le cubrieron la cara con trapos, mantas y paja y pusieron encima de todo ello unos ladrillos. Cuando madame Gaillard lo desenterró a la mañana siguiente, estaba magullado y azulado, pero no muerto. Lo intentaron varias veces más, en vano. Estrangularlo con las propias manos o taponarle la boca o la nariz habría sido un método más seguro, pero no se atrevieron. No querían tocarlo; les inspiraba el mismo asco que una araña gorda a la que no se quiere aplastar con la mano.

Cuando creció un poco, abandonaron los intentos de asesinarlo. Se habían convencido de que era indestructible. En lugar de esto, le rehuían, corrían para apartarse de él y en todo momento evitaban cualquier contacto. No lo odiaban, ni tampoco estaban celosos de él o ávidos de su comida. En casa de madame Gaillard no existía el menor motivo para estos sentimientos. Les molestaba su presencia, simplemente. No podían percibir su olor. Le tenían miedo.

5

Y no obstante, visto de manera objetiva, no tenía nada que inspirase miedo. No era muy alto —cuando creció— ni robusto; feo, desde luego, pero no hasta el extremo de causar espanto. No era agresivo ni torpe ni taimado y no provocaba nunca; prefería mantenerse al margen. Tampoco su inteligencia parecía desmesurada. Hasta los tres años no se puso de pie y no dijo la primera palabra hasta los cuatro; fue la palabra «pescado», que pronunció como un eco en un momento de repentina excitación cuando un vendedor de pescado pasó por la Rue de Charonne anunciando a gritos su mercancía. Sus siguientes palabras fueron «pelargonio», «establo de cabras», «berza» y «Jacqueslorreur», nombre este último de un ayudante de jardinero del contiguo convento de las Filles de la Croix, que de vez en cuando realizaba trabajos pesados para madame Gaillard y se distinguía por no haberse lavado ni una sola vez en su vida. Los verbos, adjetivos y preposiciones le resultaban más difíciles. Hasta el «sí» y el «no» —que, por otra parte, tardó mucho en pronunciar—, sólo dijo sustantivos o, mejor dicho, nombres propios de cosas concretas, plantas, animales y hombres, y sólo cuando estas cosas, plantas, animales u hombres, le sorprendían de improviso por su olor.

Sentado al sol de marzo sobre un montón de troncos de haya, que crujían por el calor, pronunció por primera vez la palabra «leña». Había visto leña más de cien veces y oído la palabra otras tantas y, además, comprendía su significado porque en invierno le enviaban muy a menudo en su busca. Sin embargo, nunca le había interesado lo suficiente para pronunciar su nombre, lo cual hizo por primera vez aquel día de marzo, mientras estaba sentado sobre el montón de troncos, colocados como un banco bajo el tejado saliente del cobertizo de madame Gaillard, que daba al sur. Los troncos superiores tenían un olor dulzón de madera chamuscada, los inferiores olían a musgo y la pared de abeto rojo del cobertizo emanaba un cálido aroma de resina.

Grenouille, sentado sobre el montón de troncos con las piernas estiradas y la espalda apoyada contra la pared del cobertizo, había cerrado los ojos y estaba inmóvil. No veía, oía ni sentía nada, sólo percibía el olor de la leña, que le envolvía y se concentraba bajo el tejado como bajo una cofia. Aspiraba este olor, se ahogaba en él, se impregnaba de él hasta el último poro, se convertía en madera, en un muñeco de madera, en un Pinocho, sentado como muerto sobre los troncos hasta que, al cabo de mucho rato, tal vez media hora, vomitó la palabra «madera», la arrojó por la boca como si estuviera lleno de madera hasta las orejas, como si pugnara por salir de su garganta después de invadirle la barriga, el cuello y la nariz. Y esto le hizo volver en sí y le salvó cuando la abrumadora presencia de la madera, su aroma, amenazaba con ahogarle. Se despertó del todo con un sobresalto, bajó resbalando por los troncos y se alejó tambaleándose, como si tuviera piernas de madera. Aún varios días después seguía muy afectado por la intensa experiencia olfatoria y cuando su recuerdo le asaltaba con demasiada fuerza, murmuraba «madera, madera», como si fuera un conjuro.

Así aprendió a hablar. Las palabras que no designaban un objeto oloroso, o sea, los conceptos abstractos, ante todo de índole ética y moral, le presentaban serias dificultades. No podía retenerlas, las confundía entre sí, las usaba, incluso de adulto, a la fuerza y muchas veces impropiamente: justicia, conciencia, Dios, alegría, responsabilidad, humildad, gratitud, ectétera, expresaban ideas enigmáticas para él.

Por el contrario, el lenguaje corriente habría resultado pronto escaso para designar todas aquellas cosas que había ido acumulando como conceptos olfativos. Pronto, no olió solamente a madera, sino a clases de madera, arce, roble, pino, olmo, peral, a madera vieja, joven, podrida, mohosa, musgosa e incluso a troncos y astillas individuales y a distintas clases de serrín y los distinguía entre sí como objetos claramente diferenciados, como ninguna otra persona habría podido distinguirlos con los ojos. Y lo mismo le ocurría con otras cosas. Sabía que aquella bebida blanca que madame Gaillard daba todas las mañanas a sus pupilos se llamaba sólo leche, aunque para Grenouille cada mañana olía y sabía de manera distinta, según lo caliente que estaba, la vaca de que procedía, el alimento de esta vaca, la cantidad de nata que contenía, etcétera..., que el humo, aquella mezcla de efluvios que constaba de cien aromas diferentes y cuyo tornasol se transformaba no ya cada minuto, sino cada segundo, formando una nueva unidad, como el humo del fuego, sólo tenía un nombre, «humo»... que la tierra, el paisaje, el aire, que a cada paso y a cada aliento eran invadidos por un olor distinto y animados, en consecuencia, por otra identidad, sólo se designaban con aquellas tres simples palabras... Todas estas grotescas desproporciones entre la riqueza del mundo percibido por el olfato y la pobreza del lenguaje hacían dudar al joven Grenouille del sentido de la lengua y sólo se adaptaba a su uso cuando el contacto con otras personas lo hacía imprescindible.

A los seis años ya había captado por completo su entorno mediante el olfato. No había ningún objeto en casa de madame Gaillard, ningún lugar en el extremo norte de la Rue de Charonne, ninguna persona, ninguna piedra, ningún árbol, arbusto o empalizada, ningún rincón, por pequeño que fuese, que no conociera, reconociera y retuviera en su memoria olfativamente, con su identidad respectiva. Había reunido y tenía a su disposición diez mil, cien mil aromas específicos, todos con tanta claridad, que no sólo se acordaba de ellos cuando volvía a olerlos, sino que los olía realmente cuando los recordaba; y aún más, con su sola fantasía era capaz de combinarlos entre sí, creando nuevos olores que no existían en el mundo real. Era como si poseyera un inmenso vocabulario de aromas que le permitiera formar a voluntad enormes cantidades de nuevas combinaciones olfatorias... a una edad en que otros niños tartamudeaban con las primeras palabras aprendidas, las frases convencionales, a todas luces insuficientes para la descripción del mundo. Si acaso, lo único con que podía compararse su talento era la aptitud musical de un niño prodigio que hubiera captado en las melodías y armonías el alfabeto de los distintos tonos y ahora compusiera él mismo nuevas melodías y armonías, con la salvedad de que el alfabeto de los olores era infinitamente mayor y más diferenciado que el de los tonos, y también de que la actividad creadora del niño prodigio Grenouille se desarrollaba únicamente en su interior y no podía ser percibida por nadie más que por él mismo.

Se fue volviendo cada vez más introvertido. Le gustaba vagar solo y sin rumbo por la parte norte del Faubourg Saint-Antoine, cruzando huertos, viñas y prados. Muchas veces no regresaba a casa por la noche y estaba días enteros sin aparecer. Luego sufría el correspondiente castigo de los bastonazos sin ninguna expresión de dolor. Ni el arresto domiciliario ni el ayuno forzoso ni el trabajo redoblado podían cambiar su conducta. La asistencia esporádica de un año y medio a la escuela parroquial de Notre Dame de Bon Secours no produjo un efecto aparente. Aprendió a deletrear y a escribir el propio nombre, pero nada más. Su maestro le tenía por un imbécil.

En cambio, madame Gaillard se percató de que poseía determinadas facultades y cualidades que eran extraordinarias, por no decir sobrenaturales. Por ejemplo, parecía totalmente inmune al temor infantil de la oscuridad y la noche. Se le podía mandar a cualquier hora con algún encargo al sótano, o donde los otros niños no se atrevían a ir ni con una linterna, o al cobertizo a buscar leña en una noche oscura como boca de lobo. Y nunca llevaba consigo una luz, a pesar de lo cual encontraba lo que buscaba y volvía en seguida con su carga, sin dar un paso en falso ni tropezar ni derribar nada. Y aún más notable era algo que madame Gaillard creía haber comprobado: daba la impresión de que veía a través del papel, la tela o la madera y, sí, incluso a través de las paredes y las puertas cerradas. Sabía cuántos niños y cuáles de ellos se hallaban en el domitorio sin haber entrado en él y también sabía cuándo se escondía una oruga en la coliflor antes de partirla. Y una vez que ella había ocultado tan bien el dinero, que no lo encontraba (cambiaba el escondite), señaló sin buscar un segundo un lugar detrás de la viga de la chimenea y en efecto, ¡allí estaba! Incluso podía ver el futuro, pues anunciaba la visita de una persona mucho antes de su llegada y predecía infaliblemente la proximidad de una tormenta antes de que apareciera en el cielo la más pequeña nube. Madame Gaillard no habría imaginado ni en sueños, ni siquiera aunque el atizador le hubiera dejado indemne el sentido del olfato, que todo esto no lo veía con los ojos, sino que lo husmeaba con una nariz que cada vez olía con más intensidad y precisión: la oruga en la col, el dinero detrás de la viga, las personas a través de las paredes y a una distancia de varias manzanas. Estaba convencida de que el muchacho —imbécil o no— era un vidente y como sabía que los videntes ocasionaban calamidades e incluso la muerte, empezó a sentir miedo, un miedo que se incrementó ante la insoportable idea de vivir bajo el mismo techo con alguien que tenía el don de ver a través de paredes y vigas un dinero escondido cuidadosamente, por lo que en cuanto descubrió esta horrible facultad de Grenouille ardió en deseos de deshacerse de él y dio la casualidad de que por aquellas mismas fechas —Grenouille tenía ocho años— el convento de Saint-Merri suspendió sus pagos anuales sin indicar el motivo. Madame Gaillard no hizo ninguna reclamación; por decoro, esperó otra semana y al no llegar tampoco entonces el dinero convenido, cogió al niño de la mano y fue con él a la ciudad.

En la Rue de la Mortellerie, cerca del río, conocía a un curtidor llamado Grimal que tenía una necesidad notoria de mano de obra joven, no de aprendices u oficiales, sino de jornaleros baratos. En el oficio había trabajos —limpiar de carne las pieles putrefactas de animales, mezclar líquidos venenosos para curtir y teñir, preparar el tanino cáustico para el curtido— tan peligrosos que un maestro responsable no los confiaba, si podía evitarlo, a sus trabajadores especializados, sino a maleantes sin trabajo, vagabundos e incluso niños sin amo por los cuales nadie preguntaba en caso de una desgracia. Como es natural, madame Gaillard sabía que en el taller de Grimal, el niño Grenouille tendría pocas probabilidades de sobrevivir, pero no era mujer para preocuparse por ello. Ya había cumplido con su deber; el plazo del hospedaje había tocado a su fin. Lo que pudiera ocurrirle ahora a su antiguo pupilo no le concernía en absoluto. Si sobrevivía, mejor para él, y si moría, daba igual; lo importante era no infringir la ley. Exigió a monsieur Grimal una declaración por escrito de que se hacía cargo del muchacho, firmó por su parte el recibo de quince francos de comisión y emprendió el regreso a su casa de la Rue de Charonne, sin sentir la menor punzada de remordimiento. Por el contrario, creía haber obrado no sólo bien, sino además con justicia, puesto que seguir manteniendo a un niño por el que nadie pagaba redundaría en perjuicio de los otros niños e incluso de sí misma y pondría en peligro el futuro de los demás pupilos y su propio futuro, es decir, su propia muerte privada, que era el único deseo que tenía en la vida.

Dado que abandonamos a madame Gaillard en este punto de la historia y no volveremos a encontrarla más tarde, queremos describir en pocas palabras el final de sus días. Aunque muerta interiormente desde niña, madame Gaillard alcanzó para su desgracia una edad muy avanzada. En 1782, con casi setenta años, cerró su negocio y se dedicó a vivir de renta en su pequeña vivienda, esperando la muerte. Pero la muerte no llegaba. En su lugar llegó algo con lo que nadie en el mundo habría podido contar y que jamás había sucedido en el país, a saber, una revolución, o sea una transformación radical del conjunto de condiciones sociales, morales y trascendentales. Al principio, esta revolución no afectó en nada al destino personal de madame Gaillard. Sin embargo, con posterioridad —cuando casi tenía ochenta años—, sucedió que el hombre que le pagaba la renta se vio obligado a emigrar y sus bienes fueron expropiados y pasaron a manos de un fabricante de calzas. Durante algún tiempo pareció que tampoco este cambio tendría consecuencias fatales para madame Gaillard, ya que el fabricante de calzas siguió pagando puntualmente la renta. No obstante, llegó un día en que le pagó el dinero no en monedas contantes y sonantes, sino en forma de pequeñas hojas de papel impreso, y esto marcó el principio de su fin material.

Pasados dos años, la renta ya no llegaba ni para pagar la leña. Madame Gaillard se vio obligada a vender la casa, y a un precio irrisorio, además, porque de repente había millares de personas que, como ella, también tenían que vender su casa. Y de nuevo le pagaron con aquellas malditas hojas que al cabo de otros dos años habían perdido casi todo su valor, hasta que en 1787 —se acercaba ya a los noventa— perdió toda la fortuna amasada con su trabajo esforzado y secular y fue a alojarse en una diminuta habitación amueblada de la Rue des Coquelles. Y entonces, con un retraso de diez o veinte años, llegó la muerte en forma de un lento tumor en la garganta que primero le quitó el apetito y luego le arrebató la voz, por lo que no pudo articular ninguna protesta cuando se la llevaron al Hôtel-Dieu. Allí la metieron en la misma sala atestada de moribundos donde había muerto su marido, le acostaron en una cama con otras cinco mujeres totalmente desconocidas, que yacían cuerpo contra cuerpo, y la dejaron morir durante tres semanas a la vista de todos. Entonces la introdujeron en un saco, que cosieron, la tiraron a las cuatro de la madrugada a una carreta junto con otros cincuenta cadáveres y la llevaron, acompañada por el repiqueteo de una campanilla, al recién inaugurado cementerio de Clamart, a casi dos kilómetros de las puertas de la ciudad, donde la enterraron en una fosa común bajo una gruesa capa de cal viva.

Esto sucedió el año 1799. Gracias a Dios, madame Gaillard no presentía nada de este destino que tenía reservado cuando aquel día del año 1747 regresó a casa tras abandonar al muchacho Grenouille y nuestra historia. Es probable que hubiese perdido su fe en la justicia y con ella el único sentido de la vida que era capaz de comprender.

6

Después de la primera mirada que dirigió a monsieur Grimal o, mejor dicho, después del primer husmeo con que absorbió el aura olfativa de Grimal, supo Grenouille que este hombre sería capaz de matarle a palos a la menor insubordinación. Su vida valía tanto como el trabajo que pudiera realizar, dependía únicamente de la utilidad que Grimal le atribuyera, de modo que Grenouille se sometió y no intentó rebelarse ni una sola vez. Día tras día concentraba en su interior toda la energía de su terquedad y espíritu de contradicción empleándola solamente para sobrevivir como una garrapata al período glacial que estaba atravesando; resistente, frugal, discreto, manteniendo al mínimo, pero con sumo cuidado, la llama de la esperanza vital. Se convirtió en un ejemplo de docilidad, laboriosidad y modestia, obedecía en el acto, se contentaba con cualquier comida. Por la noche se dejaba encerrar en un cuartucho adosado al taller donde se guardaban herramientas y pieles saladas. Allí dormía sobre el suelo gastado por el uso. Durante el día trabajaba de sol a sol, en invierno ocho horas y en verano catorce, quince y hasta dieciséis; limpiaba de carne las hediondas pieles, las enjuagaba, pelaba, blanqueaba, cauterizaba y abatanaba, las impregnaba de tanino, partía leña, descortezaba abedules y tejos, bajaba al noque, lleno de vapor cáustico, y colocaba pieles y cortezas a capas, tal como le indicaban los oficiales, esparcía agallas machacadas por encima y cubría la espantosa hoguera con ramas de tejo y tierra. Años después tuvo que apartarlo todo para extraer de su tumba las pieles momificadas, convertidas en cuero.

Cuando no enterraba o desenterraba pieles, acarreaba agua. Durante meses acarreó agua desde el río, cada vez dos cubos, cientos de cubos al día, pues el taller necesitaba ingentes cantidades de agua para lavar, ablandar, hervir y teñir. Durante meses vivió con el cuerpo siempre húmedo de tanto acarrear agua; por las noches la ropa le chorreaba y tenía la piel fría, esponjada y blanda como el cuero lavado.

Al cabo de un año de esta existencia más animal que humana, contrajo el ántrax maligno, una temida enfermedad de los curtidores que suele producir la muerte. Grimal ya le había desahuciado y empezado a buscar un sustituto —no sin lamentarlo, porque no había te-

nido nunca un trabajador más frugal y laborioso—
cuando Grenouille, contra todo pronóstico, superó la
enfermedad. Sólo le quedaron cicatrices de los grandes ántrax negros que tuvo detrás de las orejas, en el
cuello y en las mejillas, que lo desfiguraban, afeándolo
todavía más. Aparte de salvarse, adquirió —ventaja
inapreciable— la inmunidad contra el mal, de modo
que en lo sucesivo podría descarnar con manos agrieta-
das y ensangrentadas las pieles más duras sin correr
el peligro de contagiarse. En esto no sólo se distinguía
de los aprendices y oficiales, sino también de sus propios sustitutos potenciales. Y como ahora ya no era tan
fácil de reemplazar como antes, el valor de su trabajo
se incrementó y también, por consiguiente, el valor de
su vida. De improviso ya no tuvo que dormir sobre el
santo suelo, sino que pudo construirse una cama de
madera en el cobertizo y obtuvo paja y una manta propia. Ya no le encerraban cuando se acostaba y la comida mejoró. Grimal había dejado de considerarle un
animal cualquiera; ahora era un animal doméstico
útil.

Cuando tuvo doce años, Grimal le concedió medio
domingo libre y a los trece pudo incluso disponer de
una hora todas las noches, después del trabajo, para
hacer lo que quisiera. Había triunfado, ya que vivía y
poseía una porción de libertad que le bastaba para seguir viviendo. Había terminado el invierno. La garrapata
Grenouille volvió a moverse; olisçó el aire matutino y
sintió la atracción de la caza. El mayor coto de olores
del mundo le abría sus puertas: la ciudad de París.

7

Era como el país de Jauja. Sólo el vecino barrio de
Saint-Jacques-de-la-Boucherie y de Saint Eustache eran
Jauja. En las calles adyacentes a la Rue Saint-Denis y la
Rue Saint-Martin la gente vivía tan apiñada, las casas
estaban tan juntas una de otra, todas de cinco y hasta
seis pisos, que no se veía el cielo y el aire se inmovili-
zaba sobre el suelo como en húmedos canales atibo-
rrados de olores que se mezclaban entre sí: olores de

hombres y animales, de comida y enfermedad, de agua, piedra, cenizas y cuero, jabón, pan recién cocido y huevos que se hervían en vinagre, fideos y latón bruñido, salvia, cerveza y lágrimas, grasa y paja húmeda y seca. Miles y miles de aromas formaban un caldo invisible que llenaba las callejuelas estrechas y rara vez se volatilizaba en los tejados y nunca en el suelo. Los seres humanos que allí vivían ya no olían a nada especial en este caldo; de hecho, había surgido de ellos y los había empapado una y otra vez, era el aire que respiraban y del que vivían, era como un ropaje cálido, llevado largo tiempo, que ya no podían oler y ni siquiera sentían sobre la piel. En cambio, Grenouille lo olía todo como por primera vez y no sólo olía el conjunto de este caldo, sino que lo dividía analíticamente en sus partes más pequeñas y alejadas. Su finísimo olfato desenredaba el ovillo de aromas y tufos, obteniendo hilos sueltos de olores fundamentales indivisibles. Destramarlos e hilarlos le causaba un placer indescriptible.

Se detenía a menudo, apoyándose en la pared de una casa o en una esquina oscura, con los ojos cerrados, la boca entreabierta y las ventanas de la nariz hinchadas, como un pez voraz en aguas caudalosas, oscuras y lentas. Y cuando por fin un hálito de aire le traía el extremo de un fino hilo odorífero, lo aprisionaba y ya no lo dejaba escapar, ya no olía nada más que este aroma determinado, lo retenía con firmeza, lo inspiraba y lo almacenaba para siempre. Podía ser un olor muy conocido o una variación, pero también podía tratarse de uno muy nuevo, sin ninguna semejanza con ningún otro de los que había olido hasta entonces y, menos aún, visto: el olor de la seda planchada, por ejemplo; el olor de un té de serpol, el de un trozo de brocado recamado en plata, el del corcho de una botella de vino especial, el de un peine de carey. Grenouille iba a la caza de estos olores todavía desconocidos para él, los buscaba con la pasión y la paciencia de un pescador y los almacenaba dentro de sí.

Cuando se cansaba del espeso caldo de las callejuelas, se iba a lugares más ventilados, donde los olores eran más débiles, se mezclaban con el viento y se extendían casi como un perfume; en el mercado de les

Halles, por ejemplo, donde en los olores del atardecer aún seguía viviendo el día, invisible pero con gran claridad, como si aún se apiñaran allí los vendedores, como si aún continuaran allí las banastas llenas de hortalizas y huevos, las tinajas llenas de vino y vinagre, los sacos de cereales, patatas y harina, las cajas de clavos y tornillos, los mostradores de carne, las mesas cubiertas de telas, vasijas y suelas de zapatos y centenares de otras cosas que se vendían durante el día... toda la actividad estaba hasta el menor detalle presente en el aire que había dejado atrás. Grenouille veía el mercado entero con el olfato, si se puede expresar así. Y lo olía con más exactitud de la que muchos lo veían, ya que lo percibía en su interior y por ello de manera más intensa: como la esencia, el espíritu de algo pasado que no sufre la perturbación de los atributos habituales del presente, como el ruido, la algarabía, el repugnante hacinamiento de los hombres.

O se dirigía allí donde su madre había sido decapitada, la Place de Grève, que se metía en el río como una gran lengua. Había barcos embarrancados en la orilla o atracados, que olían a carbón, a grano, a heno y a sogas húmedas.

Y desde el oeste llegaba por esta vía única trazada por el río a través de la ciudad una corriente de aire más ancha que traía aromas del campo, de las praderas de Neuilly, de los bosques entre Saint-Germain y Versalles, de ciudades muy lejanas como Ruán o Caen y muchas veces incluso del mar. El mar olía como una vela hinchada que hubiera aprisionado agua, sal y un sol frío. El mar tenía un olor sencillo, pero al mismo tiempo grande y singular, por lo que Grenouille no sabía si dividirlo en olor a pescado, a sal, a agua, a algas, a frescor, etcétera. Prefería, sin embargo, dejarlo entero para retenerlo en la memoria y disfrutarlo sin divisiones. El olor del mar le gustaba tanto, que deseaba respirarlo puro algún día y en grandes cantidades, a fin de embriagarse de él. Y más tarde, cuando se enteró de lo grande que era el mar y que los barcos podían navegar durante días sin ver tierra, nada le complacía tanto como imaginarse a sí mismo a bordo de un barco, encaramado a una cofa en el mástil más cercano a la proa, surcando el agua a través del olor infinito del mar, que en realidad no era un olor, sino un aliento, una exhalación, el fin de todos los olores, y disolviéndose de placer en este aliento. No obstante, esto no se realizaría nunca porque Grenouille, que en la orilla de la Place de Grève inspiraba y expiraba de vez en cuando un pequeño aliento de aire de mar, no vería en su vida el auténtico mar, el gran océano que se encontraba al oeste, y por lo tanto jamás podría mezclarse con esta clase de olor.

Pronto conoció con tanta exactitud los olores del barrio entre Saint-Eustache y el Hôtel de Ville, donde podía orientarse hasta en la noche más oscura. Entonces amplió su coto, primero en dirección oeste hacia el Faubourg Saint-Honoré, luego la Rue Saint-Antoine hasta la Bastilla y finalmente hasta la otra orilla del río y el barrio de la Sorbona y el Faubourg Saint-Germain, donde vivían los ricos. A través de las verjas de entrada olía a piel de carruaje y al polvo de las pelucas de los lacayos y desde el jardín flotaba por encima de los altos muros el perfume de la retama y de las rosas y la alheña recién cortada. También fue aquí donde Grenouille olió por primera vez perfume en el verdadero sentido de la palabra: sencillas aguas de espliego y de rosas con que se llenaban en ocasiones festivas los surtidores de los jardines, pero asimismo perfumes más valiosos y complejos como tintura de almizcle mezclada con esencia de neroli y nardo, junquillo, jazmín o canela, que por la noche emanaban de los carruajes como una pesada estela. Registró estos perfumes como registraba los olores profanos, con curiosidad, pero sin una admiración especial. No dejó de observar que el propósito del perfume era conseguir un efecto embriagador y atrayente y reconocía la bondad de las diferentes esencias de las que estaban compuestos, pero en conjunto le parecían más bien toscos y pesados, chapuceros más que sutiles, y sabía que él podría inventar otras fragancias muy distintas si dispusiera de las mismas materias primas.

Muchas de estas materias primas ya las conocía de los puestos de flores y especias del mercado; otras eran nuevas para él y procedió a separarlas de las mezclas para conservarlas, sin nombre, en la memoria: ámbar, algalia, pachulí, madera de sándalo, bergamota, vetiver, opopónaco, tintura de benjuí, flor de lúpulo, castóreo...

No tenía preferencias. No hacía distinciones, todavía no, entre lo que solía calificarse de buen olor o mal olor. La avidez lo dominaba. El objetivo de sus cacerías era poseer todo cuanto el mundo podía ofrecer en olores y la única condición que ponía era que fuesen nuevos. El aroma de un caballo sudado equivalía para él a la fragancia de un capullo de rosa y el hedor de un chinche al olor del asado de ternera que salía de una cocina aristocrática. Todo lo aspiraba, todo lo absorbía. Y tampoco reinaba ningún principio estético en la cocina sintetizadora de olores de su fantasía, en la cual realizaba constantemente nuevas combinaciones odoríferas. Eran extravagancias que creaba y destruía en seguida como un niño que juega con cubos de madera, inventivo y destructor, sin ningún principio creador aparente.

8

El 1 de septiembre de 1753, aniversario de la ascensión al trono del rey, en el Pont Royal de la ciudad de París se encendió un castillo de fuegos artificiales. No fueron tan espectaculares como los de la boda del rey ni como los legendarios fuegos de artificio con motivo del nacimiento del Delfín, pero no por ello dejaron de ser impresionantes. Se habían montado ruedas solares en los mástiles de los buques y desde el puente caían al río lluvias de estrellas procedentes de los llamados toros de fuego. Y mientras tanto, en medio de un ruido ensordecedor, estallaban petardos y por el empedrado saltaban los buscapiés y centenares de cohetes se elevaban hacia el cielo, pintando lirios blancos en el firmamento negro. Una muchedumbre de muchos miles de personas, congregada en el puente y en los *quais* de ambas orillas del río, acompañaba el espectáculo con entusiasmados «ahs», «ohs», «bravos» e incluso «vivas», aunque el rey ocupaba el trono desde hacía treinta y ocho años y había rebasado ampliamente el punto culminante de su popularidad. Tal era el poder de unos fuegos artificiales.

Grenouille los presenciaba en silencio a la sombra del Pavillon de Flore, en la orilla derecha, frente al Pont Royal. No movió las manos para aplaudir ni miró una sola vez hacia arriba para ver elevarse los cohetes. Había venido con la esperanza de oler algo nuevo, pero pronto descubrió que los fuegos no tenían nada que ofrecer, olfatoriamente hablando. Aquel gran despilfarro de chispas, lluvia de fuego, estallidos y silbidos dejaba tras de sí una monótona mezcla de olores compuesta de azufre, aceite y salitre.

Se disponía ya a alejarse de la aburrida representación para dirigirse a su casa pasando por las Galerías del Louvre, cuando el viento le llevó algo, algo minúsculo, apenas perceptible, una migaja, un átomo de fragancia, o no, todavía menos, el indicio de una fragancia más que una fragancia en sí, y pese a ello la certeza de que era algo jamás olfateado antes. Retrocedió de nuevo hasta la pared, cerró los ojos y esponjó las ventanas de la nariz. La fragancia era de una sutileza y finura tan excepcionales, que no podía captarla, escapaba una y otra vez a su percepción, ocultándose bajo el polvo húmedo de los petardos, bloqueada por las emanaciones de la muchedumbre y dispersada en mil fragmentos por los otros mil olores de la ciudad. De repente, sin embargo, volvió, pero sólo en diminutos retazos, ofreciendo durante un breve segundo una muestra de su magnífico potencial... y desapareció de nuevo. Grenouille sufría un tormento. Por primera vez no era su carácter ávido el que se veía contrariado, sino su corazón el que sufría. Tuvo el extraño presentimiento de que aquella fragancia era la clave del ordenamiento de todas las demás fragancias, que no podía entender nada de ninguna si no entendía precisamente ésta y que él, Grenouille, habría desperdiciado su vida si no conseguía poseerla. Tenía que captarla, no sólo por la mera posesión, sino para tranquilidad de su corazón.

La excitación casi le produjo malestar. Ni siquiera se había percatado de la dirección de donde procedía la fragancia. Muchas veces, los intervalos entre un soplo de fragancia y otro duraban minutos y cada vez le sobrecogía el horrible temor de haberla perdido para siempre. Al final se convenció, desesperado, de que la fragancia provenía de la otra orilla del río, de alguna parte en dirección sudeste.

Se apartó de la pared del Pavillon de Flore para mezclarse con la multitud y abrirse paso hacia el puente. A cada dos pasos se detenía y ponía de puntillas con objeto de olfatear por encima de las cabezas; al principio la emoción no le permitió oler nada, pero por fin logró captar y oliscar la fragancia, más intensa incluso que antes y, sabiendo que estaba en el buen camino, volvió a andar entre la muchedumbre de mirones y pirotécnicos, que a cada momento alzaban sus antorchas hacia las mechas de los cohetes; entonces perdió la fragancia entre la humareda acre de la pólvora, le dominó el pánico, se abrió paso a codazos y empujones, alcanzó tras varios minutos interminables la orilla opuesta, el Hôtel de Mailly, el Quai Malaquest, el final de la Rue de Seine...

Allí detuvo sus pasos, se concentró y olfateó. Ya lo tenía. Lo retuvo con fuerza. El olor bajaba por la Rue de Seine, claro, inconfundible, pero fino y sutil como antes. Grenouille sintió palpitar su corazón y supo que no palpitaba por el esfuerzo de correr, sino por la excitación de su impotencia en presencia de este aroma. Intentó recordar algo parecido y tuvo que desechar todas las comparaciones. Esta fragancia tenía frescura, pero no la frescura de las limas o las naranjas amargas, no la de la mirra o la canela o la menta o los abedules o el alcanfor o las agujas de pino, no la de la lluvia de mayo o el viento helado o el agua del manantial... y era a la vez cálido, pero no como la bergamota, el ciprés o el almizcle, no como el jazmín o el narciso, no como el palo de rosa o el lirio... Esta fragancia era una mezcla de dos cosas, lo ligero y lo pesado; no, no una mezcla, sino una unidad y además sutil y débil y sólido y denso al mismo tiempo, como un trozo de seda fina y tornasolada... pero tampoco como la seda, sino como la leche dulce en la que se deshace la galleta... lo cual no era posible, por más que se quisiera: ¡seda y leche! Una fragancia incomprensible, indescriptible, imposible de clasificar; de hecho, su existencia era imposible. Y no obstante, ahí estaba, en toda su magnífica rotundidad. Grenouille la siguió con el corazón palpitante porque presentía que no era él quien seguía a la fragancia, sino la fragancia la que le había hecho prisionero y ahora le atraía irrevocablemente hacia sí.

Continuó bajando por la Rue de Seine. No había nadie en la calle. Las casas estaban vacías y silenciosas. Todos se habían ido al río a ver los fuegos artificiales. No estorbaba ningún penetrante olor humano, ningún potente tufo de pólvora. La calle olía a la mezcla habitual de agua, excrementos, ratas y verduras en descomposición, pero por encima de todo ello flotaba, clara y sutil, la estela que guiaba a Grenouille. A los pocos pasos desapareció tras los altos edificios la escasa luz nocturna del cielo y Grenouille continuó caminando en la oscuridad. No necesitaba ver; la fragancia le conducía sin posibilidad de error.

A los cincuenta metros dobló a la derecha la esquina de la Rue des Marais, una callejuela todavía más tenebrosa cuya anchura podía medirse con los brazos abiertos. Extrañamente, la fragancia no se intensificó, sólo adquirió más pureza y, a causa de esta pureza cada vez mayor, ganó una fuerza de atracción aún más poderosa. Grenouille avanzaba como un autómata. En un punto determinado la fragancia le guió bruscamente hacia la derecha, al parecer contra la pared de una casa. Apareció un umbral bajo que conducía al patio interior. Como en un sueño, Grenouille cruzó este umbral, dobló un recodo y salió a un segundo patio interior, de menor tamaño que el otro, donde por fin vio arder una luz: el cuadrilátero sólo medía unos cuantos pasos. De la pared sobresalía un tejadillo de madera inclinado y debajo de él, sobre una mesa, parpadeaba una vela. Una muchacha se hallaba sentada ante esta mesa, limpiando ciruelas amarillas. Las cogía de una cesta que tenía a su izquierda, las despezonaba y deshuesaba con un cuchillo y las dejaba caer en un cubo. Debía tener trece o catorce años. Grenouille se detuvo. Supo inmediatamente de dónde procedía la fragancia que había seguido durante más de media milla desde la otra margen del río: no de este patio sucio ni de las ciruelas amarillas. Procedía de la muchacha.

Por un momento se sintió tan confuso que creyó realmente no haber visto nunca en su vida nada tan hermoso como esta muchacha. Sólo veía su silueta desde atrás, a contraluz de la vela. Pensó, naturalmente, que nunca había olido nada tan hermoso. Sin embargo, como conocía los olores humanos, muchos miles de ellos, olores de hombres, mujeres y niños, no quería creer que una fragancia tan exquisita pudiera emanar de un ser humano. Casi siempre los seres humanos tenían un olor insignificante o detestable. El de los niños era insulso, el de los hombres consistía en orina, sudor fuerte y queso, el de las mujeres, en grasa rancia y pescado podrido. Todos sus olores carecían de interés y eran repugnantes... y por ello ahora ocurrió que Grenouille, por primera vez en su vida, desconfió de su nariz y tuvo que acudir a la ayuda visual para creer lo que olía. La confusión de sus sentidos no duró mucho; en realidad, necesitó sólo un momento para cerciorarse ópticamente y entregarse de nuevo, sin reservas, a las percepciones de su sentido del olfato. Ahora *olía* que ella era un ser humano, olía el sudor de sus axilas, la grasa de sus cabellos, el olor a pescado de su sexo, y lo olía con el mayor placer. Su sudor era tan fresco como la brisa marina, el sebo de sus cabellos, tan dulce como el aceite de nuez, su sexo olía como un ramo de nenúfares, su piel, como la flor de albaricoque... y la combinación de estos elementos producía un perfume tan rico, tan equilibrado, tan fascinante, que todo cuanto Grenouille había olido hasta entonces en perfumes, todos los edificios odoríferos que había creado en su imaginación, se le antojaron de repente una mera insensatez. Centenares de miles de fragancias parecieron perder todo su valor ante esta fragancia determinada. Se trataba del principio supremo, del modelo según el cual debía clasificar todos los demás. Era la belleza pura.

Grenouille vio con claridad que su vida ya no tenía sentido sin la posesión de esta fragancia. Debía conocerla con todas sus particularidades, hasta el más íntimo y sutil de sus pormenores; el simple recuerdo de su complejidad no era suficiente para él. Quería grabar el apoteósico perfume como con un troquel en la negrura confusa de su alma, investigarlo exhaustivamente y en lo sucesivo sólo pensar, vivir y oler de acuerdo con las estructuras internas de esta fórmula mágica.

Se fue acercando despacio a la muchacha, aproximándose más y más hasta que estuvo bajo el tejadillo, a un paso detrás de ella. La muchacha no le oyó.

Tenía cabellos rojizos y llevaba un vestido gris sin mangas. Sus brazos eran muy blancos y las manos amarillas por el jugo de las ciruelas partidas. Grenouille se inclinó sobre ella y aspiró su fragancia, ahora totalmente desprovista de mezclas, tal como emanaba de su nuca, de sus cabellos y del escote y se dejó invadir por ella como por una ligera brisa. Jamás había sentido un bienestar semejante. En cambio, la muchacha sintió frío.

No veía a Grenouille, pero experimentó cierta inquietud y un singular estremecimiento, como sorprendida de repente por el viejo temor ya olvidado. Le pareció sentir una corriente fría en la nuca, como si alguien hubiera abierto la puerta de un sótano inmenso y helado. Dejó el cuchillo, se llevó los brazos al pecho y se volvió.

El susto de verle la dejó pasmada, por lo que él dispuso de mucho tiempo para rodearle el cuello con las manos. La muchacha no intentó gritar, no se movió, no hizo ningún gesto de rechazo y él, por su parte, no la miró. No vio su bonito rostro salpicado de pecas, los labios rojos, los grandes ojos verdes y centelleantes, porque mantuvo bien cerrados los propios mientras la estrangulaba, dominado por una única preocupación: no perderse absolutamente nada de su fragancia.

Cuando estuvo muerta, la tendió en el suelo entre los huesos de ciruela, le desgarró el vestido y la fragancia se convirtió en torrente que le inundó con su aroma. Apretó la cara contra su piel y la pasó, con las ventanas de la nariz esponjadas, por su vientre, pecho, garganta, rostro, cabellos y otra vez por el vientre hasta el sexo, los muslos y las blancas pantorrillas. La olfateó desde la cabeza hasta la punta de los pies, recogiendo los últimos restos de su fragancia en la barbilla, en el ombligo y en el hueco del codo.

Cuando la hubo olido hasta marchitarla por completo, permaneció todavía un rato a su lado en cuclillas para sobreponerse, porque estaba saturado de ella. No quería derramar nada de su perfume y ante todo tenía que dejar bien cerrados los mamparos de su interior. Después se levantó y apagó la vela de un soplo.

Momentos más tarde llegaron los primeros trasnochadores por la Rue de Seine, cantando y lanzando vivas. Grenouille se orientó olfativamente por la callejuela oscura hasta la Rue des Petits Augustins, paralela a la Rue de Seine, que conducía al río. Poco después descubrieron el cadáver. Gritaron, encendieron antorchas y llamaron a la guardia. Grenouille estaba desde hacia rato en la orilla opuesta.

Aquella noche su cubil se le antojó un palacio y su catre una cama con colgaduras. Hasta entonces no había conocido la felicidad, todo lo más algunos raros momentos de sordo bienestar. Ahora, sin embargo, temblaba de felicidad hasta el punto de no poder conciliar el sueño. Tenía la impresión de haber nacido por segunda vez, no, no por segunda, sino por primera vez, ya que hasta la fecha había existido como un animal, con sólo una nebulosa conciencia de sí mismo. En cambio, hoy le parecía saber por fin quién era en realidad: nada menos que un genio; y que su vida tenía un sentido, una meta y un alto destino: nada menos que el de revolucionar el mundo de los olores; y que sólo él en todo el mundo poseía todos los medios para ello: a saber, su exquisita nariz, su memoria fenomenal y, lo más importante de todo, la excepcional fragancia de esta muchacha de la Rue des Marais en cuya fórmula mágica figuraba todo lo que componía una gran fragancia, un perfume: delicadeza, fuerza, duración, variedad y una belleza abrumadora e irresistible. Había encontrado la brújula de su vida futura. Y como todos los monstruos geniales ante quienes un acontecimiento externo abre una vía recta en la espiral caótica de sus almas, Grenouille ya no se apartó de lo que él creía haber reconocido como la dirección de su destino. Ahora vio con claridad por qué se aferraba a la vida con tanta determinación y terquedad: tenía que ser un creador de perfumes. Y no uno cualquiera, sino el perfumista más grande de todos los tiempos.

Aquella misma noche pasó revista, primero despierto y luego en sueños, al gigantesco y desordenado tropel de sus recuerdos. Examinó los millones y millones de elementos odoríferos y los ordenó de manera sistemática: bueno con bueno, malo con malo, delicado con delicado, tosco con tosco, hedor con hedor, ambrosíaco con ambrosíaco. En el transcurso de la semana siguiente perfeccionó este orden, enriqueciendo y diferenciando más el catálogo de aromas y dando más claridad a las jerarquías. Y pronto pudo dar comienzo a los primeros edificios planificados de olores: casas, paredes, escalones, torres, sótanos, habitaciones, aposentos secretos... una fortaleza interior, embellecida y perfeccionada a diario, de las más maravillosas composiciones de aromas.

El hecho de que esta magnificencia se hubiera iniciado con un asesinato le resultaba, cuando tenía conciencia de ello, por completo indiferente. Ya no podía recordar la imagen de la muchacha de la Rue des Marais, ni su rostro ni su cuerpo. Pero conservaba y poseía lo mejor de ella: el principio de su fragancia.

9

En aquella época había en París una docena de perfumistas. Seis de ellos vivían en la orilla derecha, seis en la izquierda y uno justo en medio, en el Pont au Change, que unía la orilla derecha con la Île de la Cité. En ambos lados de este puente se apiñaban hasta tal punto las casas de cuatro pisos, que al cruzarlo no se podía ver el río y se tenía la impresión de andar por una calle normal, trazada sobre tierra firme, que era, además, muy elegante. De hecho, el Pont au Change pasaba por ser el centro comercial más distinguido de la ciudad. En él se encontraban las tiendas más famosas, los joyeros y ebanistas, los mejores fabricantes de pelucas y bolsos, los confeccionistas de las medias y la ropa interior más delicada, los comercios de marcos, botas de montar y bordado de charreteras, los fundidores de botones de oro y los banqueros. También estaba aquí el negocio y la vivienda del perfumista y fabricante de guantes Giuseppe Baldini. Sobre su escaparate pendía un magnífico toldo esmaltado en verde y al lado podía verse el escudo de Baldini, todo en oro, con un frasco dorado del que salía un ramillete de flores doradas, y ante la puerta una alfombra roja que igualmente llevaba el escudo de Baldini bordado en oro. Cuando se abrían las puertas, sonaba un carillón persa y dos garzas de plata empezaban a lanzar por los picos agua de violeta que caía en un cuenco dorado que tenía la misma forma de frasco que el escudo de Baldini.

Detrás del mostrador de clara madera de boj se hallaba el propio Baldini, viejo y rígido como una estatua, con peluca empolvada de plata y levita ribeteada de oro. Una nube de agua de franchipán, con la que se rociaba todas las mañana, le rodeaba de modo casi visible y relegaba su persona a una difusa lejanía. En su inmovilidad, parecía su propio inventario. Sólo cuando sonaba el carillón y escupían las garzas —lo cual no sucedía muy a menudo— cobraba vida de repente, su figura se encogía, pequeña e inquieta, y después de muchas reverencias detrás del mostrador, salía precipitadamente, tan de prisa que la nube de agua de franchipán apenas podía seguirle, para pedir a los clientes que se sentaran a fin de elegir entre los más selectos perfumes y cosméticos.

Baldini los tenía a millares. Su oferta abarcaba desde las *essences absolues*, esencias de pétalos, tinturas, extractos, secreciones, bálsamos, resinas y otras drogas en forma sólida, líquida o cérea, hasta aguas para el baño, lociones, sales volátiles, vinagres aromáticos y un sinnúmero de perfumes auténticos, pasando por diversas pomadas, pastas, polvos, jabones, cremas, almohadillas perfumadas, bandolinas, brillantinas, cosmético para los bigotes, gotas para las verrugas y emplastos de belleza. Sin embargo, Baldini no se contentaba con estos productos clásicos del cuidado personal. Su ambición consistía en reunir en su tienda todo cuanto oliera o sirviera para producir olor. Y así, junto a las pastillas olorosas y los pebetes y sahumerios, tenía también especias, desde semillas de anís a canela, jarabes, licores y jugos de fruta, vinos de Chipre, Málaga y Corinto, mieles, cafés, tés, frutas secas y confitadas, higos, bombones, chocolates, castañas e incluso alcaparras, pepinos y cebollas adobados y atún en escabeche. Y además, lacre perfumado, papel de cartas oloroso, tinta para enamorados que olía a esencia de rosas, carpetas de cuero español, portaplumas de madera de sándalo blanca, estuches y cofres de madera de cedro, ollas y cuencos para pétalos, recipientes de latón para incienso, frascos y botellas de cristal con tapones de ámbar pulido, guantes y pañuelos perfumados, acericos rellenos de flores de nuez moscada y papeles pintados con olor a almizcle que podían llenar de perfume una habitación durante más de cien años.

Como es natural, no todos estos artículos tenían cabida en la pomposa tienda que daba a la calle (o al puente), por lo que, a falta de un sótano, tenían que guardarse no sólo en el almacén propiamente dicho, sino también en todo el primero y segundo piso y en casi todas las habitaciones de la planta baja orientadas al río. El resultado era que en casa de Baldini reinaba un caos indescriptible de fragancias. Precisamente por ser tan selecta la calidad de cada uno de los productos —ya que Baldini sólo compraba lo mejor—, el conjunto de olores era insoportable, como una orquesta de mil músicos que tocaran *fortissimo* mil melodías diferentes. El propio Baldini y sus empleados eran tan insensibles a este caos como ancianos directores de orquesta ensordecidos por el estruendo, y también su esposa, que vivía en el tercer piso y defendía encarnizadamente su vivienda contra cualquier ampliación del almacén, percibía los múltiples olores sin muestras de saturación. No así el cliente que entraba por primera vez en la tienda de Baldini. La mezcla de fragancias le salía al paso como un puñetazo en la cara y, según su constitución, le exaltaba o aturdía y en cualquier caso confundía de tal modo sus sentidos que a menudo olvidaba por qué había venido. Los chicos de recados olvidaban sus encargos. Los caballeros altivos se volvían suspicaces y alguna que otra dama sufría un ataque mitad histérico, mitad claustrofóbico, se desmayaba y sólo podía ser reanimada con las sales volátiles más fuertes, compuestas de esencia de claveles, amoníaco y alcohol alcanforado.

En semejantes circunstancias no era de extrañar que el carillón persa de la puerta de Giuseppe Baldini sonara cada vez con menos frecuencia y las garzas de plata escupieran a intervalos cada vez más largos.

10

—¡Chénier! —gritó Baldini desde detrás del mostrador, donde había pasado horas inmóvil como una estatua, mirando fijamente la puerta—. ¡Poneos la peluca!

Y entre jarras de aceite de oliva y jamones de Bayona colgados del techo, Chénier, el encargado de Baldini, algo más joven que éste pero también un hombre viejo, apareció en la parte elegante del establecimiento. Se sacó la peluca del bolsillo de la levita y se la encasquetó.

—¿Salís, señor Baldini?

—No —respondió el interpelado—, me retiraré unas horas a mi despacho y no deseo ser molestado bajo ningún concepto.

—¡Ah, comprendo! Pensáis crear un nuevo perfume.

BALDINI. Así es. Destinado a perfumar un cuero español para el conde Verhamont. Me ha pedido algo nuevo, algo como... como... creo que ha mencionado algo llamado «Amor y Psique», obra de ese... ese chapucero de la Rue Saint-André-des-Arts, ese... ese...

CHÉNIER. Pélissier.

BALDINI. Eso, Pélissier. Eso es. Así se llama el chapucero. «Amor y Psique» de Pélissier. ¿Lo conocéis?

CHÉNIER. Sí, claro. Se huele ya por todas partes. Se huele en todas las esquinas. Aunque, si deseáis saber mi opinión... ¡nada especial! Desde luego no puede compararse en modo alguno con lo que vos compondréis, señor Baldini.

BALDINI. Naturalmente que no.

CHÉNIER. Ese «Amor y Psique» tiene un olor en extremo vulgar.

BALDINI. ¿Vulgar?

CHÉNIER. Completamente vulgar, como todo lo de Pélissier. Creo que contiene aceite de lima.

BALDINI. ¿De veras? ¿Y qué más?

CHÉNIER. Esencia de azahar, tal vez. Y posiblemente tintura de romero, aunque no puedo afirmarlo con seguridad.

BALDINI. No me importa nada en absoluto.

CHÉNIER. Naturalmente.

BALDINI. Me importa un bledo lo que ese chapucero de Pélissier ha echado en su perfume. ¡No me pienso inspirar en él!

CHÉNIER. Con toda la razón, monsieur.

BALDINI. Como sabéis, nunca me inspiro en nadie. Como sabéis, elaboro siempre mis propios perfumes.

CHÉNIER. Lo sé, monsieur.

BALDINI. ¡La idea nace siempre de mí!

CHÉNIER. Lo sé.

BALDINI. Y tengo intención de crear para el conde Verhamont algo que hará verdaderamente furor.

CHÉNIER. Estoy convencido de ello, señor Baldini.

BALDINI. Encargaos de la tienda. Necesito tranquilidad. No dejéis que nadie se acerque a mí, Chénier...

Dicho lo cual salió, arrastrando los pies, ya no como una estatua, sino como correspondía a su edad, encorvado, incluso como apaleado, y subió despacio la escalera hasta el primer piso, donde estaba su despacho.

Chénier se colocó detrás del mostrador en la misma posición que adoptara antes el maestro y se quedó mirando fijamente la puerta. Sabía qué ocurriría durante las próximas horas: nada en la tienda y arriba, en el despacho, la catástrofe habitual. Baldini se quitaría la levita impregnada de agua de franchipán, se sentaría ante su escritorio y esperaría una inspiración. Esta inspiración no llegaría. Entonces se dirigiría a toda prisa al armario donde guardaba centenares de frascos de ensayo y haría una mezcla al azar. Esta mezcla no daría el resultado apetecido. Con una maldición, abriría de par en par la ventana y tiraría el frasco al río. Haría otra prueba, que también fracasaría, y entonces empezaría a gritar y vociferar y acabaría hecho un mar de lágrimas en la habitación de ambiente casi irrespirable. Hacia las siete de la tarde bajaría desconsolado, temblando y llorando, y confesaría: «Chénier, ya no tengo olfato, no puedo crear el perfume, no puedo entregar el cuero español para el conde, estoy perdido, estoy muerto por dentro, quiero morirme, ¡Chénier, ayudadme a morir!» Y Chénier le propondría enviar a alguien por un frasco de «Amor y Psique» y Baldini accedería con la condición de que nadie se enterase de semejante vergüenza; Chénier lo juraría y por la noche perfumarían el cuero del conde Verhamont con la fragancia ajena. Así sería y no de otro modo y el único deseo de Chénier era que toda la escena ya se hubiera desarrollado. Baldini ya no era un gran perfumista. Antes, sí; en su juventud, treinta o cuarenta años, había creado la «Rosa del sur» y el «Bouquet galante de Baldini», dos perfumes realmente grandes a los que debía su fortuna. Pero ahora era viejo y se había consumido; ya no conocía las modas de la época y los gustos nuevos de la gente y cuando lograba componer una fragancia inédita, era una mezcla pasada de moda, invendible, que al año siguiente diluían en una décima parte y malvendían como agua perfumada para surtidor. Lo siento por él, pensó Chénier, arreglándose la peluca ante el espejo, lo siento por el viejo Baldini y también por su bonito negocio, porque lo arruinará, y lo siento por mí, que ya seré demasiado viejo para remontarlo cuando lo haya arruinado...

11

Giuseppe Baldini se despojó efectivamente de la perfumada levita, pero sólo por costumbre. Hacía mucho tiempo que ya no le molestaba el olor del agua de franchipán porque había vivido impregnado de él durante décadas y ya no lo percibía en absoluto. También cerró la puerta del despacho, deseando estar tranquilo, pero no se sentó ante el escritorio a cavilar y esperar una inspiración porque sabía mucho mejor que Chénier que esta inspiración no vendría; en realidad, nunca había tenido ninguna. Era cierto que estaba gastado y viejo y ya no era un gran perfumista; pero sólo él sabía que no lo había sido en su vida. La «Rosa del sur» era herencia de su padre y la receta del «Bouquet galante de Baldini» la había comprado a un comerciante de especias genovés a su paso por París. Sus otros perfumes eran mezclas ya conocidas. Él no había creado nunca ninguno; no era un creador, sólo un mezclador concienzudo de olores acreditados, como un cocinero que, con rutina y buenas recetas, prepara buenas comidas pero nunca ha inventado ningún plato propio. Si continuaba todavía con toda aquella comedia del laboratorio, los experimentos, la inspiración y el secreto era porque formaban parte de la imagen profesional de un *Maître Parfumeur et Gantier*. Un perfumista era una especie de alquimista que realizaba milagros y si la gente así lo quería, ¡qué remedio! Sólo él sabía que su arte era una artesanía como cualquier otra y esto constituía su orgullo. No quería ser ningún inventor. Para él inventar era muy sospechoso porque siempre significaba quebrantar alguna regla. No tenía la menor intención de crear un nuevo perfume para el conde Verhamont. En todo caso, cuando más tarde bajara a la tienda no se dejaría convencer por Chénier para procurarse el «Amor y Psique» de Pélissier. Ya lo tenía. Allí estaba, sobre el escritorio situado ante la ventana, en un pequeño frasco de cristal de tapón pulido. Lo había comprado hacía ya dos días. No personalmente, claro. ¡No podía ir en persona a casa de Pélissier a comprar un perfume! Lo había hecho a través de un intermediario, que había actuado a través de otro intermediario... Se imponía ser precavido, porque Baldini no quería el perfume simplemente para impregnar el cuero español; para eso no habría bastado aquella cantidad tan pequeña. Su intención era peor: quería copiarlo.

No se trataba de nada prohibido, desde luego, pero sí de algo muy poco delicado. Imitar secretamente el perfume de un competidor y venderlo con la propia firma era una indelicadeza flagrante. Aún era peor, sin embargo, ser sorprendido haciéndolo y por esa razón Chénier no podía saber nada, porque Chénier era un charlatán.

¡Ah, qué triste resultaba para un hombre cabal verse obligado a seguir caminos tan sinuosos! ¡Qué triste manchar de aquel modo tan sórdido lo más valioso que el hombre posee, su propio honor! Pero, ¿qué hacer, si no? El conde Verhamont era un cliente que no podía perder. Ya casi no le quedaba ninguno; tenía que correr detrás de la clientela como a principios de los años veinte, cuando se hallaba en los comienzos de su carrera y tenía que ir por las calles con el maletín. Sólo Dios sabía que él, Giuseppe Baldini, propietario del mayor y mejor situado establecimiento de sustancias aromáticas de París, un negocio próspero, tenía que volver a depender económicamente de las rondas domiciliarias que hacía con el maletín en la mano. Y esto no le gustaba nada porque ya tenía más de sesenta años y detestaba esperar en antesalas frías y vender a viejas marquesas, a fuerza de palabrería, agua de mil flores y vinagre aromático o ungüentos para la jaqueca. Además, en aquellas antesalas se encontraba uno con los competidores más repugnantes. Había un advenedizo llamado Brouet, de la Rue Dauphine, que afirmaba poseer la mayor lista de pomadas de Europa; o Calteau, de la Rue Mauconseil, que había llegado a proveedor de la corte de la condesa de Artois; o aquel imprevisible Antoine Pélissier, de la Rue Saint-André-des-Arts, que cada temporada lanzaba un nuevo perfume que enloquecía a todo el mundo.

Así pues, un perfume de Pélissier podía desequilibrar todo el mercado. Si un año se ponía de moda el agua húngara y Baldini hacía provisión de espliego, bergamota y romero para satisfacer la demanda, Pélissier se descolgaba con el «Aire de almizcle», un perfume de extraordinaria densidad. Entonces todos querían de repente oler como un animal y Baldini tenía que emplear el romero en loción capilar y el espliego en saquitos olorosos. Si por el contrario se abastecía para el año siguiente de las cantidades correspondientes de almizcle, algalia y castóreo, Pélissier sacaba un perfume llamado «Flor de bosque», que se convertía en un éxito instantáneo. Y si Baldini, finalmente, experimentando durante noches enteras o gastando mucho dinero en sobornos, averiguaba la composición de «Flor de bosque», Pélissier creaba «Noches turcas» o «Fragancia de Lisboa» o «Bouquet de la corte» o el diablo sabía qué más. Aquel hombre era en todo caso, con su irrefrenable creatividad, un peligro para todo el oficio. Uno deseaba que volviera la rigidez del antiguo derecho gremial, la vuelta de las medidas draconianas contra aquel hombre insolidario, aquel inflacionista del perfume. Deberían retirarle la patente, prohibirle de plano el ejercicio de su profesión... ¡y sobre todo, ese tipo debía hacer primero un aprendizaje! Porque el tal Pélissier no era un perfumista y maestro en guantería. Su padre sólo elaboraba vinagres y Pélissier debía dedicarse a lo mismo y a nada más. Pero como la elaboración de vinagres le daba derecho a tener líquidos alcohólicos, había irrumpido como una mofeta en el terreno de los verdaderos perfumistas para mezclar sus chapucerías. ¿Qué falta hacía un nuevo perfume cada temporada? ¿Acaso era necesario? El público estaba antes muy satisfecho con agua de violetas y sencillos aromas florales en los que tal vez se introducía un ligero cambio cada diez años. Durante milenios la gente se había contentado con incienso, mirra, un par de bálsamos, aceites y hierbas aromáticas, e incluso cuando aprendieron a destilar con retortas y alambiques, mediante el vapor de agua, condensando el principio aromático de hierbas, flores y maderas en forma de aceite volátil, o a obtenerlo separándolo de semillas, huesos y cáscaras con prensas de roble o a desprender los pétalos con grasas cuidadosamente filtradas, el número de perfumes siguió siendo modesto. Por aquel entonces un personaje como Pélissier habría sido imposible, ya que para la creación de una simple pomada se requerían habilidades que el adulterador de vinagres no conocía ni en sueños. No sólo había que saber destilar, sino ser al mismo tiempo experto en pomadas, boticario, alquimista y artesano, comerciante, humanista y jardinero. Era preciso saber distinguir entre la grasa de riñones de carnero y el sebo de ternera y entre una violeta Victoria y una de Parma. Se debía dominar la lengua latina y saber cuándo se cosecha el heliotropo y cuándo florece el pelargonio y que la flor del jazmín pierde su aroma a la salida del sol. Sobre estas cosas el tal Pélissier no tenía, naturalmente, la menor idea. Era probable que nunca hubiera abandonado París y no hubiera visto nunca el jazmín en flor y, por consiguiente, no sospechara siquiera el trabajo ímprobo que se necesitaba para obtener, de centenares de miles de estas flores, una bolita de *Concrète* o unas gotas de *Essence absolue*. Seguramente sólo conocía el jazmín como un líquido concentrado de color marrón oscuro contenido en un frasquito que guardaba en la caja de caudales junto a muchos otros frasquitos de los perfumes de moda. No, una figura como el cursi de Pélissier no habría destacado en los viejos y buenos tiempos de la artesanía. Para ello le faltaba todo: carácter, formación, mesura y el sentido de la subordinación gremial. Sus éxitos en perfumería se debían exclusivamente a un descubrimiento hecho doscientos años atrás por el genial Mauritius Frangipani —¡un italiano, por cierto!— consistente en que las sustancias aromáticas son solubles en alcohol. Al mezclar sus polvos odoríferos con alcohol y convertir su aroma en un líquido volátil, Frangipani liberó al perfume de la materia, espiritualizó el perfume, lo redujo a su esencia más pura, en una palabra, lo creó. ¡Qué obra! ¡Qué proeza trascendental! Sólo comparable, de hecho, a los mayores logros de la humanidad, como el invento de la escritura por los asirios, la geometría euclidiana, las ideas de Platón y la transformación de uvas en vino por los griegos. ¡Una obra digna de Prometeo!

Y no obstante, como todos los grandes logros intelectuales, que no sólo proyectan luz sino también sombras y ocasionan a la humanidad disgustos y calamidades además de ventajas, también el magnífico descubrimiento de Frangipani tuvo consecuencias perjudiciales, porque al aprender el hombre a condensar en tinturas la esencia de flores y plantas, maderas, resinas y secreciones animales y a conservarlas en frascos, el arte de la perfumería se fue escapando de manos de los escasos artesanos universales y quedó expuesta a los charlatanes, sólo dotados de un olfato fino, como por ejemplo esta mofeta de Pélissier. Sin preocuparse de dónde procedía el maravilloso contenido de sus frascos, podía obedecer simplemente a sus caprichos olfatorios y mezclar lo primero que se le ocurriera o lo que deseara el público en aquel momento.

El bastardo de Pélissier poseía sin duda a los treinta y cinco años una fortuna mayor de la que él, Baldini, había logrado amasar después de tres generaciones de perseverante trabajo. Y la de Pélissier aumentaba día a día, mientras la suya, la de Baldini, disminuía a diario. ¡Una cosa así no habría podido ocurrir nunca en el pasado! Que un artesano prestigioso y *commerçant* introducido tuviera que luchar por su mera existencia no se había visto hasta hacía pocas décadas. Desde que el frenético afán de novedad reinaba por doquier y en todos los ámbitos, ¡sólo se veía esta actividad incontenible, esta furia por la experimentación, esta megalomanía en el comercio, en el tráfico y en las ciencias!

¡Y la locura de la velocidad! ¿Para qué necesitaban tantas calles nuevas, que se excavaban por doquier, y los puentes nuevos? ¿Para qué? ¿Qué ventaja tenía poder viajar a Lyon en una semana? ¿A quién le importaba esto? ¿A quién beneficiaba? ¿O cruzar el Atlántico, alcanzar la costa americana en un mes? ¡Como si no hubieran vivido muy bien sin este continente durante miles de años! ¿Qué se le había perdido al hombre civilizado en las selvas de los indios o en tierras de negros? Incluso iban a Laponia, que estaba en el norte, entre hielos eternos, donde vivían salvajes que comían pescado crudo. Y ahora querían descubrir un nuevo continente, que por lo visto se hallaba en los mares del sur, dondequiera que estuviesen éstos. ¿Y para qué tanto frenesí? ¿Porque lo hacían los demás, los españoles, los malditos ingleses, los impertinentes holandeses, contra quienes se libraba una guerra cuyo coste era exorbitante? Nada menos que 300.000 libras —pagadas con nuestros impuestos— costaba un barco de guerra, que se hundía al primer cañonazo y no se recobraba jamás. Ahora el señor ministro de Finanzas exigía la décima parte de todos los ingresos, lo cual era ruinoso aunque no se pagara, porque el estado de ánimo general era de por sí nocivo.

La desgracia del hombre se debe a que no quiere permanecer tranquilo en su habitación, que es su hogar. Esto lo dice Pascal. Pero Pascal fue un gran hombre, un Frangipani del espíritu, un verdadero artesano, y hoy en día nadie pregunta a estos hombres. Ahora se leen libros subversivos de hugonotes o ingleses, o se escriben tratados o las llamadas grandes obras científicas en las que todo se pone en tela de juicio. Ya no sirve nada; de improviso, todo ha de ser diferente. En un vaso de agua tienen que nadar unos animalitos que nadie había visto antes; la sífilis ha de ser una enfermedad muy normal y no un castigo de Dios; Dios, si es que fue Él quien lo creó, no hizo el mundo en siete días, sino en millones de años; los salvajes son hombres como nosotros; educamos mal a nuestros hijos; ¡y la tierra ya no es redonda como hasta ahora, sino ovalada como un melón... como si esto importara algo! En todos los terrenos se hacen preguntas, se escudriña, se investiga, se husmea y se experimenta. Ya no basta decir que una cosa existe y describirla: ahora todo tiene que probarse, y mejor si se hace con testigos, datos y algunos experimentos ridículos. Todos esos Diderot, D'Alembert, Voltaire y Rousseau, o como se llamaran aquellos escritorzuelos —¡entre los cuales había incluso clérigos, y caballeros nobles, por añadidura!— la han armado buena con sus pérfidas inquietudes, su complacencia en el propio descontento y su desprecio por todo lo del mundo, ¡contagiando a la sociedad entera el caos sin límites que reina en sus cerebros!

Dondequiera que uno dirigiese la mirada, reinaba el desenfreno. La gente leía libros, incluso las mujeres. Los clérigos se metían en los cafés. Y cuando la policía intervenía y encerraba en la cárcel a uno de aquellos canallas, los editores ponían el grito en el cielo, elevando peticiones, y encumbrados caballeros y damas hacían valer su influencia hasta que lo dejaban libre a las dos semanas o le permitían marchar al extranjero, donde podía seguir pergeñando panfletos con total impunidad. En los salones sólo se hablaba de trayectorias de cometas y expediciones, del principio de la palanca y de Newton, de construcción de canales, circulación de la sangre y diámetro de la tierra.

Incluso el rey se dejó presentar un disparate ultramoderno, una especie de tormenta artificial llamada electricidad: en presencia de toda la corte, un hombre frotó una botella, haciendo surgir chispa, y los rumores decían que el rey se mostró muy impresionado. ¡Era inimaginable que su bisabuelo, el Luis realmente grande bajo cuyo próspero reinado Baldini había tenido la dicha de vivir muchos años, se hubiera prestado a sancionar una demostración tan ridícula! ¡Pero tal era el espíritu de los nuevos tiempos, que a la fuerza terminarían muy mal!

Porque cuando sin la menor vergüenza ni inhibición se desafiaba la autoridad de la Iglesia de Dios; cuando se hablaba sobre la monarquía, igualmente bendecida por Dios, y de la sagrada persona del rey como si fueran ambos puestos variables en un catálogo de otras formas de gobierno que uno pudiera elegir a su capricho; cuando, finalmente, se llegaba tan lejos como para afirmar con toda seriedad que el Dios Todopoderoso, el Supremo Hacedor, no era imprescindible y el orden, la moral y la felicidad sobre la tierra podían existir sin Él, con la mera ayuda de la moralidad innata y la razón humana... ¡oh, Dios, Dios!... entonces no era de extrañar que todo se trastocara y las costumbres se deterioraran y la humanidad hiciera recaer sobre sí la justicia de Aquél de quien renegaba. Las cosas terminarían muy mal. El gran cometa de 1681, del que se habían mofado, describiéndolo como sólo una lluvia de estrellas, fue sin duda alguna un aviso divino, pues anunció —ahora se sabía— un siglo de desmoralización, de caída en un pantano intelectual, político y religioso, creado por el hombre, en que la humanidad se precipitaría y en el cual sólo prosperarían malolientes plantas palustres como el tal Pélissier.

El anciano Baldini seguía ante la ventana, contemplando con hostilidad el río iluminado por los rayos oblicuos del sol poniente. Las barcazas se deslizaban lentamente hacia el oeste, en dirección al Pont Neuf y el puerto de las Galerías del Louvre. Ninguna de ellas navegaba en contra de la corriente, sino que tomaban el brazo de río del otro lado de la isla. Allí todo era arrastrado por la corriente, barcazas llenas y vacías, botes de remos y los barcos planos de los pescadores, mientras las aguas doradas y turbias formaban remolinos y seguían su curso, lentas, caudalosas, incontenibles. Y cuando Baldini miró hacia abajo en sentido vertical, siguiendo la fachada de la casa, tuvo la impresión de que la corriente horadaba los cimientos del puente y sintió vértigo.

Había sido un error comprar la casa del puente y otro todavía mayor comprarla del lado que daba al oeste. Así tenía siempre ante su vista la corriente eterna del río, comunicándole la sensación de que tanto él mismo como su casa y la riqueza amasada durante muchos decenios desaparecían con la corriente río abajo y de que él era demasiado viejo y débil para luchar contra la fuerza de las aguas. Muchas veces, cuando tenía cosas que hacer en la orilla izquierda, en el barrio de la Sorbona o de Saint-Sulpice, no iba por la isla y el Pont Saint-Michel, sino que daba un rodeo por el Pont Neuf, porque en este puente no habían construido casas. Y entonces se colocaba ante el pretil que daba al este y miraba río arriba para contemplar al menos por una vez la corriente fluyendo hacia él; y durante un rato gozaba imaginando que la tendencia de su vida se había invertido, los negocios y la familia prosperaban, las mujeres acudían a su encuentro y su existencia, en lugar de desvanecerse, se alargaba cada vez más.

Sin embargo, al alzar un poco la vista, veía su casa a pocos centenares de metros de distancia, frágil y estrecha, encaramada en el Pont au Change y veía la ventana de su despacho en el primer piso y se veía a sí mismo ante la ventana, contemplando el río y la corriente, como ahora. Y entonces se desvanecía el bonito sueño y Baldini, detenido en el Pont Neuf, daba media vuelta, más deprimido que antes, deprimido como ahora, cuando dio la espalda a la ventana y fue a sentarse ante el escritorio.

12

Delante de él estaba el frasco con el perfume de Pélissier. El líquido lanzaba destellos de un color castaño dorado bajo la luz del sol, diáfano, sin el menor enturbiamiento. Parecía inocente como el té claro y contenía, sin embargo, junto a cuatro quintas partes de alcohol, una quinta parte de una mezcla secreta capaz de revolucionar toda una ciudad. Esta mezcla podía componerse a su vez de tres o de treinta sustancias diferentes en una proporción determinada entre innumerables proporciones posibles. Era el alma del perfume —si podía hablarse de alma en relación con el perfume de un comerciante tan glacial como Pélissier— y ahora se trataba de averiguar en qué consistía.

Baldini se sonó con parsimonia y bajó un poco la persiana porque la luz directa del sol era perjudicial para cualquier perfume, así como para la intensa concentración del olfato. De un cajón del escritorio sacó un pañuelo blanco de encaje y lo desdobló. Entonces abrió el frasco mediante un pequeño giro del tapón, manteniendo la cabeza echada hacia atrás y las ventanas de la nariz apretadas, porque no deseaba en modo alguno oler directamente del frasco y formarse así una primera impresión olfatoria precipitada. El perfume debía olerse en estado distendido y aireado, nunca concentrado. Salpicó el pañuelo con algunas gotas, lo agitó en el aire, a fin de evaporar el alcohol, y se lo puso bajo la nariz. Con tres inspiraciones cortas y bruscas, inhaló la fragancia como un polvo, expiró el aire en seguida, se abanicó, volvió a inspirar tres veces y, tras una profunda aspiración, exhaló por último el aire con lentitud y deteniéndose varias veces, como dejándolo resbalar por una escalera larga y lisa. Tiró el pañuelo sobre la mesa y se apoyó en el respaldo de la silla.

El perfume era asquerosamente bueno. Aquel miserable de Pélissier era por desgracia un experto, un maestro, ¡maldita sea!, aunque no hubiera aprendido nada. Baldini deseó que el «Amor y Psique» fuera suyo. No tenía nada de vulgar, era absolutamente clásico, redondo y armonioso y, pese a ello, de una novedad fascinadora. Era fresco, pero no atrevido, floral, sin ser empalagoso. Tenía profundidad, una profundidad marrón oscura, magnífica, seductora, penetrante, cálida, y a pesar de ello no era excesivo ni denso.

Baldini se levantó casi con respeto y volvió a llevarse el pañuelo a la nariz. «Maravilloso, maravilloso... —murmuró, oliendo con avidez—, tiene un carácter alegre, es amable, es como una melodía, hasta inspira un buen humor inmediato... ¡Tonterías, buen humor!» Y tiró de nuevo el pañuelo sobre la mesa, esta vez con ira, se volvió de espaldas y fue al rincón más alejado del aposento, como avergonzado de su entusiasmo.

¡Ridículo! Dejarse arrancar tales elogios. «Como una melodía. Alegre. Maravilloso. Buen humor.» ¡Majaderías! Bobadas infantiles. Una impresión momentánea. Un viejo error. Una cuestión de temperamento. Su herencia italiana, claro. ¡No juzgues mientras hueles! ¡Ésta es la primera regla, Baldini, viejo idiota! ¡Huele primero y no emitas ningún juicio hasta que hayas olido! «Amor y Psique» es un perfume equilibrado. Un producto impecable. Una chapucería muy bien hecha, por no decir una mezcla chapucera, puesto que de un hombre como Pélissier no podía esperarse otra cosa. Un individuo como Pélissier no podía fabricar un perfume adocenado; el canalla sabía mezclar con pericia, aturdir el sentido del olfato con una perfecta armonía, el sujeto dominaba como un lobo con piel de cordero el arte olfatorio clásico, era, en una palabra, un monstruo con talento. Y esto era peor que un chapucero de buena fe.

Pero tú, Baldini, no debes dejarte impresionar. Durante unos segundos te has quedado atónito ante la primera impresión de esta chapucería, ¿pero acaso sabes cómo olerá dentro de una hora, cuando se hayan evaporado las sustancias más volátiles y aparezca la esencia verdadera? ¿O cómo olerá esta noche, cuando sólo queden esos componentes pesados y oscuros que ahora apenas se olfatean bajo el camuflaje de unos pétalos odoríferos? ¡Espera a entonces, Baldini!

La segunda regla dice: El perfume vive en el tiempo; tiene su juventud, su madurez y su vejez. Y sólo puede calificarse de acertado cuando ha emanado su grata fragancia con la misma intensidad durante las tres diferentes épocas. ¡Cuán a menudo ha sucedido que una mezcla hecha por nosotros ha olido con una maravillosa frescura a la primera prueba, a fruta podrida al poco tiempo y al final a algalia pura, porque pusimos una dosis demasiado alta! ¡Hay que tener mucho cuidado con la algalia! Una gota de más equivale a una catástrofe. Es un error muy antiguo. Quién sabe... ¿y si Pélissier hubiera puesto demasiada algalia? Quizá esta noche su ambicioso «Amor y Psique» despida olor a orina de gato. Ya veremos.

Y lo oleremos. Del mismo modo que un hacha afilada divide el tronco en las astillas más pequeñas, nuestra nariz separará todos los detalles de su perfume. Entonces quedará demostrado si esta supuesta fragancia seductora ha surgido o no de los elementos más conocidos y normales. Nosotros, los Baldini, perfumistas, descubrimos las triquiñuelas de ese mezclador de vinagres de Pélissier. Le arrancaremos el antifaz de la cara y enseñaremos al novato cómo es capaz de trabajar el viejo artesano. Imitaremos con toda exactitud su perfume de moda. De nuestras manos saldrá una copia tan perfecta, que ni el galgo sabrá diferenciarla del modelo. ¡No! ¡Esto no es suficiente para nosotros! ¡Lo mejoraremos! Le encontraremos faltas y se las enseñaremos y se las pasaremos por la nariz: ¡Eres un chapucero, Pélissier! ¡Una mofeta hedionda! ¡Un advenedizo en el negocio de los perfumes y nada más que un advenedizo!

¡Y ahora, al trabajo, Baldini! ¡Con la nariz agudizada para que huela sin sentimentalismos! ¡Para que descomponga la fragancia según las reglas del arte! ¡Esta misma noche tienes que estar en posesión de la fórmula!

Y se precipitó de nuevo hacia el escritorio, sacó papel y tinta y un pañuelo limpio, lo ordenó todo delante de él e inició su estudio analítico, procediendo de la siguiente manera: se pasó rápidamente bajo la nariz el pañuelo humedecido con perfume e intentó captar un componente aislado de la fragante nube, sin dejarse invadir por el conjunto de la compleja mezcla;

y entonces, mientras sostenía el pañuelo lo más lejos posible de su rostro, anotó de prisa el nombre de la parte olfateada y volvió a pasarse el pañuelo por la nariz para entresacar el siguiente fragmento de aroma...

13

Trabajó durante dos horas sin interrumpión y sus movimientos se volvieron cada vez más frenéticos, más rápido el crujido de la pluma sobre el papel y mayor la dosis de perfume con que salpicaba el pañuelo antes de llevárselo a la nariz.

Ahora ya no olía casi nada, hacía rato que las sustancias volátiles que respiraba le habían aturdido y ni siquiera era capaz de reconocer de nuevo lo que al principio del experimento creía haber analizado sin lugar a dudas. Sabía que no tenía sentido continuar olfateando. Jamás llegaría a averiguar la composición del nuevo perfume; esta noche, no, desde luego, pero tampoco mañana, cuando con ayuda de Dios su nariz se hubiese recuperado. Nunca había conseguido aprender a utilizar el olfato para este fin. Captar por separado los elementos de un perfume era un trabajo antipático y repugnante para él; no le interesaba dividir una fragancia más o menos buena en las partes que la componían. Lo mejor sería dejarlo.

No obstante, su mano continuaba humedeciendo mecánicamente el pañuelo de encaje con delicados movimientos practicados mil veces, agitándolo y pasándolo con rapidez por delante del rostro y, también mecánicamente, inhalando una porción de aire perfumado y expulsándolo en pequeñas cantidades, tal como mandaban las reglas. Hasta que por fin la propia nariz le liberó del tormento, mediante una hinchazón alérgica que la cerró por completo con un tapón céreo. Ahora ya no era capaz de oler nada y apenas podía respirar; tenía la nariz tapada como por un grave resfriado y los lagrimales le goteaban. ¡Gracias a Dios! Ahora sí que podía, sin remordimientos de conciencia, dar por terminado el experimento. Ya había cumplido con su deber y hecho todo lo posible conforme a las reglas del arte, aunque infructuosamente, como ocurría con tanta frecuencia. *Ultra posse nemo obligatur.* Se acabó el trabajo. Mañana temprano enviaría a buscar a casa de Pélissier un gran frasco de «Amor y Psique» para perfumar con él el cuero español encargado por el conde Verhamont. Y después cogería su maletín lleno de jabones anticuados, *sentbons*, pomadas y almohadillas perfumadas y haría la ronda de los salones de ancianas duquesas. Y un día se moriría la última duquesa anciana y con ella su última cliente. Él sería también un anciano y tendría que vender su casa a Pélissier o a otro de los advenedizos con dinero, que tal vez le darían unas dos mil libras por ella. Entonces haría el equipaje, una o dos maletas, y viajaría a Italia con su anciana esposa, si ésta aún no había muerto. Y si él sobrevivía al viaje, compraría una pequeña casa de campo en Mesina, donde todo era barato y allí moriría Giuseppe Baldini, en un tiempo el mayor perfumista de París, arruinado, cuando Dios quisiera llamarle a su seno. Y así tenía que ser.

Tapó el frasco, dejó la pluma y se pasó por última vez el pañuelo empapado por la frente. Notó la frescura del alcohol evaporado y nada más. Entonces se puso el sol.

Baldini se levantó. Subió la persiana y se asomó a la luz del atardecer, que iluminó su cuerpo hasta las rodillas, dándole el aspecto de una antorcha incandescente. Vio el ribete rojo del sol detrás del Louvre y un resplandor más débil sobre los tejados de pizarra de la ciudad. Abajo, el río brillaba como el oro y los barcos habían desaparecido. Soplaba algo de viento, pues las ráfagas formaban escamas en la superficie, que centelleaba aquí y allí como si una mano gigantesca esparciera millones de luises de oro sobre el agua, y la dirección de la corriente pareció cambiar en un momento dado y afluir hacia Baldini como una marea de oro puro.

Los ojos de Baldini estaban húmedos y tristes. Durante un rato permaneció inmóvil, observando la magnífica vista. De repente, abrió la ventana de par en par y lanzó al aire, describiendo un gran arco, el frasco del perfume de Pélissier. Lo vio caer y, por un momento, la rutilante alfombra de agua se dividió.

La habitación se inundó de aire fresco; Baldini respiró hondo y notó que desaparecía la hinchazón de su nariz. Entonces cerró la ventana y, casi simultáneamente, anocheció. La imagen dorada y refulgente de la ciudad y del río se convirtió en una silueta grisácea. La habitación se quedó oscura de improviso. Baldini adoptó la misma posición de antes y miró con fijeza por la ventana. «Mañana no enviaré a nadie a casa de Pélissier —dijo, agarrando con ambas manos el respaldo de su silla—. No lo haré. Y tampoco haré la ronda de los salones, sino que iré al notario y pondré a la venta mi casa y mi negocio. Esto es lo que haré. ¡Ya basta!»

Su rostro adquirió una expresión infantil y obstinada y se sintió súbitamente muy feliz. Era de nuevo el de antes, el joven Baldini, valiente y resuelto como siempre a plantar cara al destino, aunque esta vez plantarle cara significase retroceder. ¡Qué remedio! No podía hacer otra cosa. El tiempo, insensible, no le dejaba otra elección. Dios nos da buenas y malas épocas, pero no quiere que en estas últimas nos quejemos y lamentemos, sino que reaccionemos virilmente. Y en esta ocasión le había hecho una señal. La imagen engañosa de la ciudad, en tonos rojos y dorados, había sido una advertencia: ¡Actúa, Baldini, antes de que sea demasiado tarde! Tu casa aún se sostiene, tus almacenes están llenos, aún podrás conseguir un buen precio por tu negocio a punto de quebrar. Las decisiones aún están en tu mano. Envejecer modestamente en Mesina no fue nunca tu objetivo en la vida, pero es más digno y grato a Dios que arruinarte pomposamente en París. Que triunfen los Brouet, Galteaux y Pélissier; Giuseppe Baldini les deja el campo libre. ¡Pero lo hace por propia voluntad y con la cabeza erguida!

Ahora estaba incluso orgulloso de sí mismo y sentía un inmenso alivio. Por primera vez desde hacía muchos años empezaba a disminuir el calambre de la espalda que le tensaba la nuca y encorvaba los hombros de forma servil y pudo enderezarse sin esfuerzo, relajado, libre y feliz. Percibió claramente la fragancia de «Amor y Psique» que impregnaba la habitación, pero ya no le afectó. Baldini había cambiado su vida y sentía un maravilloso bienestar. Ahora mismo subiría a ver a su esposa para comunicarle sus decisiones y después peregrinaría hasta Notre-Dame y encendería una vela para agradecer a Dios su bondadosa advertencia y la increíble fuerza de voluntad que acababa de infundirle.

Con un ímpetu casi juvenil, encasquetó la peluca sobre su calva, se puso la levita azul, cogió el candelero que estaba encima del escritorio y abandonó la estancia. Apenas hubo encendido la vela de la palmatoria del rellano para iluminar la escalera que subía a la vivienda, cuando oyó sonar la campanilla de la planta baja. No era el bonito tintineo persa de la puerta principal, sino el repique estridente de la entrada de los proveedores, un ruido muy desagradable que siempre le había molestado. Muchas veces había querido hacerla desmontar y sustituirla por una campanilla más armoniosa, pero el gasto le disuadía de ello y ahora, con una risa sofocada, se le ocurrió de repente que ya no importaba; vendería la insolente campanilla junto con la casa. ¡De ahora en adelante daría la lata al nuevo propietario!

La campanilla volvió a sonar. Aguzó el oído. Por lo visto Chénier ya había abandonado el establecimiento y la criada no parecía dispuesta a acudir, así que el propio Baldini bajó para abrir la puerta.

Descorrió el cerrojo, abrió la pesada puerta... y no vio nada. La oscuridad se tragó por completo el resplandor de la vela. Entonces, muy despacio, distinguió una figura pequeña, un niño o un adolescente poco desarrollado, que llevaba algo al brazo.

—¿Qué quieres?

—Me envía el *maître* Grimal con el cuero de cabra —contestó la figura, acercándose y alargando a Baldini el brazo doblado, que sostenía varias pieles superpuestas. A la luz de la vela reconoció Baldini el rostro de un muchacho con unos ojos vigilantes y temerosos. Estaba encorvado, como si se escondiera detrás del brazo extendido, en la actitud de alguien que teme un golpe. Era Grenouille.

14

¡El cuero de cabra para la piel española! Baldini lo recordó. Había encargado las pieles a Grimal hacía un par de días, el cuero más fino y flexible para la carpeta del conde Verhamont, a quince francos la pieza. Ahora, sin embargo, ya no las necesitaba, podía ahorrarse aquel dinero. Aunque, por otra parte, enviar al muchacho con las pieles devueltas... Quizá causaría un efecto desfavorable, desencadenaría rumores de que Baldini ya no era de fiar, Baldini ya no recibía ningún encargo, Baldini ya no podía pagar... y esto no era nada bueno, nada en absoluto, porque podría rebajar el precio de venta del negocio. Sería mejor quedarse con las inútiles pieles de cabra. No convenía que nadie supiera antes de tiempo que Giuseppe Baldini había cambiado su vida.

—¡Entra!

Dejó pasar al muchacho y subieron a la tienda, Baldini delante con el candelero y Grenouille con sus pieles. Era la primera vez que Grenouille entraba en una perfumería, un lugar donde los olores no eran secundarios, sino el centro mismo del interés. Conocía, por supuesto, todas las perfumerías y droguerías de la ciudad, había pasado noches enteras ante los escaparates y apretado la nariz contra las rendijas de las puertas. Conocía todos los aromas que allí se vendían y en su imaginación los había transformado a menudo en los perfumes más deliciosos, de ahí que ahora no esperase nada nuevo. Sin embargo, del mismo modo que un niño dotado para la música ansía ver de cerca una orquesta o subir un día al coro de una iglesia para contemplar el oculto teclado del órgano, Grenouille anhelaba ver el interior de una perfumería y cuando supo que debían entregarse cueros a Baldini, decidió hacer lo imposible para que le enviaran a él.

Y ahora se encontraba en el establecimiento de Baldini, el lugar de París donde se almacenaba el mayor número de fragancias profesionales en el espacio más reducido. No pudo ver mucho a la trémula luz de la vela, sólo, brevemente, la sombra del mostrador con la balanza, las dos garzas sobre la pila, un asiento para los clientes, las oscuras estanterías de las paredes, el rápido destello de los utensilios de latón y las etiquetas blancas en frascos y tarros; ni olió nada más de lo que ya había olido desde la calle, pero sintió en seguida la formalidad que reinaba en aquellas estancias, casi podría decirse la sagrada formalidad, si la palabra «sagrada» hubiera tenido algún sentido para Grenouille; sintió la fría gravedad, la seriedad profesional, el sobrio sentido comercial que emanaba de cada mueble, de cada utensilio, de cada tarro, frasco y matraz. Y mientras caminaba detrás de Baldini, a la sombra de Baldini, porque éste no se tomaba la molestia de alumbrarle el camino, se le ocurrió la idea de que pertenecía a este lugar y a ningún otro, de que se quedaría aquí y desde aquí conquistaría el mundo.

Semejante idea era, por supuesto, de una inmodestia decididamente grotesca. No había nada, nada en absoluto que justificara la esperanza de que un aprendiz de curtidor de dudosos orígenes, sin conexiones ni protección, sin la menor categoría profesional, llegara a encontrar empleo en la perfumería más renombrada de París; con tanta menor razón cuanto que, como sabemos, la liquidación del negocio era ya una cuestión decidida. Pero el caso es que aquí no se trataba de una esperanza concebida por la inmodesta mentalidad de Grenouille, sino de una certidumbre. Sabía que sólo abandonaría esta tienda para ir a recoger sus cosas a la tenería de Grimal y volver después definitivamente. La garrapata había husmeado sangre. Durante años había esperado dentro de su cápsula y ahora se dejaba caer sobre la exuberancia y el desperdicio sin ninguna esperanza. Y por ello su seguridad era tan grande.

Habían atravesado el establecimiento. Baldini abrió la trastienda, que daba al río y servía a la vez de almacén, taller y laboratorio, donde se cocían los jabones, removían las pomadas y mezclaban las aguas aromáticas en panzudos recipientes.

—Ahí —dijo, indicando una gran mesa colocada ante la ventana—. ¡Déjalas ahí!

Grenouille salió de la sombra de Baldini, dejó el

cuero sobre la mesa y retrocedió de un salto para situarse entre Baldini y la puerta. El perfumista se quedó quieto un momento, con la vela un poco apartada para que no cayeran gotas de cera sobre la mesa y acarició con las yemas de los dedos la lisa superficie del cuero. Luego dio la vuelta a la piel de encima y pasó los dedos por el dorso aterciopelado y tosco a la vez. Era un cuero muy bueno, como hecho ex profeso para la piel española. Se encogería apenas después del secado v, bien tratado con la plegadera, volvería a ser flexible, se notaba en seguida al apretarlo entre el índice y el pulgar; retendría el perfume durante cinco o diez años; era un cuero muy, muy bueno, quizá incluso podría hacer guantes con él, tres pares para sí mismo y tres para su mujer, que usarían durante el viaje a Mesina.

Retiró la mano. Emocionaba ver la mesa de trabajo con todos los utensilios a punto: el barreño de cristal para el baño oloroso, la placa de cristal para el secado, los rascadores para la impregnación de la tintura, el pistilo y la espátula, el pincel, la plegadera y las tijeras. Daba la sensación de que todas estas cosas dormían porque era de noche y mañana volverían a cobrar vida. ¿Y si se llevara la mesa consigo a Mesina? ¿Y tal vez una parte de sus utensilios, sólo las piezas más importantes...? Era una mesa muy buena para trabajar; estaba hecha con tablones de roble, al igual que el caballete y, como los refuerzos se habían puesto de través, nunca temblaba ni se tambaleaba, aparte de que era resistente al ácido y los aceites e incluso a los cortes de cuchillo. ¡Pero costaría una fortuna mandarla a Mesina, aunque fuera en barco! Lo mejor era venderla, venderla mañana mismo junto con todo lo que tenía encima, debajo y alrededor. Porque él, Baldini, poseía sin duda un corazón sentimental, pero también un carácter fuerte y llevaría a cabo su decisión por mucho que le costara; se desprendería de todo con lágrimas en los ojos, pero lo haría porque estaba convencido de que así tenía que ser; al fin y al cabo, había recibido una señal.

Se volvió para irse y casi tropezó con el hombrecito contrahecho que seguía ante la puerta y al cual ya había olvidado.

—Es bueno —dijo Baldini—. Di al maestro que el

cuero es bueno. Dentro de unos días pasaré para pagárselo.

—Está bien —contestó Grenouille sin moverse del sitio, cerrando el paso a Baldini, que se disponía a abandonar el taller. Baldini titubeó un poco, pero en su ignorancia no atribuyó la conducta del muchacho al descaro, sino a la timidez.

—¿Qué quieres? —preguntó—. ¿Has de hacerme algún encargo? ¡Habla!

Grenouille continuó encorvado, mirando a Baldini con ojos que parecían llenos de miedo pero que en realidad brillaban por la tensión de una rara vigilancia.

—Quiero trabajar con vos, *maître* Baldini. Quiero trabajar en vuestro negocio.

No lo dijo en tono de ruego, sino de exigencia, y tampoco con voz normal, sino como disparado a presión, con un sonido sibilante. Y Baldini confundió de nuevo la inquietante seguridad de Grenouille con una timidez juvenil. Le sonrió amistosamente.

—Eres aprendiz de curtidor, hijo mío; no tengo trabajo para ti. Ya dispongo de un ayudante y no necesito ningún aprendiz.

—¿Queréis que huelan estos cueros de cabra, *maître* Baldini? Estos cueros que os he traído... ¿Queréis que huelan? —silabeó Grenouille como si no hubiese oído la respuesta de Baldini.

—Pues claro —respondió éste.

—¿Al «Amor y Psique» de Pélissier? —inquirió Grenouille, encorvándose todavía más.

Un pequeño estremecimiento de susto recorrió el cuerpo de Baldini. No porque se preguntara la razón de que el muchacho conociera aquel detalle, sino por la simple mención del nombre de aquel aborrecido perfume cuya composición no había sabido descifrar.

—¿Cómo se te ocurre la absurda idea de que yo utilizaría un perfume ajeno para...?

—¡Vos oléis a él! —silabeó Grenouille—. Lo lleváis en la frente y en un pañuelo empapado que guardáis en el bolsillo derecho de la levita. Este «Amor y Psique» no es bueno, es malo, contiene demasiada bergamota y demasiado romero y le falta esencia de rosas.

—Vaya —dijo Baldini, totalmente sorprendido por el giro y los detalles de la conversación—. ¿Y qué más?

—Azahar, lima, clavel, almizcle, jazmín, alcohol y otra cosa cuyo nombre no conozco, ¡mirad, ahí está, en esa botella! —Y señaló con el dedo hacia la oscuridad. Baldini dirigió el candelero hacia el lugar indicado, siguió con la mirada el índice del muchacho y se fijó en una botella de la estantería que estaba llena de un bálsamo gris amarillento.

—¿Estoraque? —preguntó.

Grenouille asintió con la cabeza.

—Sí, eso es lo que contiene. —Y se encogió como si sufriera un calambre y murmuró por lo menos doce veces la palabra «estoraque»: «Estoraquestoraquestoraquestoraque...»

Baldini sostuvo el candelero ante el hombrecillo que graznaba «estoraque» y pensó: o está poseído o es un estafador o ha recibido la gracia del talento. Porque las sustancias mencionadas podían componer el perfume «Amor y Psique» en las proporciones debidas; era incluso muy probable que así fuera. Esencia de rosas, clavel y estoraque... aquella misma tarde había buscado como loco estos tres componentes, junto a los cuales las otras partes de la composición —que también creía haber reconocido— eran los fragmentos que redondeaban el todo. Ahora sólo quedaba la cuestión de averiguar la proporción exacta en que debían mezclarse. A fin de resolverlo él, Baldini, tendría que hacer experimentos durante días y días, un trabajo agotador, casi peor que la simple identificación de las partes, porque ahora se trataba de medir, pesar, anotar y ceñirse a estos cálculos sin la menor desviación, ya que un descuido ínfimo —un temblor de la pipeta, un error en la cuenta de las gotas— podía estropearlo todo. Y cada intento fallido era terriblemente caro, cada mezcla inservible costaba una pequeña fortuna... Quería poner a prueba al hombrecillo, quería preguntarle la fórmula exacta de «Amor y Psique». Si la conocía con exactitud, en gramos y gotas, significaría que era sin lugar a dudas un estafador que se había apoderado de algún modo de la receta de Pélissier con objeto de conseguir la entrada y una colocación en casa de Baldini.

Si, en cambio, la adivinaba de forma aproximada, se trataría de un genio del olfato y como tal despertaría el interés profesional de Baldini. ¡No era que Baldini se retractara de su decisión de cesar en el negocio! El perfume de Pélissier no le interesaba como tal; aunque el muchacho se lo mezclara a litros, Baldini no pensaba ni en sueños perfumar con él la piel española del conde Verhamont, pero... ¡pero uno no era perfumista durante toda la vida, uno no se pasaba la vida entera mezclando fragancias para perder en una hora toda su pasión profesional! Ahora le interesaba conocer la fórmula de este condenado perfume y, más aún, poner a prueba el talento de este misterioso muchacho que le había olido un perfume en la frente. Quería saber qué se ocultaba detrás de aquello. Sentía simplemente curiosidad.

—Por lo visto tienes una nariz muy fina, muchacho —dijo cuando Grenouille hubo terminado sus graznidos, volviendo hacia la mesa y dejando sobre ella el candelero con movimientos pausados—, muy fina, no cabe duda, pero...

—Tengo la mejor nariz de París, *maître* Baldini —interrumpió Grenouille con voz gangosa—. Conozco todos los olores del mundo, todos los de París, aunque no sé los nombres de muchos; pero puedo aprenderlos. Todos los olores que tienen nombre no son muchos, sólo algunos miles y yo los aprenderé. Jamás olvidaré el nombre de este bálsamo, estoraque, el bálsamo se llama estoraque, se llama estoraque...

—¡Cállate! —gritó Baldini—. ¡No me interrumpas cuando hablo! Eres descarado y presuntuoso. Nadie conoce mil olores por el nombre. Ni siquiera yo conozco mil nombres, sino sólo algunos centenares, porque en nuestro negocio no hay más de varios cientos, ¡todo lo demás no son olores, sino hedores!

Grenouille, que durante su larga e impetuosa intervención casi se había desdoblado físicamente y en su excitación había llegado a hacer girar los brazos como aspas de molino para prestar más énfasis a sus «todos, todos», volvió a encorvarse de repente ante la réplica de Baldini y permaneció en el umbral como un sapo negro, acechando sin moverse.

—Como es natural —continuó Baldini—, hace tiempo que estoy enterado de que el «Amor y Psique» se compone de estoraque, esencia de rosas y clavel, además de bergamota y extracto de romero, etcétera. Para averiguarlo sólo se necesita, como ya he dicho, una nariz muy fina y es muy posible que Dios te haya dado un buen olfato, como a muchísimos otros hombres, sobre todo a tu edad. Sin embargo, el perfumista —y aquí Baldini levantó el índice y sacó el pecho—, el perfumista necesita algo más que un buen olfato. Necesita un órgano olfativo educado a lo largo de muchas décadas, que le permita descifrar los olores más complicados sin equivocarse nunca, incluyendo los perfumes nuevos y desconocidos. Una nariz semejante —y se dio unos golpecitos en la suya con el índice— ¡no se *tiene*, jovencito! Una nariz semejante se conquista con perseverancia y aplicación. ¿O acaso podrías tú decirme ahora mismo la fórmula exacta de «Amor y Psique»? ¿Qué me contestas? ¿Podrías?

Grenouille guardó silencio.

—¿Podrías al menos adivinarla aproximadamente? —inquirió Baldini, inclinándose un poco para ver mejor al sapo que estaba junto a la puerta—. ¿Sólo poco más o menos, a ojo? ¿Podrías? ¡Habla, si eres la mejor nariz de París!

Pero Grenouille continuó callado.

—¿Lo ves? —dijo Baldini, irguiéndose, entre satisfecho y desengañado—. No puedes. Claro que no. ¿Cómo ibas a poder? Eres como una persona que adivina por el sabor de la sopa si contiene perifollo o perejil. Está bien, ya es algo, pero no por eso eres un cocinero. En todas las artes, como en todas las artesanías, ¡aprende bien esto antes de irte!, el talento sirve de bien poco si no va acompañado por la experiencia, que se logra a fuerza de modestia y aplicación.

Iba a coger el candelero de la mesa cuando la voz a presión de Grenouille graznó desde la puerta:

—No sé qué es una fórmula, *maître*, esto no lo sé, ¡pero sé todo lo demás!

—La fórmula es el alfa y omega de todo perfume —explicó Baldini con severidad, porque ahora quería poner fin a la conversación—. Es la indicación, hecha con rigor científico, de las proporciones en que deben mezclarse los distintos ingredientes a fin de obtener un perfume determinado y único; esto es la fórmula. O la receta, si comprendes mejor esta palabra.

—Fórmula, fórmula —graznó Grenouille, enderándose un poco ante la puerta—; yo no necesito ninguna fórmula. Tengo la receta en la nariz. ¿Queréis que os haga la mezcla, maestro, queréis que os la haga? ¿Me lo permitís?

—¿Qué dices? —gritó Baldini, alzando bastante la voz y sosteniendo el candelero ante el rostro del gnomo—. ¿Qué mezcla?

Por primera vez, Grenouille no retrocedió.

—Todos los olores que se necesitan están aquí, todos aquí, en esta habitación —dijo, señalando hacia la oscuridad—. ¡Esencia de rosas! ¡Azahar! ¡Clavel! ¡Romero...!

—¡Ya sé que están aquí! —rugió Baldini—. ¡Todos están aquí! ¡Pero ya te he dicho, cabezota, que no sirven de nada cuando no se tiene la fórmula!

—¡...Y el jazmín! ¡El alcohol! ¡La bergamota! ¡El estoraque! —continuó graznando Grenouille, indicando con cada nombre un punto distinto de la habitación, tan sumida en tinieblas que apenas podía adivinarse la sombra de la estantería con los frascos.

—¿Acaso también puedes ver de noche? —le gritó Baldini—. No sólo tienes la nariz más fina, sino también la vista más aguda de París, ¿verdad? Pues si también gozas de buen oído, agúzalo para escucharme: Eres un pequeño embustero. Seguramente has robado algo a Pélissier, le has estado espiando, ¿no es eso? ¿Creías, acaso, que podías engañarme?

Grenouille se había erguido del todo y ahora estaba todo lo alto que era en el umbral, con las piernas un poco separadas y los brazos un poco abiertos, de ahí que pareciera una araña negra aferrada al marco de la puerta.

—Concededme diez minutos —apremió, con voz bastante fluida— y os prepararé el perfume «Amor y Psique». Ahora mismo y en esta habitación. *Maître*, ¡concededme cinco minutos!

—¿Cres que te dejaré hacer chapuzas en mi taller? ¿Con esencias que valen una fortuna? ¿A ti?

—Sí —contestó Grenouille.

—¡Bah! —exclamó Baldini, exhalando todo el aire que tenía en los pulmones. Entonces respiró hondo, contempló largo rato al arácnido Grenouille y reflexionó. En el fondo, es igual, pensó, ya que mañana pondré fin a todo esto. Sé muy bien que no puede hacer lo que dice, es imposible, de lo contrario, sería aún más grande que el gran Frangipani. Pero ¿por qué no permitirle que demuestre ante mi vista lo que ya sé? Si no se lo permito, a lo mejor un día en Mesina —con la edad uno se vuelve extravagante y tiene las ideas más estrambóticas— me asalta el pensamiento de no haber reconocido como tal a un genio del olfato, a un ser superdotado por la gracia de Dios, a un niño prodigio... Es totalmente imposible; todo lo que me dicta la razón dice que es imposible, pero tampoco cabe duda de que existen los milagros. Pues bien, cuando muera en Mesina, en mi lecho de muerte puede ocurrírseme esta idea: Aquel anochecer en París cerraste los ojos a un milagro... ¡Esto no sería muy agradable, Baldini! Aunque este loco eche a perder unas gotas de esencia de rosas y tintura de almizcle, tú mismo las habrías malgastado si el perfume de Pélissier no hubiera dejado de interesarte. ¿Y qué son unas gotas —a pesar de su elevadísimo precio— comparadas con la certidumbre del saber y una vejez tranquila?

—¡Escucha! —exclamó con voz fingidamente severa—. ¡Escúchame bien! He... A propósito, ¿cómo te llamas?

—Grenouille —contestó éste—, Jean-Baptiste Grenouille.

—Ajá —dijo Baldini—. Pues bien, ¡escucha, Jean-Baptiste Grenouille! He reflexionado. Te concedo la oportunidad, ahora, inmediatamente, de probar tu afirmación. También es una oportunidad para que aprendas, después de un fracaso rotundo, la virtud de la modestia —tal vez poco desarrollada a causa de tus pocos años, lo cual podría perdonarse—, imprescindible para tu futuro como miembro del gremio y tu condición de marido, súbdito, ser humano y buen cristiano.

Estoy dispuesto a impartirte esta enseñanza a mis expensas porque debido a unas circunstancias determinadas hoy me siento generoso y, quién sabe, quizá llegará un día en que el recuerdo de esta escena alegrará mi ánimo. ¡Pero no creas que podrás tomarme el pelo! La nariz de Giuseppe Baldini es vieja pero fina, lo bastante fina para descubrir en el acto la más pequeña diferencia entre tu mezcla y este producto —y al decir esto extrajo del bolsillo el pañuelo empapado de «Amor y Psique» y lo agitó ante la nariz de Grenouille—. ¡Acércate, nariz más fina de París! ¡Acércate a esta mesa y demuestra lo que sabes! ¡Cuida, no obstante, de no volcar ni derramar nada! ¡No cambies nada de sitio! Ante todo, necesitamos más luz. Queremos una gran iluminación para este pequeño experimento, ¿no es verdad?

Y mientras hablaba, cogió otros dos candeleros que estaban al borde de la gran mesa de roble y los encendió, hecho lo cual los colocó en hilera en el borde posterior, apartó el cuero y dejó libre el centro de la mesa. Entonces, con movimientos a la vez reposados y ágiles, reunió los utensilios del oficio, que guardaba en un pequeño anaquel: el matraz grande y barrigudo para las mezclas, el embudo de vidrio, la pipeta, las probetas grande y pequeña, y los puso por orden sobre la mesa.

Entretanto, Grenouille se había desprendido del marco de la puerta. Durante el pomposo discurso de Baldini había ido perdiendo la expresión tensa y vigilante; sólo oyó el consentimiento, el sí, con el júbilo interior de un niño que ha conseguido sus propósitos porfiando con insistencia y se ríe de las condiciones, restricciones y exhortaciones morales vinculadas a la concesión. Inmóvil, por primera vez más parecido a un hombre que a un animal, dejó que le resbalara la verborrea de Baldini, sabiendo que ya había subyugado al hombre que acababa de ceder a su pretensión.

Mientras Baldini seguía atareado encendiendo las velas, Grenouille se deslizó hacia el lado oscuro del taller, donde estaban los estantes con los valiosos aceites, esencias y tinturas, y eligió, siguiendo las seguras indicaciones de su olfato, los frascos que necesitaba. Eran nueve: esencia de azahar, esencia de lima, esencia de clavel y de rosa, extracto de jazmín, bergamota y romero, tintura de almizcle y bálsamo de estoraque, que fue cogiendo y colocando sobre el borde de la mesa. Por último, arrastró una bombona que contenía alcohol de elevada graduación y entonces se situó detrás de Baldini —todavía ocupado en ordenar con lenta pedantería los utensilios para la mezcla, adelantando uno y retirando un poco el otro para que todo guardase el orden establecido y recibiera la mejor luz de las velas— y esperó, temblando de impaciencia, a que el viejo retrocediera para hacerle sitio.

—¡Ya está! —exclamó por fin Baldini, apartándose—. Todo lo que necesitas para tu... llamémoslo, benévolamente, experimento, se encuentra a tu alcance. ¡No rompas ni derrames nada! Porque, escúchame bien: estos líquidos cuyo empleo te está permitido durante cinco minutos, son tan valiosos y raros, que en tu vida volverás a tenerlos en las manos en forma tan concentrada.

—¿Qué cantidad deseáis que os haga, maestro? —preguntó Grenouille.

—¿Qué... has dicho? —murmuró Baldini, que aún no había terminado su discurso.

—¿Qué cantidad de perfume? —graznó Grenouille—. ¿Cuánto queréis? ¿Debo llenar esta botella grande hasta el borde? —Y señaló el matraz para mezclas, capaz para tres litros como mínimo.

—¡No, claro que no! —gritó, horrorizado, Baldini, impulsado por el temor, tan arraigado como espontáneo, de que se derrochara algo de su propiedad. Y como si le avergonzase aquel grito revelador, añadió casi en seguida—: ¡Y tampoco deseo que me interrumpas cuando estoy hablando! —Entonces, en tono más tranquilo y un poco irónico—: ¿Para qué necesitamos tres litros de un perfume que no gusta a ninguno de los dos? En realidad, bastaría con media probeta, pero como mezclar cantidades tan pequeñas da siempre resultados imprecisos, te permitiré llenar una tercera parte del matraz.

—Bien —dijo Grenouille—. Llenaré un tercio de esta botella con «Amor y Psique», pero lo haré a mi manera, señor Baldini. No sé si será a la manera del gremio, porque no la conozco, así que será a mi manera.

—¡Adelante! —accedió Baldini, sabiendo que en esta cuestión no cabía «mi» manera ni la «tuya», sino solamente una, la única posible y correcta, que consistía en conocer la fórmula, hacer el cálculo correspondiente a la cantidad deseada, mezclar con la más rígida exactitud el extracto de las diversas esencias y añadir la proporción de alcohol también exacta, que oscilaba a lo sumo entre una décima y una vigésima parte, para volatilizar el perfume definitivo. Sabía que no existía otra manera. Y por esto, lo que ahora vio y observó, primero con burlona indiferencia, después con gran confusión y por último con un inmenso asombro, debió parecerle un puro milagro. Y la escena quedó grabada de tal modo en su memoria, que no la olvidó nunca hasta el fin de sus días.

15

El hombrecillo Grenouille empezó quitando el tapón de corcho de la bombona que contenía el alcohol. Le costó mucho levantar el pesado recipiente casi hasta la altura de su cabeza, porque así de alto estaba el matraz con el embudo de vidrio en el cual, sin ayuda de una probeta graduada, vertió el alcohol directamente de la bombona. Baldini se estremeció ante semejante torpeza: el sujeto no sólo invertía el sistema tradicional de la perfumería, empezando con el disolvente y no con el concentrado, ¡sino que era apenas físicamente capaz para este trabajo! Temblaba por el esfuerzo y Baldini temía que en cualquier momento dejase caer la pesada bombona, destrozando todo lo que había sobre la mesa. ¡Las velas —pensó—, Dios mío, las velas! ¡Provocará una explosión, me quemará la casa...! Y ya se disponía a intervenir y arrebatar la bombona a aquel demente, cuando Grenouille la bajó sin ayuda, la dejó en el suelo intacta y la tapó con el corcho. El líquido claro y ligero se balanceó en el matraz... no se había derramado ni una gota. Grenouille tomó aliento unos instantes, expresando en el rostro una gran satisfacción, como si ya hubiera realizado la parte más difícil de su tarea. Y de hecho, lo que siguió se desarrolló a una velocidad tal, que Baldini pudo acompañarlo apenas con la vista, y todavía menos reconocer una fase reglamentada del proceso.

Grenouille eligió como al azar entre los frascos de esencias, les quitó el tapón de vidrio, se los pasó un segundo bajo la nariz, echó en el embudo unas gotas de uno, luego de otro y un chorrito de un tercero y no tocó ni una sola vez la pipeta, los tubos de ensayo, la probeta graduada, la cucharilla, el batidor, ninguno de los utensilios imprescindibles para el perfumista durante el complicado proceso de la mezcla. Parecía estar jugando, disfrutando como un niño que cuece un horrible caldo con agua, hierba y fango y luego afirma que es una sopa. Sí, igual que un niño, pensó Baldini, y además tiene el aspecto de un niño, a pesar de sus manos toscas, de su rostro lleno de surcos y cicatrices y de la bulbosa nariz de viejo. Le he atribuido más edad de la que tiene y ahora lo veo más joven, como un niño de tres o cuatro años, como una de esas criaturas inasequibles, incomprensibles, obstinadas que, supuestamente inocentes, sólo piensan en sí mismas, llevan su despotismo hasta el extremo de pretender subordinar al mundo y no cabe duda de que lo harían si no se pusiera coto a su megalomanía con las severas medidas pedagógicas encaminadas a imbuirles disciplina y autodominio para su existencia como hombres maduros. Uno de estos niños fanáticos se ocultaba en este muchacho de ojos ardientes que trabajaba ante la mesa, ajeno a todo cuanto le rodeaba, al parecer ignorante de que en el taller hubiera algo más que él y estos frascos que acercaba al embudo con temeraria torpeza a fin de mezclar su descabellado caldo del que después afirmaría —¡totalmente convencido!— que era el selecto perfume «Amor y Psique». Horrorizaba a Baldini ver, a la vacilante luz de las velas, a aquel hombrecillo atareado con tan horrible dedicación y tan horrible seguridad en sí mismo y pensó, de nuevo triste, desgraciado y colérico como por la tarde, cuando contemplaba la ciudad encendida por el crepúsculo, que seres como éste no existían en sus tiempos, se trataba de un nuevo ejemplar de la especie que sólo podía surgir en esta época enferma y desorganizada... ¡Pero este prepotente muchacho recibiría su lección! Al final de la ridícula representación le daría un buen rapapolvo para que se marchara tal como había venido, como un insignificante don nadie. ¡Sabandijas! Hoy en día era imposible fiarse de nadie, las ridículas sabandijas pululaban por doquier.

Tan ocupado estaba Baldini con su cólera interna y su aversión del tiempo en que vivía, que no comprendió del todo el significado de que Grenouille tapara de repente todos los frascos, sacara el embudo del matraz, agarrara éste del cuello con una mano y lo apretara contra su pecho para taparlo con fuerza y agitarlo enérgicamente con la mano izquierda. Hasta que el matraz no hubo dado varias vueltas en el aire, precipitando su valioso contenido, como si fuera limonada, del fondo al cuello y viceversa, no prorrumpió Baldini en un grito de rabia y de espanto.

—¡Alto! —chilló—. ¡Ya basta! ¡Para inmediatamente! ¡Se acabó! ¡Deja ahora mismo el matraz sobre la mesa y no toques nada más, me oyes, nada más! He debido estar loco para escuchar por un solo momento tus disparatadas explicaciones. Tu modo de hacer, tu forma de manejar las cosas, tu tosquedad, tu ignorancia primitiva me demuestran que eres un chapucero, un burdo chapucero y un mocoso pícaro y descarado por añadidura. Ni siquiera sirves para mezclar limonadas, ni para vender agua de regaliz sirves tú, ¡y pretendes ser perfumista! ¡Ya puedes estar contento y agradecido de que tu amo te permita remover sus adobos de curtidor! No te atrevas nunca más, ¿me oyes?, ¡no te atrevas nunca más a poner los pies en el umbral de un perfumista!

Así habló Baldini y, mientras hablaba, la habitación se fue impregnando de «Amor y Psique». Hay en el perfume una fuerza de persuasión más fuerte que las palabras, el destello de las miradas, los sentimientos y la voluntad. La fuerza de persuasión del perfume no se puede contrarrestar, nos invade como el aire invade nuestros pulmones, nos llena, nos satura, no existe ningún remedio contra ella.

Grenouille había dejado el matraz sobre la mesa y secado su mano impregnada de perfume con el borde de la levita. Uno o dos pasos hacia atrás, el torpe encorvamiento de su cuerpo bajo la filípica de Baldini bastaron para dispersar por el aire oleadas de perfume recién creado. No hizo falta nada más. Ciertamente, Baldini todavía gritaba, clamaba y escarnecía, pero con cada aspiración disminuía en su interior la ira que alimentaba su locuacidad. Se dio cuenta de que sus argumentos eran refutados y su discurso terminó en un silencio patético. Y cuando hacía ya largo rato que se había callado, no necesitó la observación de Grenouille: «Ya está listo.» Lo sabía antes de oírlo.

No obstante, aunque estaba rodeado por todas partes de un ambiente pletórico de «Amor y Psique», se acercó a la vieja mesa de roble para tomar una muestra. Extrajo del bolsillo izquierdo de la levita un pequeño pañuelo de encaje blanco como la nieve, lo desdobló y lo humedeció con un par de gotas que sacó del matraz mediante la larga pipeta. Agitó el pañuelo con el brazo extendido, para airearlo, y se lo llevó después a la nariz con el habitual movimiento delicado a fin de aspirar la fragancia. Mientras la olía a breves intervalos, tomó asiento en un taburete. De repente —el arrebato de cólera había arrebolado su rostro—, palideció.

—Increíble —murmuró en voz baja—, por Dios que es increíble.

Y llevándose una y otra vez el pañuelo a la nariz, aspiraba, meneaba la cabeza y volvía a murmurar: «Increíble.» Era «Amor y Psique» sin lugar a dudas, el «Amor y Psique» odioso y genial, copiado con tanta precisión que ni siquiera el propio Pélissier habría podido distinguirlo de su producto. «Increíble...»

El gran Baldini se veía pequeño, pálido y ridículo sentado en el taburete con el pañuelo en la mano, que apretaba contra la nariz como una doncella resfriada. Había perdido completamente el habla. Incapaz de repetir «increíble» una vez más, permaneció moviendo la cabeza de arriba abajo, mirando fijamente el contenido del matraz y musitando un monótono «Hm, hm, hm, hm..., hm, hm, hm..., hm, hm, hm...» Al cabo de un rato Grenouille se acercó sin ruido a la mesa, como una sombra.

—No es un buen perfume —dijo—, es una mezcla muy mala. —Baldini continuó farfullando su «Hm, hm, hm» y Grenouille continuó—: Si me lo permitís, maestro, la perfeccionaré. ¡Dadme un minuto y os lo convertiré en un perfume decente!

—Hm, hm, hm —dijo Baldini, asintiendo, no porque estuviera de acuerdo, sino porque se hallaba en un estado de apatía tal, que habría contestado «Hm, hm, hm» y accedido a cualquier cosa. Y siguió musitando «Hm, hm, hm» y asintiendo, sin dar muestras de comprender nada cuando Grenouille se dispuso a elaborar una mezcla por segunda vez y por segunda vez vertió alcohol de la bombona en el matraz, ahora sobre el perfume recién mezclado, y echó en el embudo el contenido de los frascos por un orden y en cantidades al parecer casuales. Hasta casi el final del proceso —esta vez Grenouille no agitó el matraz, sino que lo inclinó despacio como si fuera una copa de coñac, quizá en atención a la sensibilidad de Baldini o porque esta vez el contenido le parecía más valioso—, o sea hasta que el líquido se balanceó, ya listo, en el recipiente, no se despertó Baldini de su estado letárgico y se levantó, con el pañuelo todavía apretado contra la nariz, como si quisiera defenderse de un nuevo ataque personal.

—Ya está listo, *maître* —anunció Grenouille—. Ahora sí que es un perfume bueno.

—Sí, sí, está bien, está bien —respondió Baldini, agitando la mano libre.

—¿No queréis tomar una muestra? —urgió Grenouille—. ¿No lo deseáis, *maître*? ¿Ninguna prueba?

—Después, ahora no estoy dispuesto para otra prueba... Tengo otras cosas en la cabeza. ¡Ahora vete! ¡Sígueme!

Y, tomando un candelero, cruzó el umbral en dirección a la tienda. Grenouille le siguió. Llegaron al estrecho pasillo que conducía a la puerta de servicio. El anciano arrastró los pies hasta el umbral, descorrió el cerrojo y abrió. Entonces se hizo a un lado para dejar pasar al muchacho.

—¿Puedo trabajar ahora con vos, *maître*? ¿Puedo?

—preguntó Grenouille en el umbral, otra vez encorvado y con mirada vigilante.

—No lo sé —contestó Baldini—. Meditaré sobre el asunto. ¡Vete!

Y Grenouille desapareció de improviso, tragado por la oscuridad. Baldini se quedó allí, mirando la noche como embobado. En la mano derecha llevaba la palmatoria y en la izquierda el pañuelo, como alguien a quien le sangrara la nariz, aunque en realidad sólo tenía miedo. Cerró de prisa la puerta con cerrojo y entonces se apartó el pañuelo de la cara, lo guardó en el bolsillo y volvió al taller a través de la tienda.

La fragancia era tan maravillosamente buena que a Baldini se le anegaron de repente los ojos en lágrimas. No necesitaba hacer ninguna prueba, sólo colocarse delante del matraz y aspirar. El perfume era magnífico. En comparación con «Amor y Psique» era una sinfonía comparada con el rasgueo solitario de un violín. Y mucho más, Baldini cerró los ojos y evocó los recuerdos más sublimes. Se vio a sí mismo de joven paseando por jardines napolitanos al atardecer; se vio en los brazos de una mujer de cabellera negra y vislumbró la silueta de un ramo de rosas en el alféizar de la ventana, acariciado por el viento nocturno; oyó cantar a una bandada de pájaros y la música lejana de una taberna de puerto; oyó un susurro muy cerca de su oído, oyó un «Te amo» y sintió que los cabellos se le erizaban de placer, ¡ahora, ahora, en este instante! Abrió los ojos y gimió de gozo. Este perfume no se parecía a ningún perfume conocido. No era una fragancia que emanaba buen olor, no era una pastilla perfumada, no era un artículo de tocador. Se trataba de algo totalmente nuevo, capaz de crear todo un mundo, un mundo rico y mágico que hacía olvidar de golpe todas las cosas repugnantes del propio entorno y comunicaba un sentimiento de riqueza, de bienestar, de libertad...

Los pelos erizados del brazo de Baldini se posaron y una serenidad maravillosa se apoderó de él. Cogió el cuero, el cuero de cabra que estaba en el borde de la mesa y lo cortó con un cuchillo. Después metió los trozos en el barreño de vidrio y los roció con el nuevo perfume. Cubrió el barreño con una placa de cristal y vertió el perfume restante en dos frascos que proveyó de sendas etiquetas en las que escribió el nombre: «Nuit napolitaine». Entonces apagó la vela y salió.

No habló a su mujer arriba, durante la cena. Sobre todo, no le dijo nada de la sacrosanta decisión que había adoptado aquella tarde. Tampoco su mujer dijo nada, porque observó que estaba alegre y esto la puso muy contenta. No subió tampoco a Notre-Dame para agradecer a Dios su fuerza de voluntad. Aquella noche se olvidó incluso por primera vez de rezar a la hora de acostarse.

16

A la mañana siguiente fue derecho a ver a Grimal. Ante todo pagó el cuero de cabra y, además, al precio solicitado, sin protestar y sin el menor regateo. Luego invitó a Grimal a una botella de vino blanco en la Tour d'Argent y negoció con él el traspaso del aprendiz Grenouille. No reveló, por descontado, por qué lo quería ni para qué lo necesitaba. Mencionó un importante encargo de cuero perfumado para cuyo cumplimiento le hacía falta un ayudante sin calificaciones. Necesitaba un chico poco exigente para las tareas más sencillas, como cortar cueros, etcétera. Pidió otra botella de vino y ofreció veinte libras como compensación por las molestias que la ausencia de Grenouille causaría a monsieur Grimal. Veinte libras eran una enorme suma y Grimal aceptó en seguida. Volvieron a la tenería, donde Grenouille, cosa extraña, ya les esperaba con el hatillo preparado y Baldini pagó las veinte libras y se lo llevó, consciente de haber hecho el mejor negocio de su vida.

Grimal, que por su parte también estaba convencido de haber hecho el mejor negocio de su vida, regresó a la Tour d'Argent, bebió allí otras dos botellas de vino, se trasladó hacia mediodía al Lion d'Or, en la orilla opuesta, y se emborrachó hasta tal punto que cuando, ya de noche, quiso volver a la Tour d'Argent, confundió la Rue Geoffroi L'Anier con la Rue des Nonaindières, con lo cual, en lugar de desembocar directamente en el Pont Marie, como había esperado, fue a parar fatalmente al Quai des Ormes, desde donde cayó de bruces en el agua como en una cama blanda, muriendo al instante. En cambio, el río necesitó bastante tiempo para apartarle de la orilla poco profunda, hacerle sortear las barcazas amarradas y empujarle hasta la corriente central más fuerte, de manera que el curtidor Grimal, o mejor dicho, su empapado cadáver, no apareció hasta primeras horas de la mañana flotando río abajo, hacia el oeste.

Cuando pasó por debajo del Pont au Change, sin ruido, sin tropezar con los pilares del puente, Jean-Baptiste Grenouille estaba a punto de acostarse veinte metros más arriba. Le habían asignado un catre en el fondo del taller de Baldini, del cual tomó posesión en el preciso momento en que su antiguo amo bajaba flotando por el frío Sena con las cuatro extremidades rígidas. Se acurrucó, lleno de bienestar, encogiéndose como la garrapata. Mientras conciliaba el sueño fue profundizando más y más en sí mismo hasta que entró triunfalmente en su fortaleza interior, donde soñó con un victorioso banquete olfatorio, una gigantesca orgía con humo de incienso y vapor de mirra, en honor de sí mismo.

17

Con la adquisición de Grenouille empezó el progreso de la casa de Giuseppe Baldini hacia un prestigio no sólo nacional, sino europeo. El carillón persa ya no cesaba de sonar y las garzas no dejaban de escupir en el establecimiento del Pont au Change.

La primera tarde Grenouille tuvo que preparar una gran bombona de «Nuit napolitaine», del que se vendieron en los días subsiguientes más de ochenta frascos. La fama del perfume se extendió con vertiginosa rapidez. A Chénier le lloraban los ojos de tanto contar dinero y le dolía la espalda de tantas reverencias, ya que acudieron los personajes más altos y encumbrados o, por lo menos, los sirvientes de dichos personajes altos y encumbrados. Y un día la puerta se abrió de par en par y se estremeció dentro de sus goznes para dar entrada al lacayo del conde d'Argenson, quien gritó, como sólo saben gritar los lacayos, que quería cinco frascos del nuevo perfume y Chénier todavía temblaba de emoción un cuarto de hora después porque el conde d'Argenson era intendente y ministro de la Guerra de Su Majestad y el hombre más poderoso de París.

Mientras Chénier recibía solo a la oleada de clientes, Baldini se encerraba en el taller con su nuevo aprendiz. Justificó esta conducta ante Chénier con una fantástica teoría que designó con el nombre de «división y racionalización del trabajo». Durante años, explicó, había contemplado pacientemente cómo Pélissier y sus compinches violaban las reglas del gremio, quitándole la clientela y arruinando el negocio. Ahora su paciencia se había terminado. Ahora aceptaba el desafío y se enfrentaba a aquellos advenedizos insolentes utilizando sus propias armas: ¡cada estación, cada mes y, si era necesario, cada semana sacaría un nuevo perfume, y vaya perfume! Quería aprovechar hasta el máximo su facultad creadora y para ello era necesario que se dedicara —con la sola ayuda de un aprendiz— completa y únicamente a la producción de perfumes, mientras Chénier se ocupaba exclusivamente de las ventas. Con este método moderno iniciarían un nuevo capítulo en la historia de la perfumería, barrerían a la competencia y se harían inmensamente ricos. Sí, había dicho «se harían» y lo ratificaba de forma categórica porque tenía la tendencia de dar a su fiel encargado un tanto por ciento de los enormes beneficios.

Unos días antes Chénier habría calificado tales discursos de su patrón como prueba de un incipiente chocheo. «Ya está maduro para la Charité —habría pensado—; ahora ya no puede tardar mucho en dejar definitivamente el bastón de mando.» Pero ahora ya no pensaba así; de hecho, apenas tenía tiempo de pensar. Trabajaba tanto, que por la noche, extenuado, sólo era capaz de vaciar la atiborrada caja y quedarse con su parte. Ni en sueños habría dudado de la legitimidad de la situación cuando Baldini salía casi a diario del taller con alguna fragancia nueva.

¡Y qué fragancias! No sólo perfumes de la más alta y refinada escuela, sino también cremas, polvos, jabones, lociones capilares, aguas, aceites... Todos las artículos despedían ahora un olor nuevo, diferente, más exquisito que antes. Y todo, absolutamente todo, incluyendo las nuevas bandas perfumadas para el cabello creadas un día por el caprichoso talento de Baldini, obtenía el favor del público que, como embrujado, no daba ninguna importancia a los precios. Todo lo que Baldini producía se convertía en un éxito. Y el éxito era tan abrumador, que Chénier lo acogió como un fenómeno natural y no se preocupó más de averiguar las causas. La posibilidad de que el nuevo aprendiz, el desmañado gnomo que se alojaba como un perro en el taller y al cual veía muchas veces, cuando el maestro salía, limpiar morteros y utensilios de vidrio en el fondo de la habitación, la posibilidad de que aquel ser insignificante tuviera algo que ver con la fabulosa prosperidad del negocio era algo que Chénier no habría creído aunque se lo hubieran jurado.

Naturalmente que el gnomo era el responsable de todo ello. Los productos que Baldini llevaba a la tienda y entregaba a Chénier para su venta eran sólo una ínfima parte de las mezclas elaboradas por Grenouille tras la puerta cerrada del taller. A Baldini ya no le alcanzaba el olfato. Para él representaba un verdadero tormento tener que escoger entre las maravillas creadas por Grenouille. Aquel aprendiz mágico habría podido proveer de recetas a todos los perfumistas de Francia sin repetirse nunca ni ofrecer un solo perfume inferior o tan siquiera mediano. Es decir, de recetas, o sea, fórmulas, *no* habría podido proveerlos porque al principio Grenouille siguió componiendo sus fragancias del modo caótico y antiprofesional que Baldini ya conocía, mezclando los ingredientes, al parecer, sin orden ni concierto. Con objeto de llevar un control del floreciente negocio o, por lo menos, de comprenderlo, un día Baldini rogó a Grenouille que, aunque él lo considerase innecesario, se sirviera al elaborar sus mezclas de la balanza, la probeta graduada y la pipeta, que se acostumbrara además a no emplear el alcohol como sustancia odorífera, sino como disolvente que debía añadirse al final, y por último, que por el amor de Dios actuara despacio, con lentitud y mesura, como correspondía a un artesano.

Grenouille obedeció. Y por primera vez Baldini tuvo oportunidad de seguir y documentar las manipulaciones del hechicero. Sentado junto a Grenouille con papel y pluma y exhortando una y otra vez a la parsimonia, anotaba cuántos gramos de esto, cuántas medidas de aquello, cuántas gotas de un tercer ingrediente iban a parar al matraz. Por este método singular, analizando un proceso en marcha, precisamente con aquellos medios sin cuyo empleo se le antojaba imposible que pudiera realizarse, consiguió por fin Baldini poseer la fórmula sintética. *Cómo* podía Grenouille mezclar sin ellos sus perfumes continuó siendo para Baldini más que un enigma, un verdadero milagro, pero al menos ahora había atrapado el milagro en una fórmula y apaciguado hasta cierto punto su espíritu sediento de reglas y salvado de un colapso total su imagen del mundo de la perfumería.

Poco a poco fue sacando a Grenouille las recetas de todos los perfumes que había inventado hasta entonces y terminó prohibiéndole que preparase nuevos perfumes sin que él, Baldini, estuviera presente, armado con papel y pluma, observando el proceso con ojos de Argos y tomando nota de todos los pasos. Después, con esforzada minuciosidad y caligrafía clara, pasaba estas notas, que pronto fueron muchas docenas de fórmulas, a dos cuadernos, uno de los cuales guardaba en una caja fuerte incombustible y el otro lo llevaba siempre encima, incluso cuando iba a dormir. Esto le daba seguridad, porque ahora podía, si así lo deseaba, realizar él mismo los milagros de Grenouille que tanto le habían trastornado al presenciarlos por primera vez. Con su colección de fórmulas escritas se creía capaz de ordenar el espantoso caos creativo que surgía del interior de su aprendiz. Además, el hecho de no quedarse mirando embobado, sino de participar en el acto creador observando y tomando notas, producía un efecto sedante en Baldini y fortalecía su confianza en sí mismo. Al cabo de un tiempo llegó a creer que su participación en la creación de las sublimes fragancias no era nada despreciable y cuando había anotado las recetas en sus cuadernos y guardado éstos en la caja de caudales y contra su pecho, ya no dudaba de que eran enteramente suyas.

Pero también Grenouille se benefició de esta disciplina impuesta por Baldini. Él no la necesitaba; jamás tuvo que buscar una vieja fórmula para repetir un perfume elaborado semanas o meses atrás, porque no olvidaba los olores. Sin embargo, con el uso obligatorio de probetas graduadas y balanzas aprendió el lenguaje de la perfumería y el instinto le dijo que el conocimiento de este lenguaje podía serle de utilidad. Al cabo de pocas semanas no sólo dominaba los nombres de todas las sustancias aromáticas del taller de Baldini, sino que también era capaz de escribir las fórmulas de sus perfumes y, a la inversa, interpretar fórmulas y composiciones de perfumes ajenos y demás certificados de productos aromáticos. ¡Y aún más! Después de aprender a expresar sus ideas perfumísticas en gramos y gotas, ya no necesitó nunca más los pasos intermedios de la experimentación. Cuando Baldini le encargaba una nueva fragancia, ya fuese para perfumar un pañuelo, un *sachet* o un colorete, Grenouille ya no tenía que buscar frascos y polvos, sino que se limitaba a sentarse a la mesa y escribir la fórmula directamente. Había aprendido a ampliar el camino desde la representación interna de un aroma hasta el perfume terminado con la escritura previa de la fórmula. Para él, esto era un rodeo. En cambio, a los ojos del mundo, o sea, a los ojos de Baldini, era un paso hacia adelante. Los milagros de Grenouille siguieron siendo los mismos, pero las recetas con que ahora los proveía les quitaba el elemento de pavor, y esto era una ventaja. Cuanto mejor dominaba Grenouille los conceptos y métodos artesanales, tanto mayor era la normalidad con que podía expresarse en el lenguaje convencional de la perfumería y tanto menos le temía y sospechaba de él su amo. Baldini siguió considerándole un hombre especialmente dotado para los olores, eso sí, pero ya no un segundo Frangipani o un inquietante aprendiz de brujo, y esto le venía muy bien a Grenouille. La etiqueta de artesano le servía de útil y oportuna tapadera. Llegó a conquistar a Baldini con su ejemplar proceder en el peso de los ingredientes, en la oscilación del matraz, en el salpicado del níveo pañuelito para las pruebas. Casi lo agitaba y se lo llevaba a la nariz con la misma delicadeza y elegancia que el maestro. Y de vez en cuando, a intervalos bien dosificados, cometía errores destinados a llamar la atención de Baldini: se olvidaba de filtrar, graduaba mal la balanza, escribía en una fórmula un porcentaje absurdamente alto de tintura de ámbar... y dejaba que le indicara el error para corregirlo en seguida con la mayor diligencia. De este modo logró crear en Baldini la ilusión de que al fin y al cabo todo seguía los cauces normales. No quería en absoluto enemistarse con Baldini; al contrario, deseaba aprender de él. No a mezclar perfumes, no la correcta composición de una fragancia, ¡naturalmente que no! En este terreno no había nadie en el mundo que pudiera enseñarle algo y los ingredientes del taller de Baldini no habrían sido suficientes para realizar su pretensión de elaborar un perfume realmente magnífico. Lo que podía realizar con Baldini en cuestión de olores era un juego de niños en comparación con los olores que llevaba dentro y que esperaba realizar algún día. Sabía, no obstante, que para ello necesitaba dos condiciones imprescindibles: en primer lugar, la capa de una existencia burguesa, por lo menos la de un oficial artesano, bajo cuyo amparo podría entregarse a sus pasiones y objetivos auténticos sin ser molestado, y en segundo lugar, el conocimiento de aquellos métodos artesanales con los que se preparaban, aislaban, concentraban y conservaban las sustancias aromáticas y sin los cuales no eran aptas para sus elevados usos. Porque Grenouille poseía realmente la mejor nariz del mundo, tanto analítica como imaginativamente, pero aún no poseía la facultad de materializar los olores.

18

Y así se dejó instruir en el arte de cocer jabón de grasa de cerdo, de coser guantes de cuero lavable, de mezclar polvos de harina de trigo, pasta de almendras y rizomas de lirio. Formó velas olorosas de carbón vegetal, salitre y astillas de madera de sándalo. Hizo pastillas orientales con mirra, benjuí y polvo de ámbar. Amasó pebetes redondos con incienso, goma laca, vetiver y canela. Tamizó e hizo emplastos *poudre impériale* con pétalos de rosa, flores de espliego y corteza de cascarillo, todo molido. Mezcló pintura blanca y azul y formó barritas de grasa, de color carmesí, para los labios. Molió el más fino polvo de uñas y esmalte dental, que sabía a hierbabuena. Elaboró líquido de gorgueras para las pelucas y gotas para verrugas y callos, un blanqueador de pecas y un extracto de belladona para los ojos, pomada de cantárida para los caballeros y vinagre higiénico para las damas...... También aprendió la preparación de diferentes aguas, polvos y remedios de tocador y de belleza, así como la de mezclas de tés y condimentos, licores, escabeches, en fin, todo lo que Baldini podía enseñarle con su gran sapiencia y que Grenouille asimiló sin interés desmesurado, pero con docilidad y éxito.

En cambio, sentía un entusiasmo especial cuando Baldini le instruía en la preparación de tinturas, extractos y esencias. Nunca se cansaba de triturar almendras amargas en la prensa de tornillo, ni de machacar granos de almizcle, ni de picar grises bolas de ámbar con el cuchillo o de raspar rizomas de lirio para digerir las virutas en el alcohol más ligero. Aprendió el uso del embudo separador con el que se separaba del sedimento el aceite puro de la corteza de limón y a secar plantas y flores sobre parrillas colocadas al calor protegido y a conservar las crujientes hojas en cajas y tarros sellados con cera. Aprendió el arte de limpiar pomadas y preparar infusiones y a filtrar, concentrar, clarificar y rectificar.

Ciertamente, el taller de Baldini no era apropiado para fabricar a gran escala esencias florales o vegetales. Tampoco habría habido en París las cantidades necesarias de plantas frescas. De vez en cuando, sin embargo, cuando el romero, la salvia, la menta o las semillas de anís se vendían baratos en el mercado o había llegado una gran partida de tubérculos de lirio, raíces de valeriana, comino, nuez moscada o claveles secos, se despertaba la vena de alquimista de Baldini y sacaba su gran alambique, una caldera de cobre para la destilación, provista de una tapa hermética en forma de cúpula —llamada montera, como explicó, muy orgulloso—, que ya había utilizado cuarenta años atrás en las vertientes meridionales de Liguria y en las cimas del Luberon, a la intemperie, para destilar espliego. Y mientras Grenouille desmenuzaba el material para la destilación, Baldini encendió con febril premura —porque la elaboración rápida era el alfa y omega del negocio— un horno de ladrillos y colocó sobre el fuego la caldera de cobre con unos dedos de agua. Echó dentro los trozos de planta, la tapó con la montera de doble grosor y conectó a ella dos tubos para la entrada y salida del agua. Explicó que esta refinada estructura para el enfriamiento del agua había sido añadida por él en fecha posterior, ya que en sus tiempos de trabajo en el campo el enfriamiento se conseguía, naturalmente, soplando aire. Entonces aventó el fuego.

Poco a poco, el agua de la caldera empezó a borbotear y al cabo de un rato, primero a tímidas gotitas y luego en un chorro fino, el producto de destilación fluyó del tercer tubo de la montera hacia una botella florentina colocada debajo por Baldini. Al principio tenía un aspecto desagradable, como el de una sopa aguada y turbia, pero lentamente, sobre todo cuando la botella llena fue cambiada por otra y apartada a un lado, el caldo se dividió en dos líquidos diferentes: abajo quedó el agua de las flores o plantas y encima flotó una gruesa capa de aceite. Al vaciar ahora con cuidado por el delgado cuello inferior de la botella florentina el agua floral de sutil fragancia, quedó en el fondo el aceite puro, la esencia, el principio de aroma penetrante de la planta.

Grenouille estaba fascinado por la operación. Si algo en la vida había suscitado entusiasmo en él —no un entusiasmo visible, por supuesto, sino de una índole oculta, como si ardiera en una llama fría—, fue sin duda esta operación mediante la cual, con fuego, agua, vapor y un aparato apropiado, podía arancarse el alma fragante de las cosas. Esta alma fragante, el aceite volátil, era lo mejor de ellas, lo único que le interesaba. El resto, inútil: flores, hojas, cáscara, fruto, color, belleza, vida y todos los otros componentes superfluos que en ellas se ocultaban, no le importaban nada en absoluto. Sólo eran envoltura y lastre. Había que tirarlos.

A intervalos, cuando el producto de destilación era ya como agua, apartaban el alambique del fuego y lo abrían y volcaban para vaciarlo. La materia cocida era blanda y pálida como la paja húmeda, como huesos emblanquecidos de pequeños pájaros, como verduras hervidas demasiado rato, fibrosa, pastosa, insípida, reconocible apenas, repugnante como un cadáver, sin rastro de su olor original. La tiraban al río por la ventana. Entonces se procuraban más plantas frescas, vertían agua en el alambique y volvían a ponerlo sobre el fuego. Y de nuevo el caldo empezaba a borbotear y otra vez la savia viva de las plantas fluía dentro de la botella florentina. A menudo pasaban así toda la noche. Baldini se cuidaba del horno y Grenouille atendía las botellas; no podía hacerse nada más durante la operación.

Se sentaban en taburetes alrededor del fuego, fascinados por la abombada caldera, ambos absortos, aunque por motivos bien diferentes. Baldini gozaba viendo las brasas del fuego y el rojo cimbreante de las llamas y el cobre y le gustaba oír el crujido de la leña encendida y el gorgoteo del alambique, porque era como volver al pasado. ¡Entonces sí que había de qué entusiasmarse! Iba a buscar una botella de vino a la tienda, porque el calor le daba sed, y beber vino también le recordaba el pasado. Y pronto empezaba a contar historias de antes, interminables. De la guerra de sucesión española, en la cual había participado, luchando contra los austríacos; de los *camisards*, a quienes había ayudado a hacer insegura la región de Cévennes; de la hija de un hugonote de Esterel, que se le había entregado, seducida por la fragancia del espliego; de un incendio forestal que había estado a punto de provocar y que se habría extendido por toda la Provenza, más deprisa que el amén en la iglesia, porque soplaba un furioso mistral; y también hablaba de las destilaciones, una y otra vez, de noche y a la intemperie, a la luz de la luna, con vino y los gritos de las cigarras, y de una esencia de espliego que había destilado, tan fina y olorosa, que se la pesaron con plata; de su aprendizaje en Génova, de sus años de vagabundeo y de la ciudad de Grasse, donde había tantos perfumistas como zapateros en otros lugares, y tan ricos que vivían como príncipes en magníficas casas de terrazas y jardines sombreados y comedores revestidos de madera donde comían en platos de porcelana con cubiertos de oro, etcétera...

El viejo Baldini contaba estas historias mientras iba bebiendo vino y las mejillas se le encendían por el vino, por el calor del fuego y por el entusiasmo que suscitaban en él sus propios relatos. En cambio, Grenouille, sentado un poco más a la sombra, no le escuchaba siquiera. A él no le interesaban las viejas historias, a él sólo le interesaba el nuevo experimento. No perdía de vista el delgado conducto que salía de la tapa del alambique y por el que fluía el hilo del líquido destilado. Y mientras lo miraba, se imaginaba a sí mismo como un alambique en el que el agua borboteaba como en éste y del que fluía también el producto de destilación, pero mejor, nuevo, extraordinario, el producto de aquellas plantas exquisitas que él había cultivado en su interior, que allí florecían, olfateadas sólo por él mismo, y que con su singular perfume podían transformar el mundo en un fragante jardín del Edén donde la existencia sería soportable para él en el sentido olfativo. Grenouille se entregaba al sueño de ser un gran alambique que inundaba el mundo con la destilación de sustancias creadas por él mismo.

Pero mientras Baldini, inspirado por el vino, seguía contando historias cada vez más extravagantes sobre épocas pasadas y a medida que hablaba se dejaba dominar más y más por la propia fantasía, Grenouille abandonó pronto su extravagante ensoñación, borró de su mente la idea de ser un gran alambique y se puso a reflexionar sobre el modo de aplicar sus conocimientos recién adquiridos a unas metas mucho más cercanas.

19

Al cabo de poco tiempo era un especialista en el campo de la destilación. Descubrió —y en ello le ayudó más su olfato que todas las reglas de Baldini— que el calor del fuego ejercía una influencia decisiva sobre la calidad del producto destilado. Cada planta, cada flor, cada madera y cada fruto oleaginoso requería un tratamiento especial. A veces era necesario provocar mucho vapor, otras, acelerar la cocción y muchas flores daban mejores resultados si exudaban con la llama muy baja.

De importancia similar era la preparación. La menta y el espliego podían destilarse en ramitos enteros, mientras otras necesitaban ser picadas finamente, troceadas, trituradas, raspadas, machacadas o incluso maceradas antes de añadirse a la caldera de cobre. Y muchas otras plantas no se dejaban destilar, lo cual era una amarga frustración para Grenouille.

Baldini, al ver la seguridad con que Grenouille manejaba el aparato, le dejó en plena posesión del mismo y Grenouille aprovechó al máximo esta libertad. Durante el día mezclaba perfumes y preparaba otros productos y condimentos aromáticos y por las noches se dedicaba exclusivamente al misterioso arte de la destilación. Su plan era producir nuevas y perfectas sustancias odoríferas a fin de convertir en realidad por lo menos algunas de las fragancias que llevaba en su interior. Al principio logró pequeños éxitos. Consiguió obtener un aceite de flores de ortiga y otro de semillas de berro, un agua con corteza de saúco recién arrancada y otra con ramas de tejo. Los productos destilados apenas guardaban algún parecido con las sustancias originales, pero aun así eran lo bastante interesantes para servir de base a elaboraciones ulteriores. En cambio, había sustancias que hacían fracasar por completo el experimento. Por ejemplo, Grenouille intentó destilar el olor del vidrio, el olor arcilloso y frío del vidrio liso, imperceptible para las personas normales. Se procuró cristal de ventana y de botella y lo partió en grandes trozos, en cascos gruesos y finos y, por último, lo pulverizó... todo en vano. Destiló latón, porcelana y cuero, grano y guijas; destiló tierra, sangre, maderas y pescado fresco, incluso sus propios cabellos. Al final destiló agua, agua del Sena, cuyo olor singular le pareció digno de preservarse. Con ayuda del alambique, creía poder arrancar a estas sustancias su aroma característico, tal como era posible hacerlo con el tomillo, el espliego, y las semillas de comino. Ignoraba que la destilación no es más que un procedimiento para separar las partes volátiles y menos volátiles de las sustancias mezcladas y que sólo era útil para la perfumería en la medida en que aislaba el aceite etéreo y volátil de ciertas plantas de los restos parcial o totalmente inodoros. En el caso de sustancias carentes de este aceite volátil, la destilación no tenía, naturalmente, ningún sentido. Esto resulta muy claro para los hombres de la actualidad que poseemos nociones de física, pero Grenouille tuvo que aprenderlo a través de una larga y ardua cadena de intentos fallidos. Durante meses se sentó noche tras noche ante el alambique, intentando por todos los medios imaginables obtener fragancias radicalmente nuevas, fragancias todavía inexistentes en la tierra en forma concentrada, y aparte de algunas ridículas esencias vegetales, no consiguió el resultado apetecido. Del pozo profundo e inconmensurablemente rico de su imaginación no pudo extraer ni una sola gota de una esencia perfumada concreta, ni un átomo de lo que había captado con su olfato.

Cuando comprendió con claridad su fracaso, interrumpió los experimentos y cayó gravemente enfermo.

20

Comenzó con una fiebre muy alta, acompañada de sudores los primeros días y más tarde de innumerables pústulas, que aparecieron al saturarse los poros de la piel; el cuerpo de Grenouille se cubrió de pequeñas ampollas rojas, muchas de las cuales reventaron, derramando su contenido acuoso para llenarse de nuevo poco después. Otras crecieron hasta convertirse en verdaderos furúnculos, gruesos y rojos, que se abrieron como cráteres, vomitando pus espeso y sangre entremezclada con una sustancia viscosa y amarillenta. A los pocos días, Grenouille semejaba un mártir que, lapidado desde dentro, supurase por cien heridas.

Como es natural, Baldini se preocupó. Sería muy desagradable para él perder a su valioso aprendiz precisamente en unos momentos en que se proponía ampliar su negocio más allá de los límites de la capital e incluso fuera del país, porque de hecho recibía cada vez con mayor frecuencia encargos no sólo de provincias, sino también de cortes extranjeras, solicitando aquellos singulares perfumes que enloquecían a París; y Baldini maduraba ya la idea, a fin de atender todas las demandas, de fundar una filial en el Faubourg Saint-Antoine, una verdadera manufactura donde se elaborarían al por mayor los perfumes de más éxito y serían envasados en pequeños frascos y empaquetados por bonitas muchachas para su envío ulterior a Holanda, Inglaterra y Alemania. Semejante negocio no era del todo legal para un maestro residente en París, pero últimamente Baldini gozaba de protección en las altas esferas; sus refinados perfumes le habían granjeado el favor no sólo del intendente, sino también de personalidades tan importantes como monsieur el Comisario de Aduanas de París y un miembro del real ministerio de Finanzas y promotor de florecientes empresas financieras como el señor Feydeau de Brou. Este último tenía incluso intención de concederle un privilegio real, lo mejor a que un hombre podía aspirar, ya que representaba una especie de pase para eludir a todas las autoridades estatales y corporativas, el fin de todas las preocupaciones comerciales y una garantía eterna de prosperidad segura e indiscutible.

Y además, Baldini acariciaba otro plan, su plan favorito, una especie de proyecto alternativo a la fábrica de Faubourg Saint-Antoine que, si no al por mayor, produciría en exclusiva para una clientela escogida, de rango muy elevado; para ellos Baldini quería crear, o mejor dicho, hacer crear perfumes personales que, como trajes hechos a medida, sólo fueran apropiados para una persona, la única que podría usarlos y cuyo preclaro nombre ostentarían. Imaginó un «Parfum de la Marquise de Cernay», un «Parfum de la Maréchale de Villars», un Parfum du Duc d'Aiguillon», etcétera. Soñaba con un «Parfum de Madame la Marquise de Pompadour» y, sí, incluso con un «Parfum de Sa Majesté le Roi», en un valioso frasco de ágata tallada, engastada en oro cincelado y, oculto en el interior de la base, el nombre grabado: «Giuseppe Baldini, Perfumeur». El nombre del rey y el suyo propio en un mismo objeto. ¡A tan magníficas fantasías había llegado Baldini! Y ahora Grenouille estaba enfermo, cuando Grimal, Dios lo tuviera en su gloria, había jurado que nunca le dolía nada, que lo resistía todo y que incluso la peste negra lo dejaba de lado. Ninguna enfermedad podía con él. ¿Y si se moría? ¡Espantoso! Entonces morirían también los maravillosos planes de la fábrica, de las muchachas bonitas, del privilegio y del perfume del rey.

Baldini decidió, por consiguiente, no dejar piedra por remover con tal de salvar la preciada vida de su aprendiz. Ordenó su traslado del catre del taller a una cama limpia del piso superior de la casa y mandó hacerla con sábanas de damasco. Ayudó con sus propias manos a subir al enfermo por la angosta escalera, pese a repugnarle en extremo las pústulas y los furúnculos supurantes. Ordenó a su esposa que hiciera caldo de gallina con vino y envió a buscar al médico más renombrado del barrio, un tal Procope, a quien tuvo que pagar por adelantado —¡veinte francos!— para que se molestara en visitarle a domicilio.

El médico fue, levantó la sábana con las puntas de los dedos, echó una sola ojeada al cuerpo de Grenouille, que realmente parecía agujereado por cien balas, y abandonó la estancia sin haber abierto siquiera el maletín, que le llevaba siempre un ayudante. El caso, explicó a Baldini, era muy claro: se trataba de una especie sifilítica de la viruela, complicada con un sarampión purulento en su último estadio. Por ello no procedía recetar ninguna clase de tratamiento, ya que era imposible practicar debidamente una sangría con la lanceta en un cuerpo ya medio descompuesto, más parecido a un cadáver que a un organismo vivo. Y aunque todavía no se notaba la pestilencia característica de esta enfermedad —lo cual, por otra parte, resultaba asombroso y constituía, desde el punto de vista estrictamente científico, un caso muy raro—, el óbito del paciente dentro de las próximas cuarenta y ocho horas era tan seguro como que él se llamaba doctor Procope.

Tras lo cual exigió el pago de otros veinte francos por la visita y el diagnóstico —cinco de ellos deducibles si le entregaban el cadáver para aprovechar su sintomatología clásica con fines docentes— y se despidió.

Baldini estaba fuera de sí. Gimió y gritó con desesperación; se mordió los dedos, furioso contra su destino. Una vez más veía frustrarse sus planes de un éxito espectacular poco antes de alcanzar la meta. La vez anterior se habían interpuesto, con la riqueza de su inventiva, Pélissier y sus compinches, ¡y esta vez era este muchacho, dotado de un fondo inagotable de nuevos olores, este pequeño rufián, más valioso que su peso en oro, quien precisamente ahora, en la fase ascendente del negocio, tenía que contraer la viruela sifilítica y el sarampión purulento en su estado último! ¡Precisamente ahora! ¿Por qué no dentro de dos años? ¿Por qué no dentro de uno? Para entonces podría haberlo explotado como una mina de plata o como un asno de oro. Dentro de un año podía morirse tranquilo. ¡Pero, no! ¡Tenía que morirse ahora, por Dios Todopoderoso, en un plazo de dos días!

Durante unos segundos acarició Baldini la idea de peregrinar hasta Notre-Dame para encender una vela y orar ante la Santa Madre de Dios por la salud de Grenouille, pero desistió de ello porque el tiempo apremiaba. Corrió a buscar papel y tinta y ahuyentó a su esposa de la habitación del enfermo. Quería velarle él mismo. Se sentó en una silla a la cabecera de la cama y, con el cuaderno sobre las rodillas y la pluma mojada de tinta en la mano, intentó arrancar a Grenouille una confesión perfumística. ¡Por el amor de Dios, que al menos no se llevara consigo así como así los tesoros que albergaba en su interior! ¡Que al menos ahora, en sus últimos momentos, dejara en sus manos una última voluntad que preservase para la posteridad los mejores perfumes de todos los tiempos! Él, Baldini, administraría y daría a conocer fielmente este testamento, este catálogo de fórmulas de las fragancias más sublimes que el mundo conociera jamás. Rodearía de una gloria inmortal el nombre de Grenouille; sí, incluso —lo juraba ahora mismo por todos los santos— pondría los mejores perfumes a los pies del rey en un frasco de ágata engarzada en oro cincelado con la inscripción: «De Jean-Baptiste Grenouille, *parfumeur de Paris*.» Esto decía, o más bien, esto murmuraba Baldini al oído de Grenouille, jurando, suplicando, adulando en una letanía ininterrumpida.

Pero todo era inútil; Grenouille no soltaba más que secreciones acuosas y pus sanguinolento. Yacía mudo bajo el damasco, supurando estos jugos nauseabundos pero sin revelar los tesoros de su ciencia ni la fórmula de una sola fragancia. Baldini le habría estrangulado, le habría matado a golpes si de este modo hubiera podido arrancar del cuerpo moribundo, con alguna probabilidad de éxito, sus secretos más válidos... y si con ello no hubiera atentado de manera tan flagrante contra su concepto cristiano del amor al prójimo.

Así pues, continuó musitando y susurrando en los tonos más dulces, mimando al enfermo, secándole con paños fríos —aunque le costara un tremendo esfuerzo— la frente sudorosa y los volcanes ardientes de las heridas y dándole vino a cucharadas para soltarle la lengua, durante toda la noche... en vano. Al amanecer, cejó en su empeño. Se desplomó, exhausto, en un sillón en el extremo opuesto del dormitorio y permaneció con la mirada fija, ya sin cólera, sólo llena de tranquila resignación, en el pequeño cuerpo de Grenouille tendido en la cama, al que no podía salvar ni despojar, del que ya no podía sacar nada para su provecho y cuyo fin tenía que presenciar sin hacer nada, como un capitán el hundimiento de su buque, que arrastra consigo a las profundidades todo el caudal de su riqueza.

Entonces se abrieron de repente los labios del moribundo y, con una voz cuya claridad y firmeza no dejaban entrever nada de su inminente fin, habló:

—Decidme, *maître*: ¿existe otro medio, aparte del prensado o el destilado, para extraer la fragancia de un cuerpo?

Baldini, convencido de que la voz procedía de su imaginación o del más allá, contestó mecánicamente:

—Sí, existe.

—¿Cuál es? —preguntó la voz desde la cama y Baldini abrió los cansados ojos. Grenouille yacía inmóvil sobre las almohadas. ¿Había hablado el cadáver?

—¿Cuál es? —preguntó de nuevo, y esta vez Baldini vio moverse los labios de Grenouille: «Éste es el fin —pensó—, ahora morirá; debe ser un desvarío o el último estertor.» Y se levantó, fue hacia el lecho y se inclinó sobre el enfermo, que había abierto los ojos y los clavaba en Baldini con la misma expresión vigilante con que le había mirado en su primer encuentro.

—¿Cuál es? —insistió.

Baldini hizo un gran esfuerzo —no quería negar su última voluntad a un moribundo— y respondió:

—Existen tres, hijo mío: el *enfleurage à chaud*, el *enfleurage à froid* y el *enfleurage à l'huile*. Son, en muchos aspectos, superiores a la destilación y se emplean para extraer las fragancias más delicadas de todas: la del jazmín, la de la rosa y la del azahar.

—¿Dónde? —preguntó Grenouille.

—En el sur —contestó Baldini—. Sobre todo en la ciudad de Grasse.

—Está bien —dijo Grenouille.

Y cerró los ojos. Baldini se enderezó con lentitud; estaba muy deprimido. Recogió el cuaderno, en el que no había escrito ni una línea, y apagó la vela de un soplo. Fuera, ya amanecía. Se sentía agotado de cansancio. Debería haber llamado a un sacerdote, pensó. Entonces hizo con la diestra una rápida señal de la cruz y salió del cuarto.

Sin embargo, Grenouille no había muerto, ni mucho menos. Ahora dormía y soñaba profundamente y absorbía hacia dentro todos sus jugos. Pronto las pústulas empezaron a secarse, los cráteres de pus a cerrarse y las heridas a cicatrizarse. Al cabo de una semana estaba restablecido.

21

Por su gusto se habría marchado inmediatamente hacia el sur, donde podría aprender las nuevas técnicas de que le había hablado el viejo, pero no podía ni pensar en ello por ahora, ya que sólo era un aprendiz, o sea, un don nadie. De hecho, según le explicó Baldini —una vez recuperado del júbilo inicial por la resurrección de Grenouille—, de hecho, era menos que un don nadie, ya que para ser un aprendiz con todas las de la ley se requería un origen familiar intachable, parientes acomodados y un contrato de aprendizaje, condiciones de que él carecía. Si pese a ello él, Baldini, decidía en el futuro otorgarle la categoría de oficial, lo haría en atención a las dotes nada corrientes de Grenouille, a una conducta ejemplar futura e impulsado por la infinita generosidad que le caracterizaba y contra la cual no podía luchar, pese a los disgustos que muchas veces le ocasionaba.

Fue lento en dar esta muestra de su bondad, que aplazó hasta casi tres años después, durante los cuales realizó, con ayuda de Grenouille, sus ambiciosos sueños. Fundó la fábrica del Faubourg Saint-Antoine, se introdujo en la corte con sus perfumes exclusivos y obtuvo el privilegio real. Sus selectos productos de perfumería se vendían hasta en San Petersburgo, Palermo y Copenhague. Una fragancia de almizcle era apreciada incluso en Constantinopla, donde Dios sabe que no faltan los perfumes propios. Los aromas de Baldini se olían tanto en las distinguidas oficinas de la City londinense como en la corte de Parma, en el palacio de Varsovia y en el castillo del conde von Lippe-Detmold. A los setenta años de edad Baldini, después de haberse resignado a pasar su vejez en Mesina pobre como una rata, se vio convertido en el mayor perfumista de Europa y en uno de los ciudadanos más ricos de París.

A principios del año 1756 —entretanto había adquirido la casa contigua del Pont au Change, exclusivamente para vivienda, ya que la casa antigua estaba llena hasta el tejado de sustancias odoríferas y especias— comunicó a Grenouille que ya estaba dispuesto a concederle la libertad, aunque con tres condiciones: primera, no produciría en el futuro ninguno de los perfumes creados bajo el techo de Baldini ni facilitaría sus fórmulas a terceras personas; segunda, debía abandonar París y no volver a poner los pies en la ciudad mientras viviese Baldini; y tercera, debía guardar un secreto absoluto acerca de las dos primeras condiciones. Todo esto tenía que jurarlo por todos los santos, por el alma de su pobre madre y por su propio honor.

Grenouille, que no tenía honor ni creía en los santos ni en el alma de su pobre madre, juró. Habría jurado cualquier cosa. Habría aceptado cualquier condición de Baldini porque quería aquel ridículo certificado de oficial de artesano que le permitiría vivir con discreción, viajar sin ser molestado y encontrar un empleo. Todo lo demás le era indiferente. Por otra parte, ¿qué clase de condiciones eran aquéllas? ¿No poner más los pies en París? ¿Para qué necesitaba él París? Lo conocía hasta su último maloliente rincón, lo llevaría consigo adondequiera que fuese, poseía a París desde hacía años. ¿No producir ninguno de los perfumes de éxito de Baldini, no facilitar ninguna fórmula? ¡Como si él no pudiera inventar otros mil, tan buenos y mejores, siempre que se le antojara! Pero no era eso lo que quería. No tenía intención de erigirse en competidor de Baldini ni de ningún otro perfumista burgués. Su ambición no era amasar dinero con su arte, ni siquiera pretendía vivir de él, si podía vivir de otra cosa. Quería exteriorizar lo que llevaba dentro, sólo esto, expresar su interior, que consideraba más maravilloso que todo cuanto el mundo podía ofrecer. Y por esta razón las condiciones de Baldini no eran condiciones para Grenouille.

En primavera se marchó, un día de mayo, muy temprano por la mañana. Baldini le había dado una pequeña mochila, otra camisa, dos pares de medias, una gran salchicha, una manta para caballerías y veinticinco francos, lo cual era mucho más de lo que estaba obligado a darle, recalcó Baldini, ya que no había cobrado a Grenouille ni un solo *sou* por la profunda instrucción impartida. Su obligación era darle dos francos para el camino y nada más, pero no podía renegar de su generosidad, como tampoco de la honda simpatía que en el curso de los años había ido acumulando en su corazón por el bueno de Jean-Baptiste. Le deseaba mucha suerte en sus viajes y le advertía encarecidamente una vez más que no olvidara su juramento. Diciendo esto, le acompañó hasta la puerta reservada a los proveedores, donde un día le recibiera por primera vez, y lo despidió.

No le dio la mano, la simpatía tampoco llegaba a tanto. Nunca le había dado la mano. En general, siempre había evitado tocarlo por una especie de repugnancia piadosa, como si existiera un peligro de contagio, de quedar mancillado. Le dijo brevemente adiós y Grenouille asintió, bajó la cabeza, y se alejó por la calle, que en aquellos momentos estaba desierta.

22

Baldini le siguió con la mirada mientras bajaba por el puente, en dirección a la isla, pequeño, encorvado, llevando la mochila como si fuera una joroba; visto de espaldas, parecía un viejo. Junto al palacio del Parlamento, donde la calle describía una curva, le vio desaparecer y sintió un alivio extraordinario.

Aquel individuo nunca le había resultado simpático, nunca; por fin ahora podía confesárselo a sí mismo. Durante todo el tiempo en que le había albergado bajo su techo y explotado, se había sentido incómodo, como un hombre irreprochable que por primera vez en su vida hace algo prohibido, jugando a algo con medios ilícitos. Ciertamente, el riesgo de ser descubierto había sido escaso y las perspectivas de éxito, inmensas; sin embargo, también habían sido grande el nerviosismo y los remordimientos de conciencia. De hecho, durante todos aquellos años no había pasado un solo día en que no le persiguiera la desagradable sensación de que alguna vez tendría que pagar de algún modo por su asociación con aquel hombre. «¡Si por lo menos no pasa nada! —repetía, temeroso, para sus adentros—. ¡Si consigo salir impune de esta atrevida aventura, sin tener que pagar por el éxito! ¡Si por lo menos todo va bien! Aunque no es correcto lo que hago. ¡Dios hará la vista gorda, estoy seguro! Me ha infligido muchos castigos duros en mi vida sin ningún motivo, de modo que ahora sería justo que se mostrara conciliador. Además, ¿en qué consiste mi falta, si es que lo es? A lo sumo en que me aparto un poco del reglamento gremial explotando la maravillosa facultad de un profano y apropiándome de ella. A lo sumo, en que me desvío un poco del camino tradicional de la virtud del artesano, haciendo hoy lo que ayer condené. ¿Acaso es esto un crimen? Otros engañan durante toda su vida. Yo sólo he hecho trampas durante unos cuantos años y sólo porque la casualidad me ofreció una oportunidad única. Quizá no fue la casualidad, sino el propio Dios quien me mandó a casa a ese hechicero como compensación de las humillaciones sufridas a manos de Pélissier y sus compinches. ¡Quizá es voluntad de Dios castigar a Pélissier y no a mí! ¡Esto sería muy posible! ¿Y de qué otro modo podría Dios castigar a Pélissier, sino encumbrándome a mí? Mi éxito sería entonces el instrumento de la justicia divina y como tal, debería aceptarlo sin vergüenza y sin el menor arrepentimiento...»

Así había raciocinado con frecuencia Baldini en los años pasados cuando bajaba por la mañana a la tienda por la angosta escalera, cuando la subía por la tarde con el contenido de la caja y contaba las pesadas monedas de oro y plata antes de guardarlas en su caja de caudales y cuando yacía por la noche junto al esqueleto de su mujer, que roncaba, y no podía dormirse por puro temor de su felicidad.

Ahora, por fin, se habían acabado los pensamientos siniestros. El inquietante huésped ya estaba lejos y no volvería jamás. En cambio, la riqueza permanecería, segura para siempre. Baldini se llevó la mano al pecho y tocó a través de la tela de la levita el cuaderno que llevaba sobre el corazón. Seiscientas fórmulas figuraban en él, más de las que varias generaciones de perfumistas podrían realizar jamás. Aunque hoy lo perdiera todo, sólo este cuaderno maravilloso le convertiría nuevamente en un hombre rico en el plazo de un año. En verdad, ¿qué más podía pedir?

El sol matutino caía sobre las fachadas de las casas de enfrente y su dorado resplandor le calentaba el rostro. Baldini, que seguía mirando hacia el sur, en dirección a la calle del palacio del Parlamento —¡resultaba tan agradable haber perdido de vista a Grenouille!—, decidió en un arrebato de agradecimiento peregrinar hoy mismo hasta Notre-Dame para echar una moneda de oro en el cepillo, encender tres velas y arrodillarse ante el Señor, que le había colmado de tanta felicidad y librado de la venganza.

Sin embargo, una tontería se interpuso de nuevo para desbaratar su plan, porque aquella tarde, cuando ya se disponía a emprender el camino de la iglesia, oyó rumores de que los ingleses habían declarado la guerra a Francia. Esto no era, en sí y de por sí, nada alarmante, pero como Baldini quería enviar justamente aquellos días una partida de perfumes a Londres, aplazó la visita a Notre-Dame y se dirigió a la ciudad con objeto de conocer más detalles y después a su fábrica del Faubourg Saint-Antoine para cancelar el envío a Londres. Por la noche, ya en la cama, antes de dormirse, tuvo una idea genial: en vista de las próximas hostilidades bélicas por las colonias del Nuevo Mundo, lanzaría un perfume con el nombre de «Prestige du Québec», un aroma de resina y heroísmo que le compensaría con creces —estaba seguro— en caso de fracasar el negocio con Inglaterra. Con este dulce pensamiento en su tonta y vieja cabeza, que apoyó con alivio en las almohadas, bajo las que se notaba el bulto del cuaderno de fórmulas, el *maître* Baldini concilió el sueño y ya no volvió a despertarse en su vida.

Porque por la noche sucedió una pequeña catástrofe que, tras las consabidas dilaciones, motivó el derribo por orden real de todas las casas de todos los puentes de la ciudad de París: sin causa aparente, el Pont au Change se resquebrajó y desplomó en su lado oriental, entre el tercer y cuarto pilar. Dos casas se precipitaron al río, de tal forma y tan de repente, que ninguno de los inquilinos pudo ser salvado. Por suerte sólo se trataba de dos personas, a saber, Giuseppe Baldini y su esposa Teresa. Los criados habían salido, con o sin autorización. Chénier, que llegó a su casa al amanecer ligeramente borracho —mejor dicho, que pensaba llegar a su casa, ya que ésta había desaparecido—, sufrió un ataque de nervios. Durante treinta años había tenido la esperanza de que Baldini, que carecía de hijos y parientes, le nombrara heredero universal en su testamento. Y ahora, de golpe, toda la herencia se había esfumado, casa, negocio, materias primas, taller, el propio Baldini y, sí, ¡incluso el testamento, que tal vez contenía una cláusula sobre la propiedad de la fábrica!

No se encontró nada, ni los cadáveres, ni la caja de caudales, ni el cuaderno con las seiscientas fórmulas. Lo único que quedó de Giuseppe Baldini, el mayor perfumista de Europa, fue un perfume muy mezclado de almizcle, canela, vinagre, espliego y otros mil aromas que flotó durante varias semanas sobre el curso del Sena, desde París hasta Le Havre.

SEGUNDA PARTE

23

En el momento en que se derrumbó la casa de Giuseppe Baldini, Grenouille se encontraba en el camino de Orleans. Había dejado atrás la atmósfera de la gran urbe y a cada paso que le alejaba de ella el aire era más claro, puro y limpio. Y también más enrarecido. Ya no se acumulaban en cada metro centenares y millares de diferentes olores en un remolino vertiginoso, sino que los pocos que había —el olor del camino arenoso, de los prados, de la tierra, de las plantas, del agua— se extendían en largas franjas sobre el paisaje, ampliándose y encogiéndose con lentitud, sin interrumpirse casi nunca de forma repentina.

Grenouille acogió esta sencillez como una liberación. Los apacibles aromas acariciaban su olfato. Por primera vez en su vida no tenía que estar preparado para captar con cada aliento uno nuevo, inesperado y hostil o perder uno agradable. Por primera vez podía respirar casi libremente, sin verse obligado a olfatear con cautela. Decimos «casi» porque, naturalmente, nada fluía con libertad a través de la nariz de Grenouille. Aunque no tuviera el menor motivo para ello, siempre quedaba en él una reserva instintiva, alerta a todo cuanto procediera del exterior y fuera aspirado por su sentido del olfato. Durante toda su vida, incluso en los pocos momentos en que sintió indicios de contento, satisfacción e incluso felicidad, prefirió expeler que aspirar el aire, lo cual fue cierto desde que la iniciara, no con un aliento lleno de esperanza, sino con un grito espantoso. Aparte, sin embargo, de esta limitación, que era innata en él, Grenouille se sentía mejor a medida que se alejaba de París, respiraba con más ligereza, caminaba con paso más rápido y adoptaba incluso de manera esporádica una posición erguida, de ahí que visto desde lejos casi parecía un aprendiz de artesano corriente, o sea, un hombre completamente normal.

Lo que encontraba más liberador era la lejanía de los seres humanos. En París vivían hacinados más habitantes que en cualquier otra ciudad del mundo, unos seiscientos o setecientos mil. Pululaban en las calles y plazas y atestaban las casas desde el sótano hasta el tejado. En todo París no había apenas un rincón que no bullera de hombres, ninguna piedra, ningún trozo de tierra que no oliera a seres humanos.

Ahora que había empezado a alejarse comprendió con claridad Grenouille que aquel denso caldo humano le había oprimido como un aire de tormenta durante dieciocho años. Siempre había creído que era del mundo en general de lo que tenía que apartarse, pero ahora veía que no se trataba del mundo, sino de los seres humanos. Al parecer, en el mundo, en el mundo sin hombres, la vida era soportable.

Al tercer día de viaje llegó al campo de gravitación olfativa de Orleans. Mucho antes de que un signo visible anunciara la proximidad de la urbe, percibió Grenouille la acumulación humana en el aire y decidió, en contra de su propósito original, evitar Orleans. No quería perder tan pronto la recién adquirida libertad de respiración, sumergiéndose de nuevo en el asfixiante clima humano. Dio un gran rodeo en torno a la ciudad, fue a parar a Châteauneuf, a orillas del Loira, y cruzó el río por Sully. La salchicha se le acabó allí. Compró otra y dejó el río para continuar tierra adentro.

Ahora no sólo evitaba las ciudades, sino también los pueblos. Estaba como ebrio del aire cada vez más enrarecido, más alejado de los seres humanos. Sólo para proveerse de comida se acercaba a una aldea o una granja solitaria, compraba pan y desaparecía otra vez en los bosques. Al cabo de varias semanas le molestaba incluso encontrar de vez en cuando algún viajero por los caminos agrestes y apenas podía soportar el olor inconfundible de los campesinos que aquí y allá segaban la primera hierba de las praderas. Rehuía, temeroso, todos los rebaños de ovejas, no por los animales, sino para evitar el olor de los pastores. Caminaba campo a través y hacía rodeos de muchas millas cuando olía a un escuadrón de jinetes, distantes aún a varias horas de camino, no porque temiera, como otros aprendices y vagabundos, que le controlaran y pidieran los papeles y quizá incluso lo alistaran para la guerra —ni siquiera sabía que se había declarado una guerra—, sino únicamente porque le repugnaba el olor humano de los jinetes. De este modo espontáneo, sin ninguna decisión determinada, su plan de dirigirse a Grasse por el camino más corto fue perdiendo urgencia y al final se disolvió, por así decirlo, en la libertad, como todos los demás planes e intenciones. Grenouille ya no quería ir a ninguna parte, sólo alejarse de los hombres.

Acabó caminando sólo de noche. Durante el día se ocultaba entre la maleza, dormía bajo árboles o arbustos, a ser posible en los lugares más inaccesibles, agazapado como un animal, con el cuerpo y la cabeza cubiertos por la manta marrón y la nariz metida en el hueco del codo, dirigida hacia la tierra para que ningún olor extraño perturbara sus sueños. Se despertaba al ponerse el sol, oliscaba en todas direcciones y cuando estaba bien seguro de haberlo olido todo, de que el último campesino había abandonado su tierra y los vagabundos más osados habían buscado cobijo ante la inminente oscuridad, cuando la noche, con sus supuestos peligros, había ahuyentado a todos los seres humanos, salía Grenouille de su escondite y continuaba su viaje. No necesitaba luz para ver a su alrededor. Incluso antes, cuando aún caminaba de día, mantenía los ojos cerrados durante horas y se dejaba guiar por el olfato. La imagen deslumbrante del paisaje, la luz cegadora, la fuerza e intensidad de la vista le causaban dolor. Sólo le gustaba el resplandor de la luna. Su luz no tenía color y perfilaba débilmente el terreno, bañando la tierra con un tinte gris sucio y estrangulando la vida durante una noche. Este mundo como de plomo fundido en el que sólo se movía el viento, que a veces se cernía sobre los bosques grises como una sombra, y en el que sólo vivían las fragancias de la tierra desnuda, era el único mundo aceptable para él porque se parecía al mundo de su alma.

Así fue avanzando en dirección sur. Más o menos en dirección sur, porque no se guiaba por ninguna brújula magnética, sino por la brújula de su olfato, que le permitía evitar cada ciudad, cada pueblo y cada caserío. No vio a ningún ser humano durante semanas enteras: y podría haberse imaginado tranquilamente que estaba solo en aquel mundo oscuro o iluminado por el frío resplandor de la luna si su sensible brújula no le hubiera indicado lo contrario.

Por la noche también había hombres. En las comarcas más aisladas también había hombres, sólo que se habían retirado a sus guaridas para dormir como las ratas. La tierra no estaba limpia de ellos, ya que incluso dormidos despedían olores que salían al aire libre por las ventanas abiertas o por las rendijas e infestaban la naturaleza, abandonada sólo en apariencia. Cuanto más se acostumbraba Grenouille al aire puro, tanto más sensible se volvía al olor de los hombres, que de repente, inesperado y horrible, se extendía por las noches con su hedor a podrido, revelando la presencia de una choza de pastores, una cabaña de carbonero o una cueva de ladrones. Y seguía huyendo, reaccionando cada vez con mayor sensibilidad al olor ya poco frecuente de los seres humanos. De este modo su nariz le condujo a regiones cada vez más apartadas, alejándole de los hombres y empujándole cada día con mayor fuerza hacia el polo magnético de la máxima soledad posible.

24

Este polo, es decir, el punto más alejado de los hombres en todo el reino, se encontraba en el macizo central de Auvernia, aproximadamente a cinco días de viaje de Clermont, en dirección sur, en la cima de un volcán de dos mil metros llamado Plomb du Cantal.

La montaña era un cono gigantesco de piedra gris plomo y estaba rodeada de una altiplanicie interminable y árida donde sólo crecían un musgo gris y unas matas grises entre las cuales sobresalían aquí y allá rocas puntiagudas, como dientes podridos, y algún que otro árbol requemado por el fuego. Esta región era tan inhóspita, incluso en los días más claros, que ni el pastor más pobre de la misérrima provincia habría llevado hasta allí a sus animales. Y por las noches, a la pálida luz de la luna, su desolación le prestaba un aire que no era de este mundo. Incluso el bandido Lebrun, nacido en Auvernia y muy buscado por la justicia, había preferido trasladarse a Cévennes, donde fue cogido y descuartizado, que ocultarse en el Plomb du Cantal, en donde seguramente nadie le habría buscado ni encontrado, pero donde habría hallado la muerte para él todavía más terrible de la soledad perpetua. Ningún ser humano vivía en muchas millas a la redonda y apenas algún animal de sangre caliente, sólo unos cuantos murciélagos y un par de escarabajos y víboras. Hacía décadas que nadie había escalado la cima.

Grenouille llegó a la montaña una noche de agosto del año 1756. Amanecía cuando se detuvo en la cumbre, ignorante aún de que su viaje terminaría allí. Pensaba que era sólo una etapa del camino hacia aires cada vez más puros y dio media vuelta para que la mirada de su nariz se paseara por el impresionante panorama del desierto volcánico: hacia el este, la extensa altiplanicie de Saint-Flour y los pantanos del río Riou; hacia el norte, la región por donde había viajado durante días enteros a través de pedregosas y estériles montañas; hacia el oeste, desde donde el ligero viento de la mañana sólo le llevaba el olor de la piedra y la hierba dura; y, por último, hacia el sur, donde las estribaciones del Plomb se prolongaban durante millas hasta las oscuras gargantas del Truyère. Por doquier, en todas direcciones, reinaba idéntico alejamiento de los hombres, por lo que cada paso dado en cualquier dirección habría significado acercarse a ellos. La brújula oscilaba, sin dar ninguna orientación. Grenouille había llegado a la meta, pero al mismo tiempo era un cautivo.

Cuando salió el sol, continuaba en el mismo lugar, olfateando el aire, intentando con desesperado afán encontrar la dirección de donde venía el amenazador olor humano y, por consiguiente, el polo opuesto hacia el que debía dirigir sus pasos. Recelaba de cada dirección, temeroso de descubrir un indicio oculto de olor humano, pero no fue así. Sólo encontró silencio, silencio olfativo, por así decirlo. Sólo flotaba a su alrededor, como un leve murmullo, la fragancia etérea y homogénea de las piedras muertas, del liquen gris y de la hierba reseca; nada más.

Grenouille necesitó mucho tiempo para creer que no olía nada. No estaba preparado para esta felicidad. Su desconfianza se debatió largamente contra la evidencia; llegó incluso, mientras el sol se elevaba, a servirse de sus ojos y escudriñó el horizonte en busca de la menor señal de presencia humana, el tejado de una choza, el humo de un fuego, una valla, un puente, un rebaño. Se llevó las manos a las orejas y aguzó el oído por si captaba el silbido de una hoz, el ladrido de un perro o el grito de un niño. Aguantó durante todo el día el calor abrasador de la cima del Plomb du Cantal, esperando en vano el menor indicio. Su suspicacia no cedió hasta la puesta de sol, cuando lentamente dio paso a un sentimiento de euforia cada vez más fuerte: ¡Se había salvado del odio! ¡Estaba completamente solo! ¡Era el único ser humano del mundo!

Un júbilo inaudito se apoderó de él. Con el mismo éxtasis con que un náufrago saluda tras semanas de andar extraviado la primera isla habitada por seres humanos, celebró Grenouille su llegada a la montaña de la soledad. Profirió gritos de alegría. Tiró mochila, manta y bastón y saltó, lanzó los brazos al aire, bailó en círculo, proclamó su nombre a los cuatro vientos, cerró los puños y los agitó, triunfante, contra todo el paisaje que se extendía a sus pies y contra el sol poniente, con un gesto de triunfo, como si él personalmente lo hubiera expulsado del cielo. Se comportó como un loco hasta altas horas de la noche.

25

Pasó los próximos días instalándose en la montaña, porque veía muy claro que no abandonaría con facilidad aquella bendita región. Como primera medida, olfateó en busca de agua, que encontró en una hendidura algo más abajo de la cumbre, fluyendo como una fina película por la superficie de la roca. No era mucha, pero

si lamía con paciencia durante una hora, cubría su necesidad de líquido para todo el día. También encontró
comida, pequeñas salamandras y serpientes de agua,
que devoraba con piel y huesos después de arrancar-
les la cabeza. Comía además liquen, hierba y bayas de
musgo. Esta forma de alimentación, totalmente discu-
tible desde el punto de vista burgués, no le disgustaba
en absoluto. Durante las últimas semanas y meses no
había comido productos humanos como pan, salchicha
y queso sino, cuando sentía hambre, todo lo más o menos comestible que encontraba a su paso. No era, ni con
mucho, un *gourmet*. El deleite no le interesaba, a menos que consistiera en el olor puro e incorpóreo. Tampoco le interesaba la comodidad y se habría contentado
con dormir sobre la dura piedra. Pero encontró algo
mejor.

Descubrió cerca del manantial una galería natural
que serpenteaba hacia el interior de la montaña y terminaba al cabo de unos treinta metros en un barranco.
El final de la galería era tan estrecho, que los hombros
de Grenouille rozaban la piedra y tan bajo, que no
podía estar de pie sin encorvarse. Pero podía sentarse
y, si se acurrucaba, incluso tenderse en el suelo. Esto
era suficiente para su comodidad. Además, el lugar gozaba de unas ventajas inapreciables: en el fondo del
túnel reinaba incluso de día una oscuridad completa,
el silencio era absoluto y el aire olía a un frescor húmedo y salado. Grenouille supo en seguida por el olor
que ningún ser viviente había entrado jamás en esta
cueva y tomó posesión de ella con una especie de temor
respetuoso. Extendió con cuidado la manta, como si vis-
tiera un altar, y se acostó encima de ella. Sintió un
bienestar maravilloso. Yacía en la montaña más solitaria de Francia a cincuenta metros bajo tierra como
en su propia tumba. En toda su vida no se había sentido tan seguro, ni siquiera en el vientre de su madre.
Aunque el mundo exterior ardiera, desde aquí no se
percataría de ello. Empezó a llorar en silencio. No sabía a quién agradecer tanta felicidad.

En los próximos días sólo salió a la intemperie para
lamer la película de agua del manantial, evacuar con rapidez orina y excrementos y cazar lagartijas y serpien-

tes. Por la noche eran fáciles de atrapar porque se ocultaban bajo las rocas o en pequeños intersticios, donde las descubría con el olfato.

Durante las primeras semanas subió de nuevo a la cumbre unas cuantas veces para olfatear el horizonte, pero esta precaución no tardó en ser más bien una costumbre molesta que una necesidad, pues ni una sola vez olió a algo amenazador, así que pronto interrumpió estas excursiones y sólo pensaba en volver a su tumba en cuanto había realizado las tareas más indispensables para su supervivencia. Porque aquí, en la tumba, era donde vivía de verdad, es decir, pasaba sentado más de veinte horas diarias sobre la manta de caballerías en una oscuridad total, un silencio total y una inmovilidad total, en el extremo del pétreo pasillo, con la espalda apoyada contra la piedra y los hombros embutidos entre las rocas, por completo autosuficiente.

Se sabe de hombres que buscan la soledad: penitentes, fracasados, santos o profetas que se retiran con preferencia al desierto, donde viven de langostas y miel silvestre. Muchos habitan cuevas y ermitas en islas apartadas o —algo más espectacular— se acurrucan en jaulas montadas sobre estacas que se balancean en el aire, todo ello para estar más cerca de Dios. Se mortifican y hacen penitencia en su soledad, guiados por la creencia de llevar una vida agradable a los ojos divinos. O bien esperan durante meses o años ser agraciados en su aislamiento con una revelación divina que inmediatamente quieren difundir entre los hombres.

Nada de todo esto concernía a Grenouille, que no pensaba para nada en Dios, no hacía penitencia ni esperaba ninguna inspiración divina. Se había aislado del mundo para su propia y única satisfacción, sólo a fin de estar cerca de sí mismo. Gozaba de su propia existencia, libre de toda influencia ajena, y lo encontraba maravilloso. Yacía en su tumba de rocas como si fuera su propio cadáver, respirando apenas, con los latidos del corazón reducidos al mínimo y viviendo, a pesar de ello, de manera tan intensa y desenfrenada como jamás había vivido en el mundo un libertino.

26

Escenario de este desenfreno —no podía ser otro— era su imperio interior, donde había enterrado desde su nacimiento los contornos de todos los olores olfateados durante su vida. Para animarse, conjuraba primero los más antiguos y remotos: el vaho húmedo y hostil del dormitorio de madame Gaillard; el olor seco y correoso de sus manos; el aliento avinagrado del padre Terrier; el sudor histérico, cálido y maternal del ama Bussier; el hedor a cadáveres del Cimetière des Innocents; el tufo de asesina de su madre. Y se revolcaba en la repugnancia y el odio y sus cabellos se erizaban de un horror voluptuoso.

Muchas veces, cuando este aperitivo de abominaciones no le bastaba para empezar, daba un pequeño paseo olfatorio por la tenería de Grimal y se regalaba con el hedor de las pieles sanguinolentas y de los tintes y abonos o imaginaba el caldo de seiscientos mil parisienses en el sofocante calor de la canícula.

Entonces, de repente —éste era el sentido del ejercicio—, el odio brotaba en él con violencia de orgasmo, estallando como una tormenta contra aquellos olores que habían osado ofender su ilustre nariz. Caía sobre ellos como granizo sobre un campo de trigo, los pulverizaba como un furioso huracán y los ahogaba bajo un diluvio purificador de agua destilada. Tan justa era su cólera y tan grande su venganza. ¡Ah, qué momento sublime! Grenouille, el hombrecillo, temblaba de excitación, su cuerpo se tensaba y abombaba en un bienestar voluptuoso, de modo que durante un momento tocaba con la coronilla el techo de la gruta, para luego bajar lentamente hasta yacer liberado y apaciguado en lo más hondo. Era demasiado agradable... este acto violento de exterminación de todos los olores repugnantes era realmente demasiado agradable, casi su número favorito entre todos los representados en el escenario de su gran teatro interior, porque comunicaba la maravillosa sensación de agotamiento placentero que sigue a todo acto verdaderamente grande y heroico.

Ahora podía descansar tranquilo durante un buen rato. Estiraba sus miembros todo lo que permitía la estrechez de su pétreo aposento; en cambio, interiormente, en las barridas praderas de su alma, podía estirarse a su antojo, dormitar y jugar con delicadas fragancias en torno a su nariz: un soplo aromático, por ejemplo, como venido de un prado primaveral; un templado viento de mayo que sopla entre las primeras hojas verdes de las hayas; una brisa marina, penetrante como almendras saladas. Caía la tarde cuando se levantó, aunque esta expresión sea un decir, ya que no había tarde ni mañana ni crepúsculo, no había luz ni oscuridad, ni tampoco prado primaveral ni hojas verdes de haya... En el universo interior de Grenouille no había nada, ninguna cosa, sólo el olor de las cosas. (Por esto, llamar a este universo un paisaje es de nuevo una manera de hablar, pero la única adecuada, la única posible, ya que nuestra lengua no sirve para describir el mundo de los olores). Caía, pues, la tarde en aquel momento y en el estado de ánimo de Grenouille, como en el sur al final de la siesta, cuando el letargo del mediodía abandona lentamente el paisaje y la vida interrumpida quiere reanudar su ritmo. El calor abrasador —enemigo de las fragancias sublimes— había remitido, destruyendo a la manada de demonios. Los campos interiores se extendían pálidos y blandos en el lascivo sosiego del despertar, esperando ser hollados por la voluntad de su dueño.

Y, como ya hemos dicho, Grenouille se levantó y sacudió el sueño de sus miembros. El Gran Grenouille interior se irguió como un gigante, en toda su grandiosidad y altura, ofreciendo un aspecto magnífico —¡casi era una lástima que nadie le viera!—, y miró a su alrededor, arrogante y sublime.

¡Sí! ¡Éste era su reino! ¡El singular reino de Grenouille! Creado y gobernado por él, el singular Grenouille, devastado por él y erigido de nuevo cuando se le antojaba, ampliado hasta el infinito y defendido con espada flamígera contra cualquier intruso. Aquí sólo mandaba su voluntad, la voluntad del grande, del magnífico, del singular Grenouille. Y una vez disipados los malos olores del pasado, quería ahora inundarlo de fragancias. Recorrió a grandes zancadas los campos yermos y sembró aromas de diversas clases, tan pronto parco como pródigo, creando anchas e interminables plantaciones y parterres pequeños e íntimos, derramando las semillas a puñados o de una en una en lugares escogidos. Hasta las regiones más remotas de su reino corrió, presuroso, el Gran Grenouille, el veloz jardinero, y pronto no quedó ningún rincón en que no hubiera sembrado un grano de fragancia.

Y cuando vio que todo estaba bien y que toda la tierra había absorbido la divina semilla de Grenouille, el Gran Grenouille dejó caer una lluvia de alcohol, fina y persistente, y en seguida todo empezó a germinar y brotar, de modo que la vista de los sembrados alegraba el corazón. Las plantaciones no tardaron en ofrecer abundantes frutos, en los jardines ocultos crecieron tallos jugosos y los capullos se abrieron en un estallido de pura lozanía.

Entonces ordenó el Gran Grenouille que cesara la lluvia. Y así sucedió. Y envió el templado sol de su sonrisa por toda la tierra e inmediatamente, en todos los confines del reino, la magnífica abundancia de capullos se convirtió en una única alfombra multicolor consistente en miríadas de valiosos frascos de perfume. Y el Gran Grenouille vio que todo estaba bien, muy bien. Y el viento de su hálito sopló por toda la tierra. Y las flores, al ser acariciadas, despidieron chorros de fragancia y mezclaron sus innumerables aromas hasta formar uno solo y universal, siempre cambiante pero en el cambio siempre unido en un homenaje a él, el grande, el único, el magnífico Grenouille quien, desde su trono en una nube de fragancia dorada, aspiró de nuevo, olfateando su aliento, y el olor de la ofrenda le resultó agradable. Y descendió del trono para bendecir varias veces su creación, la cual se lo agradeció con vítores y gritos jubilosos y repetidos chorros de magnífico perfume. Mientras tanto, había oscurecido y las fragancias seguían derramándose y mezclándose con los azules de la noche en notas cada vez más fantásticas. Se preparaba una verdadera fiesta de perfumes, con un gigantesco castillo de fuegos artificiales, brillantes y aromáticos.

Sin embargo, el Gran Grenouille estaba un poco cansado, así que bostezó y habló:

—Mirad, he hecho una gran obra y me complace mucho pero, como todo lo terminado, ya empieza a aburrirme. Quiero retirarme y, como culminación de este fructífero día, permitirme un pequeño entretenimiento en las cámaras de mi corazón.

Así habló el Gran Grenouille quien, mientras el pueblo llano de las fragancias bailaba y le vitoreaba alegremente, bajó de la nube dorada con alas extendidas y voló sobre el paisaje nocturno de su alma hacia el hogar de su corazón.

27

¡Ah, qué agradable era volver al hogar! La doble tarea de vengador y creador del mundo representaba un esfuerzo considerable y someterse después durante horas al homenaje de los propios engendros no era el descanso más reparador. Fatigado por los divinos deberes de la creación y la representación, el Gran Grenouille ansiaba los goces domésticos.

Su corazón era un castillo de púrpura situado en un pedregoso desierto, oculto tras las dunas y rodeado de un oasis pantanoso y de siete murallas de piedra. Sólo volando se podía acceder a él. Contenía mil cámaras, mil bodegas y mil elegantes salones, entre ellos uno provisto de un sencillo canapé de púrpura donde Grenouille, que ya no era el Gran Grenouille, sino simplemente Grenouille o el querido Jean-Baptiste, solía descansar de las fatigas del día.

Sin embargo, en las cámaras del castillo había estanterías desde el suelo hasta el techo y en ellas se encontraban todos los olores reunidos por Grenouille en el curso de su vida, varios millones. Y en las bodegas del castillo reposaban en cubas las mejores fragancias de su existencia que, una vez maduras, trasladaba a botellas que almacenaba en pasillos húmedos y fríos de varios kilómetros de longitud, clasificadas por años y procedencias; había tantas, que una vida no bastaba para beberlas todas.

Y cuando el querido Jean-Baptiste, de vuelta por fin en su hogar en el salón púrpura, acostado en su sencillo y cómodo sofá —después de quitarse las botas, por así decirlo—, daba unas palmadas y llamaba a sus criados, que eran invisibles, intocables, inaudibles y, sobre todo, inodoros y, por consiguiente, imaginarios, les ordenaba que fueran a las cámaras y sacaran de la gran biblioteca los olores de este o aquel volumen y bajaran a las bodegas a buscarle algo de beber. Los criados imaginarios iban corriendo y el estómago de Grenouille se retorcía durante la penosa espera. Se sentía de repente como un bebedor sobrecogido en la taberna por el temor a que por alguna razón le nieguen la copa de aguardiente que ha pedido. ¿Y si las bodegas y cámaras se encuentran vacías de improviso, y si el vino de las cubas se ha vuelto rancio? ¿Por qué le hacían esperar? ¿Por qué no venían? Necesitaba inmediatamente la bebida, la necesitaba con urgencia, con frenesí, moriría en el acto si no la obtenía.

¡Calma, Jean-Baptiste! ¡Calma, querido! Ya vienen, ya te traen lo que anhelas. Ya llegan volando los criados, trayendo en una bandeja invisible el libro de los olores y en sus invisibles manos enguantadas de blanco, las valiosas botellas; ahora las depositan con sumo cuidado, se inclinan y desaparecen.

Y cuando le dejan solo —¡por fin, otra vez solo!— alarga Jean-Baptiste la mano hacia los ansiados aromas, abre la primera botella, se sirve un vaso lleno hasta el borde, se lo acerca a los labios y bebe. Apura el vaso de olor fresco de un solo trago, ¡y es delicioso! Es un aroma tan bueno y liberador, que al querido Jean-Baptiste se le anegan los ojos en lágrimas de puro placer y se sirve en seguida el segundo vaso de la misma fragancia: una fragancia del año 1752, atrapada en primavera, en el Pont Royal, antes de la salida del sol, con la nariz vuelta hacia el oeste, de donde soplaba un viento ligero; en ella se mezclaban el olor del mar, el olor del bosque y algo del olor de brea de las barcas embarrancadas en la orilla. Era el aroma de la primera noche entera que, sin permiso de Grimal, había pasado vagando por París. Era el aroma fresco del incipiente día, el primer amanecer que vivía en libertad. Entonces este aroma le auguró la libertad para él, le auguró una vida nueva. El olor de aquella mañana fue para Grenouille un olor de esperanza; lo conservaba con unción y bebía de él a diario.

Cuando hubo apurado el segundo vaso, todo el nerviosismo, todas las dudas y toda la inseguridad le abandonaron y un maravilloso sosiego se apoderó de él. Apoyó la espalda en los blandos almohadones del canapé, abrió un libro y empezó a leer sus recuerdos. Leyó sobre los olores de su infancia, los olores de la escuela, los olores de las calles y de los rincones ciudadanos, los olores de los hombres y le recorrieron agradables escalofríos porque los olores conjurados eran sin duda los aborrecidos, los exterminados. Siguió leyendo el libro de los olores nauseabundos con un interés mezclado con repugnancia, hasta que ésta superó a aquél, obligándole a cerrar el libro, apartarlo de sí y elegir otro.

Al mismo tiempo iba sorbiendo sin pausa las fragancias nobles. Tras la botella del perfume de la esperanza, descorchó una del año 1744, llena del cálido aroma de madera que flotaba ante la casa de madame Gaillard. Y después de ésta bebió una botella de aromas de una noche de verano, impregnadas de un denso perfume floral, recogido en el lindero de un parque en Saint-Germain-des-Prés el año 1753.

Se hallaba ahora saturado de olores y sus miembros se apoyaban cada vez con más fuerza en los almohadones. Una embriaguez maravillosa le nublaba la mente y, sin embargo, aún no había llegado al final de la orgía. Sus ojos ya no podían leer, hacía rato que el libro le había resbalado de las manos, pero no quería terminar la velada sin haber vaciado la última botella, la más espléndida: la fragancia de la muchacha de la Rue des Marais...

La bebió con recogimiento, después de sentarse para este fin muy erguido en el canapé, aunque le costó hacerlo porque el salón púrpura oscilaba y daba vueltas a su alrededor con cada movimiento. En una posición de colegial, con las rodillas y los pies muy juntos y la mano izquierda sobre el muslo izquierdo, así bebió el pequeño Grenouille la fragancia más valiosa de las bodegas de su corazón, vaso tras vaso, y se fue entristeciendo cada vez más. Sabía que bebía demasiado; sabía que no aguantaba lo bueno en tanta cantidad y, no obstante, bebió hasta vaciar la botella. Avanzó por el pasaje oscuro de la calle hasta el patio interior. Se acercó al resplandor de la vela. La muchacha estaba sentada, partiendo ciruelas amarillas. A lo lejos explotaban los cohetes y petardos de los fuegos artificiales...

Dejó el vaso y, todavía como aturdido por el sentimentalismo y la borrachera, permaneció sentado unos minutos, hasta que le hubo desaparecido de la lengua el último regusto. Tenía la mirada fija y el cerebro tan vacío como la botella. Se dejó caer súbitamente de lado sobre el canapé y quedó al instante sumido en una especie de letargo.

De modo simultáneo dormía a su vez el Grenouille exterior sobre su manta de caballerías y su sueño era tan profundo como el del Grenouille interior, porque los hercúleos actos y excesos de éste habían agotado igualmente a aquél; al fin y al cabo, ambos eran la misma persona.

No se despertó, sin embargo, en el salón púrpura de su purpúreo castillo rodeado de sus siete murallas, ni tampoco en los fragantes campos primaverales de su alma, sino sólo en la pétrea caverna del extremo del túnel, sobre el duro suelo y en la oscuridad. Y sintió náuseas a causa del hambre y la sed y también frío y malestar, como un borracho empedernido tras una noche de francachela. Salió a gatas de la galería.

Fuera, la hora del día era indeterminada, casi siempre el crepúsculo o el amanecer incipiente, pero incluso a medianoche, la claridad de los astros hería sus ojos como mil agujas. El aire se le antojó polvoriento y áspero, le quemaba los pulmones, y el paisaje era duro, las piedras le hacían daño, e incluso los olores más suaves resultaban fuertes y penetrantes para su nariz, ya desacostumbrada al mundo. Grenouille, la garrapata, se había vuelto sensible como una langosta que ha abandonado su caparazón y se desliza desnuda por el mar.

Fue al manantial y lamió la humedad de la pared durante una o dos horas; era una tortura, no se acababa nunca el tiempo en que el mundo real le abrasaba la piel. Arrancó de las piedras unos puñados de musgo y se los metió a la boca, se puso en cuclillas y cagó mientras devoraba —de prisa, de prisa, todo tenía que ir de prisa— y, como perseguido, como si fuera un pequeño animal de carne blanda y en el cielo ya planearan los azores, volvió corriendo a su caverna del extremo de la galería, donde estaba la manta. Allí, por fin, se sintió otra vez seguro.

Se apoyó en la pared de piedra, estiró las piernas y esperó. Ahora debía mantener el cuerpo completamente inmóvil, inmóvil como un recipiente que amenaza con derramar su contenido después de un movimiento demasiado brusco. Poco a poco logró normalizar su respiración. El corazón desbocado empezó a latir más despacio, la excitación remitió. Y de improviso la soledad invadió su ánimo como un reflejo negro. Cerró los ojos. La oscura puerta de su interior se abrió y él cruzó el umbral. Y dio comienzo el siguiente espectáculo del teatro anímico de Grenouille.

28

Así continuó día tras día, semana tras semana, mes tras mes. Así continuó durante siete años enteros.

Durante este tiempo se libró en el mundo exterior una guerra y, por cierto, una guerra mundial. Se peleó en Silesia y Sajonia, en Hannover y Bélgica, en Bohemia y Pomerania. Las tropas del rey morían en Hesse y en Westfalia, en las Baleares, en la India, en el Mississippi y en Canadá, si no morían antes de tifus durante el viaje. La guerra costó la vida a un millón de seres humanos, al rey de Francia su imperio colonial y a todos los estados beligerantes tanto dinero que al final, llenos de pesar, decidieron ponerle fin.

Por esta época, en invierno, Grenouille estuvo una vez a punto de morir congelado sin darse cuenta. Yació cinco días enteros en el salón de púrpura y cuando se despertó en la galería, no podía moverse porque el frío había aterido sus miembros. Cerró inmediatamente los ojos para morir dormido, pero entonces se produjo un cambio de tiempo que lo descongeló y salvó su vida.

En una ocasión la nieve alcanzó tal altura, que ya no tenía fuerzas para excavar hasta los líquenes y se alimentó de murciélagos muertos por congelación.

Una vez encontró un cuervo muerto delante de la caverna y se lo comió. Tales fueron los únicos sucesos del mundo exterior de los que tuvo conciencia durante aquellos siete años. Todo lo demás ocurrió sólo en su montaña, en el reino autocreado de su alma. Y allí habría permanecido hasta la muerte (porque no le faltaba nada) si no se hubiera producido una catástrofe que lo expulsó de la montaña y lo devolvió al mundo.

29

La catástrofe no fue un terremoto ni un incendio forestal ni un corrimiento de tierras ni un derrumbamiento de la galería. En realidad no fue ninguna catástrofe exterior, sino interior y, además, bastante penosa, porque bloqueó la ruta de evasión preferida de Grenouille. Sucedió mientras dormía; mejor dicho, durante un sueño. O dicho con mucha más propiedad, en un sueño en el interior de su fantasía.

Yacía dormido en el canapé del salón púrpura, rodeado de botellas vacías. Había bebido enormes cantidades; al final, hasta dos botellas del perfume de la muchacha pelirroja. Por lo visto, fue demasiado, ya que su descanso, aunque profundo como la muerte, no careció de sueños que lo cruzaron como jirones fantasmales y estos jirones eran claros vestigios de un olor. Al principio se deslizaron en franjas delgadas bajo la nariz de Grenouille pero después adquirieron la densidad de una nube; era como si se hallara en medio de un pantano que emanara una espesa niebla. Esta niebla fue ganando altura y pronto Grenouille se vio rodeado por ella, empapado de ella, y entre los jirones ya no quedaba ni rastro de aire limpio. Si no quería ahogarse, tenía que respirar esta niebla. Y la niebla era, como ya se ha dicho, un olor. Y Grenouille sabía de qué clase de olor se trataba. La niebla era su propio olor. El suyo, el de Grenouille, su propio olor.

Y lo espantoso era que Grenouille, aunque reconocía este olor como el suyo, no podía olerlo. ¡No podía, ni siquiera ahogándose en el propio olor, olerse a sí mismo!

Cuando comprendió esto con claridad, profirió un grito fuerte y terrible, como si lo quemaran vivo. El grito derrumbó las paredes del salón púrpura y los muros del castillo, salió del corazón, cruzó tumbas, pantanos y desiertos, pasó a gran velocidad por el paisaje nocturno de su alma, como un voraz incendio, le taladró la boca, perforó la destrozada galería e irrumpió en el mundo, resonando mucho más allá de la altiplanicie de Saint-Flour; fue como si gritara la montaña. Y su propio grito despertó a Grenouille, quien al despertarse agitó los brazos como si quisiera dispersar la niebla inodora que quería asfixiarle. Sentía tal terror, que todo su cuerpo temblaba de puro pasmo. Si el grito no hubiese rasgado la niebla, se habría asfixiado a sí mismo: una muerte espantosa. Le aterraba sólo el pensarlo. Y mientras seguía sentado, temblando e intentando ordenar sus pensamientos de confusión y terror, sabía ya una cosa con absoluta seguridad: cambiaría su vida, aunque sólo fuera porque no quería tener aquella horrible pesadilla por segunda vez. No podría resistir una segunda vez.

Se echó la manta de caballerías sobre los hombros y se arrastró hasta el aire libre. Fuera mediaba la mañana, una mañana de finales de febrero. Brillaba el sol y la tierra olía a piedra húmeda, musgo y agua. En el viento flotaba ya un ligero perfume de anémonas. Se puso en cuclillas ante la entrada de la cueva. Los rayos del sol le calentaban. Aspiró el aire fresco. Todavía se estremecía al pensar en la niebla de la que había huido y un gran bienestar al notar el calor en la espalda. No cabía duda de que era bueno que este mundo exterior existiese, aunque sólo le sirviera de lugar de refugio. ¡No resistía la idea de no haber encontrado ningún mundo a la salida del túnel! Ninguna luz, ningún olor, nada en absoluto... sólo aquella pavorosa niebla, dentro, fuera y por doquier...

La fuerte impresión fue remitiendo poco a poco, así como la sensación de miedo, y Grenouille empezó a sentirse más seguro. Hacia el mediodía ya había recobrado su sangre fría habitual. Se puso bajo la nariz el índice y el dedo mediano de la mano izquierda y respiró entre los dos dedos. Olió al aire húmedo de primavera, perfumado de anémonas. Sus dedos no los olió. Dio la vuelta a la mano y olfateó la palma. Notó el calor de la mano, pero no olió a nada. Entonces se enrolló la manga destrozada de su camisa y hundió la nariz en el hueco del codo. Sabía que era el lugar donde todos los hombres huelen a sí mismos. Pero no olió a nada. Tampoco olió a nada en las axilas ni en los pies ni en el sexo, hacia el que se dobló todo lo que pudo. Era grotesco: él, Grenouille, que podía olfatear a cualquier ser humano a kilómetros de distancia, ¡no era capaz de oler su propio sexo, que tenía a menos de un palmo de la nariz! A pesar de ello, no se dejó dominar por el pánico, sino que se dijo lo siguiente, reflexionando con frialdad: «No es que yo no huela, porque todo huele. El hecho de que no huela mi propio olor se debe a que no he parado de oler desde mi nacimiento y por ello tengo la nariz embotada para mi propio olor. Si pudiera separarlo de mí, todo o por lo menos en parte, y volver a él al cabo de cierto tiempo de descanso, conseguiría olerlo muy bien y, por lo tanto, a mí mismo.»

Se quitó la manta de los hombros y se despojó de la ropa, o de lo que quedaba de su ropa, que más bien eran harapos o andrajos. Durante siete años no se la había quitado de encima; debía estar totalmente impregnada de su olor. Tiró las prendas una sobre otra a la entrada de la cueva y se alejó. Entonces trepó, por primera vez en siete años, a la cima de la montaña y cuando estuvo allí se situó en el mismo lugar donde se detuviera el día de su llegada, dirigió la nariz hacia el oeste y dejó que el viento silbara en torno a su cuerpo desnudo. Su intención era orearse completamente, impregnarse tanto del aire del oeste —lo cual equivalía a bañarse en el olor del mar y de los prados húmedos— que el olor de éste dominara el de su propio cuerpo y así formara una capa de fragancia entre él, Grenouille, y sus ropas, a las cuales estaría entonces en posición de oler con claridad. Y a fin de aspirar por la nariz la menor cantidad posible del propio olor, inclinó el torso hacia delante, alargó el cuello contra el viento todo lo que pudo y estiró los brazos hacia atrás. Parecía un nadador a punto de zambullirse.

Mantuvo esta posición extraordinariamente ridícula durante varias horas, durante las cuales, pese a que el sol era todavía débil, su piel blanca, desacostumbrada a la luz, se puso roja como un tomate. Hacia el atardecer bajó de nuevo a la caverna. Vio desde lejos el montón de ropa en el suelo. En los últimos metros se tapó la nariz y no la abrió hasta que la hubo hundido entre los harapos. Realizó la prueba olfatoria tal como se la enseñara Baldini: aspiró con fuerza y luego expelió el aire por etapas. A fin de captar el olor, formó sobre el montón una campana con las manos y metió en ella la nariz a guisa de badajo. Hizo todo lo que pudo para distinguir su propio olor en los harapos, pero no estaba allí. Decididamente, no estaba allí. Pudo entresacar mil otros olores, el de la piedra, la arena, el musgo, la resina, la sangre de cuervo; incluso el de la salchicha comprada hacía años en las cercanías de Sully era claramente perceptible. La ropa contenía un diario olfatorio de los siete u ocho últimos años. Sólo faltaba su propio olor, el olor de quien la había llevado puesta sin interrupción durante todo aquel tiempo.

Sintió de pronto un poco de miedo. El sol se había ocultado y él estaba desnudo ante la entrada de la galería en cuyo tenebroso extremo había vivido durante siete años. El viento era gélido y enfriaba su cuerpo, pero él no lo notaba porque sentía otra cosa que dominaba la sensación de frío y que era el temor. No el mismo temor que había experimentado durante el sueño, aquel temor espantoso de asfixiarse a sí mismo que debía ser vencido a cualquier precio y del que había conseguido escapar. El temor que ahora le atenazaba era el de ignorar algo de sí mismo y se trataba de una especie opuesta a la anterior, ya que de éste no podía escapar, sino que debía hacerle frente. Tenía que saber sin ningún género de duda —incluso aunque el descubrimiento fuese terrible— si despedía o no algún olor. Y además, sin pérdida de tiempo. Inmediatamente.

Entró de nuevo en la galería. A los dos metros ya estaba sumergido en tinieblas, pero a pesar de ello conocía el camino como a plena luz. Lo había recorrido muchos miles de veces, conocía cada detalle y cada recodo, olía cada saliente de roca y cada piedra protuberante. Encontrar el camino no era difícil, lo difícil era luchar contra el recuerdo de la pesadilla claustrofóbica, que avanzaba en su interior como una marea a medida que se adentraba en la galería. Pero tenía valor; es decir, luchaba contra el miedo de no saber, contra el temor de la incertidumbre, y su lucha era efectiva porque sabía que no podía escoger. Cuando llegó al extremo de la galería, al lugar donde el barranco de piedras era más abrupto, los dos temores le abandonaron. Se sintió tranquilo, con la cabeza clara y la nariz afilada como un escalpelo. Se puso en cuclillas, se tapó los ojos con las manos y olfateó. En este lugar, en esta sepultura pétrea aislada del mundo había yacido durante siete años. Si en alguna parte de la tierra tenía que percibir su olor, este era el lugar. Respiró lentamente. Realizó la prueba con minuciosidad. Se concedió tiempo antes de emitir el juicio. Permaneció en cuclillas un cuarto de hora; poseía una memoria infalible y recordaba con exactitud el olor de este lugar hacía siete años: a piedra y a frialdad húmeda y salada, tan limpia que ningún ser vivo, ya fuera hombre o animal, podía haber estado jamás allí... Y ahora olía exactamente a lo mismo.

Se quedó un rato más en la misma posición, muy tranquilo, sólo asintiendo en silencio con la cabeza. Luego dio media vuelta y echó a andar, al principio encorvado y, cuando la altura de la galería se lo permitió, con el cuerpo erecto, hacia el aire libre.

Una vez fuera, se vistió con los harapos (hacía años que los zapatos se le habían podrido), cubrió sus hombros con la manta y abandonó aquella misma noche el Plomb du Cantal en dirección sur.

30

Su aspecto era espeluznante. Los cabellos le llegaban hasta las rodillas, la barba rala, hasta el ombligo. Sus uñas eran como garras de ave y la piel de brazos y piernas, en los lugares donde los andrajos no llegaban a cubrirlos, se desprendía a tiras.

Los primeros hombres con quienes se cruzó, campesinos de un pueblo próximo a la ciudad de Pierrefort, que trabajaban en el campo se alejaron gritando al verle. En la ciudad, en cambio, causó sensación. La muchedumbre se apiñó a centenares para contemplarlo. Muchos lo tomaron por un galeote fugado y otros dijeron que no era un ser humano, sino una mezcla de hombre y oso, una especie de sátiro. Uno que había navegado en su juventud afirmó que se parecía a los miembros de una tribu de indios salvajes de Cayena, que vivían al otro lado del gran océano. Lo condujeron a presencia del alcalde y allí, ante el asombro de los reunidos, enseñó su certificado de oficial artesano, abrió la boca y contó con palabras un poco incoherentes —pues eran las primeras que pronunciaba después de una pausa de siete años— pero bien inteligibles que en un viaje había sido atacado por bandidos, secuestrado y retenido prisionero durante siete años en una cueva. En todo este tiempo no vio ni la luz del sol ni a ningún ser humano, fue alimentado mediante una cesta que una mano invisible hacía bajar hasta él en la oscuridad y liberado por fin con una escalera sin que él conociera la razón y sin haber visto jamás a sus secuestradores ni a su salvador. Se inventó esta historia porque le pareció más verosímil que la verdad, como en efecto lo era, ya que semejantes asaltos por parte de ladrones estaban lejos de ser infrecuentes en las montañas de Auvernia, Languedoc y Cévennes. En cualquier caso, el alcalde levantó acta del hecho e informó del caso al marqués de la Taillade-Espinasse, señor feudal de la ciudad y miembro del Parlamento en Toulouse.

El marqués, a sus cuarenta años, ya había vuelto la espalda a la vida cortesana de Versalles para retirarse a sus fincas rurales y dedicarse a las ciencias. A su pluma se debía una importante obra sobre economía nacional dinámica en la cual proponía la supresión de todos los impuestos sobre bienes raíces y productos agrícolas, así como la introducción de un impuesto progresivo inverso sobre la renta, que perjudicaba más que a nadie a los pobres y que le obligaba a un mayor desarrollo de sus actividades económicas. Animado por el éxito de su opúsculo, redactó un tratado sobre la educación de niños y niñas entre las edades de cinco y diez años y se dedicó a continuación a la agricultura experimental, intentando, mediante la inseminación de semen de toro en diversas clases de hierba, cultivar un producto vegetal-animal para la obtención de una leche de mejor calidad, una especie de flor de ubre. Tras cierto éxito inicial que le permitió incluso la elaboración de un queso de leche vegetal, calificado por la Academia de Ciencias de Lyon como «un producto con sabor a cabra, aunque un poco más amargo», se vio obligado a interrumpir los experimentos a causa de los enormes gastos que suponía rociar los campos con hectolitros de semen de toro. De todos modos, su contacto con los problemas agro-biológicos no sólo despertó su interés por la llamada gleba, sino también por la tierra en general y por su relación con la biosfera.

Apenas terminados sus trabajos prácticos sobre la flor de ubre, se entregó con verdadero entusiasmo de investigador a la escritura de un gran ensayo sobre las relaciones entre la proximidad de la tierra y la energía vital. Su tesis era que la vida sólo puede desarrollarse a cierta distancia de la tierra, ya que ésta emana constantemente un gas putrefacto, un llamado «fluido letal» que paraliza las energías vitales y tarde o temprano conduce a su extinción. Por esta razón todos los seres vivos tendían a crecer alejándose de la tierra, hacia arriba en lugar de hacia dentro de sí mismos, por así decirlo; por esto desarrollaban sus partes más valiosas en dirección al cielo: el grano, la espiga; la flor, sus capullos; el hombre, la cabeza; y por esto, cuando la edad los inclinaba y acercaba de nuevo a la tierra, eran indefectiblemente víctimas del gas letal, ya que el proceso de envejecimiento los conducía a la muerte y la descomposición.

Cuando llegó a oídos del marqués de la Taillade-Espinasse que en Pierrefort habían encontrado a un individuo que había pasado siete años en una cueva —totalmente rodeado, por lo tanto, del elemento de putrefacción tierra—, no cupo en sí de gozo y ordenó que Grenouille fuese enviado sin pérdida de tiempo a su laboratorio, donde le sometió a un minucioso examen. Vio confirmada su teoría de la manera más gráfica: el fluido letal había atacado ya de tal modo a Grenouille que su cuerpo de veinticinco años mostraba claros indicios de deterioro senil. Lo único —explicó Taillade-Espinasse— que había evitado la muerte de Grenouille durante el período de su encarcelamiento era que sin duda le habían alimentado con plantas alejadas de la tierra, seguramente pan y frutas. Ahora su salud sólo podía restablecerse eliminando a fondo el fluido letal mediante un aparato de ventilación de aire vital inventado por él, Taillade-Espinasse, que lo guardaba en el sótano de su palacio de Montpellier; si Grenouille accedía a someterse al experimento científico, él no sólo le curaría de su irreversible contaminación de gas terrestre, sino que le pagaría una buena cantidad de dinero...

Dos horas más tarde viajaban en el carruaje. Aunque los caminos se encontraban en un lamentable estado, recorrieron las sesenta y cuatro millas que los separaban de Montpellier en apenas dos días porque el marqués, pese a su avanzada edad, se encargó personalmente de fustigar a cochero y caballos y no desdeñó ayudar con sus propias manos en las diversas roturas de lanzas y ballestas, tan entusiasmado estaba con su hallazgo y tan impaciente por presentarlo cuanto antes a un auditorio de expertos. Grenouille, en cambio, no pudo apearse del carruaje ni una sola vez, obligado a permanecer en su asiento envuelto en sus harapos y en una manta impregnada de tierra húmeda y barro, mientras sólo recibía como alimento durante todo el viaje tubérculos crudos. De este modo esperaba el marqués conservar unas horas más en su estado ideal la contaminación de fluido terrestre.

Una vez llegados a Montpellier, hizo llevar inmediatamente a Grenouille al sótano de su palacio, envió invitaciones a todos los miembros de la Facultad de Medicina, de la Sociedad Botánica, de la Escuela de Agricultura, de la Asociación de Química y Física, de la Logia Masónica y de las demás sociedades científicas, que en la ciudad ascendían a una docena como mínimo. Y unos días después —exactamente una semana desde que abandonara la soledad de la montaña—, Grenouille se encontró sobre un podio en el aula magna de la Universidad de Montpellier para ser presentado como la sensación científica del año a un auditorio de varios centenares de personas.

Taillade-Espinasse le describió en su conferencia como la prueba viviente de la verdad de su teoría sobre el letal fluido terrestre. Mientras le arrancaba del cuerpo uno a uno los harapos que todavía conservaba, explicó el efecto devastador producido en Grenouille por el gas putrefacto: aquí se veían pústulas y cicatrices, causadas por la acción corrosiva del gas; allí, en el pecho, un enorme carcinoma rojo brillante; por todas partes, una descomposición de la piel; e incluso un claro raquitismo fluidal del esqueleto, visible en el pie deforme y en la joroba. También estaban gravemente dañados los órganos internos, bazo, hígado, pulmones, vesícula biliar e intestinos, como probaba sin lugar a dudas el análisis de los excrementos que todos los presentes podían examinar en el plato colocado a los pies del sujeto. En resumen, todo ello indicaba que el deterioro de las energías vitales a causa de la exposición durante siete años al «fluidum letale Taillade» había alcanzado tales proporciones, que el sujeto —cuyo aspecto, por otra parte, presentaba significativas facciones de topo— debía describirse como un ser más cercano a la muerte que a la vida. No obstante, el ponente se comprometía, mediante una terapia de ventilación en combinación con una dieta vital, a restablecer al moribundo, pues así podía calificársele, hasta el punto de mostrar en el plazo de ocho días signos de una curación completa que saltarían a la vista de todo el mundo y convocaba a los asistentes para que fueran testigos al cabo de una semana del éxito de este diagnóstico, que debería considerarse entonces como prueba definitiva de la exactitud de su teoría del fluido terrestre letal.

La conferencia fue un éxito sensacional. El docto público aplaudió con entusiasmo al ponente y luego desfiló ante el estrado donde se encontraba Grenouille. En su estado de abandono ficticio y con sus antiguos defectos y cicatrices, su aspecto era realmente tan impresionante y repulsivo que todos consideraron su estado grave e irreversible, a pesar de que él se sentía pletórico de salud y fuerza física. Muchos caballeros le dieron unos golpecitos profesionales, le midieron y le examinaron la boca y los ojos. Algunos le dirigieron la palabra para preguntarle acerca de su vida en la cueva y su estado actual, pero él se ciñó estrictamente a las indicaciones previas del marqués, contestando a semejantes preguntas con una especie de estertor y señalando con ambas manos y gestos de impotencia su laringe, como dando a entender que también estaba afectada por el «fluidum letale Taillade».

Cuando hubo concluido la representación, Taillade-Espinasse lo facturó en el carruaje y al sótano de su palacio, donde lo encerró, en presencia de varios doctores elegidos de la Facultad de Medicina, en el aparato de ventilación de aire vital, un artilugio hecho con listones de abeto rojo, sin intersticios, en el cual se introducía aire desprovisto del gas letal mediante una chimenea aspiradora que se elevaba a gran altura sobre el tejado; aire que se renovaba por medio de una válvula de escape de cuero colocada a ras de suelo. Cuidaban de la buena marcha de la instalación un equipo de empleados que se turnaban día y noche para evitar que se parasen los ventiladores incorporados a la chimenea. Y mientras Grenouille estaba rodeado de este modo por una constante corriente de aire purificador, cada hora se le servían a través de una pequeña esclusa practicada en la pared lateral alimentos dietéticos de procedencia alejada de la tierra: caldo de pichón, empanada de alondras, guisado de ánade, frutas confitadas, pan de una especie de trigo muy alto, vino de los Pirineos, leche de gamuza y mantecado hecho con huevos de gallinas criadas en el tejado del palacio.

Cinco días duró esta cura mixta de descontaminación y revitalización, al cabo de los cuales el marqués hizo detener los ventiladores y llevar a Grenouille a una cámara de baño donde lo sumergieron en agua de lluvia templada durante varias horas y a continuación lo lavaron de pies a cabeza con jabón de aceite de nuez procedente de la ciudad andina de Potosí. Le cortaron las uñas de manos y pies, le cepillaron los dientes con cal pulverizada de los Dolomitas, lo afeitaron, le cortaron y peinaron los cabellos y se los empolvaron. Avisaron a un sastre y un zapatero y vistieron a Grenouille con una camisa de seda, de chorrera blanca y puños blancos encañonados, medias de seda, levita, pantalones y chaleco de terciopelo azul y lo calzaron con bonitos zapatos de piel negra, con hebilla, el derecho de los cuales disimulaba hábilmente el defecto del pie. Con sus propias manos maquilló el marqués el rostro lleno de cicatrices de Grenouille, usando colorete de talco, le pintó labios y mejillas con carmín y prestó a sus cejas una curva realmente distinguida con ayuda de un carboncillo de madera de tilo. Por último, la salpicó con su perfume personal, una fragancia de violetas bastante sencilla, retrocedió unos pasos y necesitó mucho tiempo para expresar su satisfacción con palabras.

—Monsieur —empezó por fin—, estoy entusiasmado conmigo mismo. Estoy impresionado por mi genialidad. Ciertamente, no he dudado nunca de mi teoría fluidal, por supuesto que no, pero me impresiona verla corroborada de forma tan magnífica por la terapia aplicada. Erais un animal y he hecho de vos un ser humano. Un acto verdaderamente divino. ¡Permitidme que me emocione! ¡Poneos delante de aquel espejo y contemplad vuestra imagen! Reconoceréis por primera vez en vuestra vida que sois un hombre, no un hombre extraordinario ni sobresaliente en modo alguno, pero sí de un aspecto muy pasable. ¡Hacedlo, monsieur! ¡Contemplaos y asombraos del milagro que he realizado en vos!

Era la primera vez que alguien llamaba «monsieur» a Grenouille.

Fue hacia el espejo y se miró. Hasta entonces no se había visto nunca en un espejo. Vio a un caballero vestido de elegante azul, con camisa y medias blancas y se inclinó instintivamente, como siempre se había inclinado ante semejantes caballeros. Éste, sin embargo, se inclinó a su vez y cuando Grenouille se irguió, él hizo lo propio, tras lo cual permanecieron ambos mirándose con fijeza.

Lo que más desconcertaba a Grenouille era el hecho de ofrecer un aspecto tan increíblemente normal. El marqués tenía razón: no sobresalía en nada, ni en apostura ni tampoco en fealdad. Era un poco bajo, su actitud era un poco torpe y su rostro, un poco inexpresivo; en suma, tenía el mismo aspecto que millares de otros hombres. Si ahora bajaba a la calle, nadie se volvería a mirarle. Ni siquiera a él mismo le llamaría la atención un hombre así, si se cruzaba con él por la calle. A menos que, al olerle, se percatara de que aparte del perfume de violetas no olía a nada, como el caballero del espejo y él mismo.

Y, no obstante, sólo hacía diez días que los campesinos habían huido gritando ante su aparición. Entonces no se sentía diferente de ahora y ahora, si cerraba los ojos, no se sentía nada diferente de entonces. Aspiró el aire que emanaba de su persona y olió el mediocre perfume, el terciopelo y la piel recién lustrada de sus zapatos; olió la seda, los polvos, la pintura y el débil aroma del jabón de Potosí. Y supo de repente que no había sido el caldo de pichón ni el artilugio de aire purificador lo que había hecho de él un hombre normal, sino única y exclusivamente las ropas, el corte de pelo y un poco de maquillaje.

Abrió los ojos, parpadeó y vio que el caballero del espejo parpadeaba como él y esbozaba una sonrisa con sus labios pintados de carmesí, como si quisiera insinuarle que no le resultaba del todo antipático. Y también Grenouille, por su parte, encontraba bastante agradable al señor del espejo, aquella figura disfrazada, maquillada e inodora; por lo menos, tuvo la impresión de que podía —perfeccionando un poco la máscara— causar un efecto en el mundo exterior del que él, Grenouille, nunca se habría creído capaz. Hizo a la figura una inclinación de cabeza y vio que ella, al devolverle el saludo, hinchaba a hurtadillas las ventanas de la nariz...

31

Al día siguiente —el marqués se disponía en aquel momento a enseñarle los gestos, posturas y pasos de baile más necesarios para la inminente recepción social— , Grenouille fingió un desmayo y se desplomó en un diván como si le fallaran las fuerzas y estuviera a punto de ahogarse.

El marqués se alarmó. Llamó a gritos a los criados, pidiendo abanicos y ventiladores portátiles y, mientras toda la servidumbre se apresuraba, él se arrodilló junto a Grenouille y le dio aire, agitando su pañuelo perfumado de violetas y conjurándole, suplicándole incluso, que se levantara, que no exhalara su último aliento precisamente ahora, sino que esperase a ser posible hasta pasado mañana, pues de lo contrario la supervivencia de la teoría del fluido letal correría un gravísimo peligro.

Grenouille se volvió y retorció, jadeó, gimió, agitó los brazos contra el pañuelo, se dejó caer por fin de modo muy dramático del diván y se acurrucó en el rincón más alejado del aposento.

—¡Este perfume no! —gritó con sus últimas fuerzas—. ¡Este perfume no! ¡Me está matando!

Y sólo cuando Taillade-Espinasse hubo tirado el pañuelo por la ventana y su levita perfumada de violetas a la habitación contigua, simuló Grenouille un alivio del ataque y explicó con voz más tranquila que poseía, como perfumista de profesión, un olfato muy sensible y que especialmente ahora, durante la convalecencia, reaccionaba de modo muy violento a determinados perfumes, y que la fragancia de la violeta, una flor por otra parte encantadora, le afectaba en grado sumo, lo cual sólo podía explicarse por el hecho de que el perfume del marqués contenía una elevada proporción de extracto de raíz de violeta, el cual, a causa de su origen subterráneo, actuaba de forma muy nociva sobre una persona que, como Grenouille, había sufrido los efectos del fluido letal. Ayer mismo, tras la primera aplicación del perfume, se había sentido muy sofocado y hoy, al percibir por segunda vez el olor de la raíz, había tenido la sensación de ser empujado de nuevo hacia el horrible y asfixiante agujero terrestre donde había vegetado durante siete años. Su naturaleza se rebelaba contra ello, no cabía duda, ya que después de recibir, gracias al arte del señor marqués, una vida libre de fluido letal, prefería morir inmediatamente antes que exponerse de nuevo al detestado fluido. Aún ahora se le encogían las entrañas de sólo pensar en el perfume de aquella raíz. Sin embargo, estaba seguro de restablecerse sin tardanza si el marqués le permitía crear su propio perfume, a fin de eliminar por completo la fragancia de la violeta. Pensaba darle una nota muy ligera y aireada, compuesta casi en su totalidad de ingredientes alejados de la tierra como agua de almendras y de azahar, eucalipto, esencia de agujas de abeto y de cipreses. Sólo unas gotas de semejante fragancia en sus prendas, en la garganta y las mejillas le librarían para siempre de una repetición del penoso ataque que acababa de superar...

Lo reproducido aquí en un lenguaje indirecto y ordenado para que resulte inteligible fue en realidad un torrente de palabras ininterrumpido e incoherente que duró media hora, salpicado de toses, jadeos y ahogos v subrayado con temblores, ademanes y ojos en blanco. El marqués quedó hondamente impresionado. Más aún que la sintomatología de la enfermedad le convenció la sutil argumentación de su protegido, que coincidía a la perfección con el sentido de la teoría del fluido letal. ¡El perfume de violeta, naturalmente! ¡Un producto repugnante, próximo a la tierra, incluso subterráneo! Era probable que él mismo se hubiera contagiado, ya que lo usaba desde hacía años. No tenía idea de que día tras día se había ido acercando a la muerte a través de aquella fragancia. La gota, la rigidez de la nuca, la flaccidez de su miembro, las hemorroides, la presión en los oídos, la muela podrida... todo se debía sin lugar a dudas al hedor de la raíz de violeta, contaminada por el fluido. Y había tenido que ser este ser pequeño y estúpido, este desgraciado que se agazapaba en el rincón, quien se lo indicara. Se emocionó. Le habría gustado ir hacia él, levantarse y estrecharse contra su esclarecido pecho, pero temía oler aún a violetas, de ahí que volviera a llamar a gritos a los criados para ordenarles que sacaran de la casa todo el perfume de violetas, airearan el palacio entero, descontaminaran sus ropas en el ventilador de aire vital y llevaran en el acto a Grenouille en su silla de manos al mejor perfumista de la ciudad. Y esto último era precisamente lo que Grenouille había querido provocar con su ataque.

La perfumería gozaba de una antigua tradición en Montpellier y aunque en los últimos tiempos había perdido categoría en comparación con su ciudad rival, Grasse, en la población vivían aún varios buenos perfumistas y maestros guanteros. El más renombrado de todos, un tal Runel, se declaró dispuesto, teniendo en cuenta las relaciones comerciales con la casa del marqués de la Taillade-Espinasse, de la cual era proveedor de jabones, esencias y productos aromáticos, a dar el insólito paso de permitir la entrada en su taller al singular oficial de perfumista parisién que acababa de llegar en la silla de manos y quien, sin explicar nada ni preguntar dónde podía encontrar lo necesario, anunció que ya sabía buscarlo solo, se encerró en el taller y permaneció allí una hora larga mientras Runel iba a una taberna a beber dos vasos de vino con el mayordomo del marqués y se enteraba de la razón por la cual ya no era aceptable el olor de su agua de violetas.

El taller y la tienda de Runel no eran ni mucho menos tan lujosos como lo fuera en su tiempo el establecimiento de perfumería de Baldini, en París. Con las escasas existencias de extractos florales, aguas y especias, un perfumista mediocre no habría podido realizar grandes progresos, pero Grenouille supo en seguida, al primer olfateo, que las sustancias disponibles bastaban para sus fines. No quería crear ningún gran perfume; no pretendía elaborar un agua prestigiosa como hiciera en el pasado para Baldini, una fragancia que sobresaliera del océano de mediocridades y sedujera al gran público. Su propósito real no era siquiera un simple aroma de azahar, como había prometido al marqués. Las esencias disponibles de neroli, eucalipto y hojas de ciprés sólo tenían la misión de ocultar el auténtico perfume cuya elaboración se había propuesto: el olor del ser humano. Quería, aunque de momento se tratara de un mal sucedáneo, apropiarse el olor de los hombres, que él mismo no poseía. Cierto que no existía *el* olor de los hombres, como tampoco existía *el* rostro humano. Cada ser humano olía a su modo, nadie lo sabía mejor que Grenouille, que conocía miles y miles de olores individuales y desde su nacimiento sabía distinguir a los hombres con el olfato. Y no obstante... había un tema perfumístico fundamental en el olor humano, muy sencillo, además: un olor a sudor y grasa, a queso rancio, bastante repugnante, por cierto, que compartían por igual todos los seres humanos y con el que se mezclaban los más sutiles aromas de cada aura individual.

Este aura, sin embargo, la clave enormemente complicada e intransferible del olor *personal*, no era percibida por la mayoría de los hombres, los cuales ignoraban que la poseían y por añadidura hacían todo lo posible por ocultarla bajo la ropa o los perfumes de moda. Sólo les era familiar aquel olor fundamental, aquella primitiva vaharada humana, sólo vivían y se sentían protegidos en ella y quienquiera que oliese a aquel repugnante caldo colectivo, era considerado automáticamente uno de los suyos.

El perfume creado aquel día por Grenouille fue muy singular. No había existido hasta entonces otro más singular en el mundo. No olía como un perfume, sino como *un hombre perfumado*. Si alguien hubiera olido este perfume en una habitación oscura, habría creído que en ella estaba otra persona. Y si lo hubiera usado una persona que ya oliera como tal, el efecto olfativo habría sido el de dos personas o, aún peor, el de un monstruoso ser doble, una figura que no puede observarse con claridad porque se manifiesta difusa como una imagen del fondo del mar, estremecida por las olas.

A fin de imitar este aroma humano —insuficiente, como él mismo sabía, pero lo bastante acertado para engañar a los demás—, reunió Grenouille los ingredientes más agresivos del taller de Runel.

Tras el umbral de la puerta que conducía al patio había un pequeño montón, todavía fresco, de excrementos de gato. Recogió media cucharadita y la mezcló en el matraz con unas gotas de vinagre y un poco de sal fina. Bajo la mesa del taller encontró un trozo de queso del tamaño de una uña de pulgar, procedente sin duda de una comida de Runel. Tenía bastante tiempo, ya empezaba a pudrirse y despedía un fuerte olor cáustico. De la tapa de una lata de sardinas que halló en la parte posterior de la tienda rascó una sustancia que olía a pescado podrido y la mezcló con un huevo, también podrido, y castóreo, amoníaco, nuez moscada, cuerno pulverizado y corteza de tocino chamuscada, picado finamente. Añadió cierta cantidad de algalia en una proporción relativamente elevada y diluyó tan neuseabundos ingredientes en alcohol; entonces dejó reposar la mezcla y la filtró en un segundo matraz. El caldo olía a mil demonios, a cloaca, a sustancias en descomposición, y cuando sus exhalaciones se mezclaban con el aire producido por un abanico, parecía que se entraba en un cálido día de verano en la Rue aux Fers de París, esquina Rue de la Lingerie, donde flotaban los olores del mercado, del Cimetière des Innocents y de las casas atestadas de inquilinos.

Sobre esta horrible base, que por sí sola olía más a cadáver que a ser viviente, vertió ahora Grenouille una capa de esencias frescas: menta, espliego, terpentina, limón, eucalipto, a las que agregó unas gotas de esencias florales como geranio, rosa, azahar y jazmín para hacer el aroma aún más agradable. Tras la adición de alcohol y un poco de vinagre, ya no podía olerse nada de la repugnante base sobre la que descansaba toda la mezcla. El hedor latente había casi desaparecido por completo bajo los ingredientes frescos; lo nauseabundo, aromatizado por el perfume de las flores, se había vuelto casi interesante y, cosa extraña, ya no se olía a putrefacción, nada en absoluto. Por el contrario, el perfume parecía exhalar un fuerte y alado aroma de vida.

Grenouille llenó con él dos frascos, que tapó y guardó en sus bolsillos. Entonces lavó con agua, muy a fondo, los matraces, el mortero, el embudo y la cucharilla y los frotó con aceite de almendras amargas para borrar toda huella odorífera y cogió otro matraz, en el cual mezcló a toda prisa otro perfume, una especie de copia del primero, compuesto igualmente de elementos florales y frescos pero sin la base hedionda, que sustituyó por ingredientes muy convencionales como nuez moscada, ámbar, un poco de algalia y esencia de madera de cedro. Este perfume olía de un modo completamente distinto del anterior —más anodino y sencillo, sin virulencia— porque le faltaban los componentes de la imitación del olor humano. Sin embargo, cuando se lo aplicara un hombre corriente, mezclándolo con su propio olor, no podría distinguirse del elaborado por Grenouille exclusivamente para sí mismo.

Después de llenar unos frascos con el segundo perfume, se desnudó y salpicó sus ropas con el primero, poniéndose seguidamente unos gotas del mismo en las axilas, entre los dedos de los pies, en el sexo, en el pecho, cuello, orejas y cabello, tras lo cual volvió a vestirse y abandonó el taller.

32

Al salir a la calle sintió un miedo repentino porque sabía que por primera vez en su vida despedía un olor humano. A su juicio, sin embargo, apestaba, apestaba de un modo repugnante y no podía imaginarse que otras personas no encontraran también apestoso su aroma, por lo que no se atrevió a ir directamente a la taberna donde le esperaban Runel y el mayordomo del marqués. Se le antojó menos arriesgado probar antes la nueva aura en un entorno anónimo.

Se deslizó por las callejuelas más oscuras hasta el río, donde los curtidores y tintoreros tenían sus talleres y sus malolientes negocios. Cuando se cruzaba con alguien o pasaba ante la entrada de una casa, donde jugaban niños o pasaban el rato mujeres ancianas, se esforzaba por andar más despacio y rodearse de la gran nube cerrada de su aroma.

Estaba acostumbrado desde la adolescencia a que las personas que pasaban por su lado no se fijaran en él, no por desprecio —como había creído entonces—, sino porque no se percataban de su existencia. No le rodeaba ningún espacio, no dispersaba ninguna oleada en la atmósfera como todos los demás, no proyectaba, por así decirlo, ninguna sombra en los rostros de los otros seres humanos. Sólo cuando chocaba directamente con alguien, en una calle atestada o de repente, en una esquina, se producía un breve momento de percepción; y el otro solía sobresaltarse, horrorizado, mirando con fijeza a Grenouille durante unos segundos, como si viera un ser que en realidad no podía existir, un ser que, aun estando indudablemente *allí*, en cierto modo no estaba presente, y se alejaba en seguida y al cabo de un momento lo había olvidado...

Sin embargo, ahora, por las calles de Montpellier, Grenouille vio y sintió con claridad —y cada vez que lo veía le dominaba una violenta sensación de orgullo— que causaba cierto efecto sobre sus semejantes. Cuando pasó por delante de una mujer inclinada ante el brocal de un pozo, la vio levantar la cabeza para ver quién era y volver a ocuparse en seguida de su cubo, como tranquilizada. Un hombre que le daba la espalda dio media vuelta y le miró con curiosidad unos momentos. Los niños con quienes se cruzaba se hacían a un lado, no por miedo, sino para cederle el paso, e incluso cuando salían corriendo de un umbral y tropezaban directamente con él, no se asustaban sino que lo sorteaban con naturalidad, como si hubieran presentido la proximidad de una persona.

Gracias a estos encuentros aprendió a estimar en su justo valor la fuerza y el efecto de su nueva aura y adquirió más seguridad y desenvoltura. Se aproximaba más deprisa a la gente, los pasaba más de cerca, dejaba oscilar el brazo con mayor libertad y rozaba como de modo casual el brazo de un transeúnte. Entonces se detenía para disculparse y la persona que aún ayer se habría estremecido como tocada por un rayo ante la súbita aparición de Grenouille, se comportaba como si nada hubiera ocurrido, aceptaba la disculpa e incluso esbozaba una sonrisa y le daba unas palmadas en el hombro.

Dejó las callejuelas y llegó a la plaza de la catedral de Saint-Pierre. Tañían las campanas. La muchedumbre se agolpaba a ambos lados del portal. Acababa de celebrarse una boda y todos querían ver a la novia. Grenouille corrió hacia allí y se mezcló con la multitud. Se abrió paso, introduciéndose como una cuña entre el gentío, hacia el lugar donde la aglomeración era más densa porque quería estar en contacto con la piel ajena y esparcir su aroma bajo sus propias narices. Y abrió los brazos entre la multitud y separó las piernas y se abrió el cuello de la camisa para que el olor de su cuerpo pudiera dispersarse sin obstáculos... y su alegría no conoció límites cuando observó que los demás no se percataban de nada, absolutamente de nada, que todos aquellos hombres, mujeres y niños que se apiñaban a su alrededor, se dejaban engañar con facilidad y respiraban su hedor compuesto de excrementos de gato, queso y vinagre como si se tratara de su propio olor y lo aceptaban, a él, Grenouille, el engendro, como si fuera uno de ellos.

Notó el contacto de un niño contra sus rodillas, mejor dicho, una niña, apretujada entre los adultos. La levantó con fingida solicitud y la sostuvo en sus brazos para que pudiera ver mejor. La madre no sólo lo permitió, sino que le dio las gracias y la pequeña lanzaba gritos de júbilo.

Grenouille permaneció un cuarto de hora arropado por la multitud, con una niña apretada contra su pecho hipócrita. Y mientras la comitiva nupcial pasaba por su lado, acompañada por el estentóreo tañido de las campanas y el alborozo de la multitud, sobre la que cayó una lluvia de monedas, Grenouille prorrumpió a su vez en gritos, en exclamaciones de júbilo maligno, lleno de una violenta sensación de triunfo que le hacía temblar y le embriagaba como un acceso de lujuria, y le costó un esfuerzo no vomitarlo en forma de veneno y hiel sobre la muchedumbre y no gritarles a la cara que no le inspiraban ningún miedo, que ya no los odiaba apenas, sino que los despreciaba con toda su alma porque su necesidad era repugnante, porque se dejaban engañar por él, ¡porque no eran nada y él lo era todo! Y como un escarnio, apretó más a la niña contra su pecho, se dio aire y gritó a coro con los demás: «¡Viva la novia! ¡Viva la novia! ¡Viva la magnífica pareja!»

Cuando la comitiva nupcial se hubo alejado y la multitud empezó a dispersarse, devolvió la niña a su madre y entró en la iglesia para descansar y reponerse de su excitación. En el interior de la catedral, el aire estaba lleno de incienso que ascendía en fríos vapores de dos incensarios colocados a ambos lados del altar y se esparcía como una capa asfixiante sobre los olores más débiles de las personas que se habían sentado aquí hacía unos momentos. Grenouille se acurrucó en un banco, debajo del coro.

De repente le invadió un gran sosiego. No el causado por la embriaguez, como el que sentía en el interior de la montaña durante sus orgías solitarias, sino el sosiego frío y sereno que infunde la conciencia del propio poder. Ahora sabía de qué era capaz. Con un mínimo de medios, había imitado, gracias a su genio, el aroma de los seres humanos, acertándolo tanto al primer intento que incluso un niño se había dejado engañar por él. Ahora sabía que podía hacer algo más. Sabía que era capaz de mejorar este aroma. Crearía uno que no sólo fuera humano, sino sobrehumano, un aroma de ángel, tan indescriptiblemente bueno y pletórico de vigor que quien lo oliera quedaría hechizado y no tendría más remedio que amar a la persona que lo llevara, o sea, amarle a él, Grenouille, con todo su corazón.

¡Sí, deberían amarle cuando estuvieran dentro del círculo de su aroma, no sólo aceptarle como su semejante, sino amarle con locura, con abnegación, temblar de placer, gritar, llorar de gozo sin saber por qué, caer de rodillas como bajo el frío incienso de Dios sólo al olerle a él, Grenouille! Quería ser el Dios omnipotente del perfume como lo había sido en sus fantasías, pero ahora en el mundo real y para seres reales. Y sabía que estaba en su poder hacerlo. Porque los hombres podían cerrar los ojos ante la grandeza, ante el horror, ante la belleza y cerrar los oídos a las melodías o las palabras seductoras, pero no podían sustraerse al perfume. Porque el perfume era hermano del aliento. Con él se introducía en los hombres y si éstos querían vivir, tenían que respirarlo. Y una vez en su interior, el perfume iba directamente al corazón y allí decidía de modo categórico entre inclinación y desprecio, aversión y atracción, amor y odio. Quien dominaba los olores, dominaba el corazón de los hombres.

Absorto por completo, Grenouille seguía sentado, sonriendo, en el banco de la catedral de Saint-Pierre. No sintió ninguna euforia cuando concibió el plan de dominar a los hombres. No brillaba ninguna chispa de locura en sus ojos ni desfiguraba su rostro ninguna mueca de demencia. No estaba loco. Su estado de ánimo era tan claro y alegre que se preguntó por qué lo quería. Y se dijo que lo quería porque era absolutamente malvado. Y sonrió al pensarlo, muy contento. Parecía muy inocente, como cualquier hombre feliz.

Permaneció sentado un rato más, en devoto recogimiento, aspirando con profundas bocanadas el aire saturado de incienso. Y de nuevo animó su rostro una sonrisa de satisfacción. ¡Qué miserable era el olor de este Dios! ¡Qué ridícula, la elaboración del aroma desprendido por este Dios! Ni siquiera se trataba de incienso verdadero; lo que salía de los incensarios era un mal sucedáneo, falseado con madera de tilo, polvo de canela y salitre. Dios apestaba. Dios era un pequeño y pobre apestoso. Este Dios era engañado o engañaba él, igual que Grenouille... ¡sólo que mucho peor!

33

El marqués de la Taillade-Espinasse estuvo encantado con el nuevo perfume. Declaró que incluso para él, como descubridor del fluido letal, resultaba sorprendente ver la poderosa influencia que algo tan secundario y efímero como un perfume, ya procediera de orígenes cercanos o alejados de la tierra, podía ejercer sobre el estado general de un individuo. Grenouille, que pocas horas antes había yacido aquí pálido y sin conocimiento, tenía un aspecto fresco y saludable como cualquier hombre sano de su edad y, sí, casi podía decirse —teniendo en cuenta las limitaciones a que estaba sujeto un hombre de su condición y escasa cultura— que había adquirido algo parecido a la personalidad. En todo caso, él, Taillade-Espinasse, informaría sobre el caso en el capítulo relativo a la dietética vital de su tratado de inminente aparición sobre su teoría del fluido letal. Antes que nada, sin embargo, quería perfumarse también él con la nueva fragancia.

Grenouille le alargó los dos frascos llenos de perfume convencional y el marqués se lo aplicó y se mostró sumamente satisfecho del efecto. Confesó que después de usar durante años la horrible fragancia de violetas, densa como el plomo, se sentía como si le crecieran alas y, si no se equivocaba, también tenía la impresión de que remitía el espantoso dolor en las rodillas y el zumbido de las orejas; en general se encontraba más animado, tonificado y rejuvenecido en varios años. Fue hacia Grenouille, lo abrazó y lo llamó «mi hermano fluidal», añadiendo que no se trataba en absoluto de un tratamiento social, sino puramente espiritual, en conspectu universalitatis fluidi letalis, ante el cual —¡y sólo ante él!— todos los hombres eran iguales; y anunció —mientras soltaba a Grenouille, de modo muy amistoso, sin el menor indicio de aversión, casi como si se tratara de un igual— que muy pronto fundaría una logia internacional supracorporativa cuya meta sería vencer totalmente al fluido letal, sustituyéndolo en el tiempo más breve posible por puro fluido vital, y que desde ahora prometía ganar a Grenouille como su primer prosélito. Entonces le hizo escribir en un papel la receta del perfume floral, se lo guardó y regaló a Grenouille cincuenta luises de oro.

Una semana justa después de la primera conferencia, volvió a presentar el marqués de la Taillade-Espinasse a su protegido en el aula magna de la universidad. La aglomeración era impresionante. Había acudido todo Montpellier, no sólo el Montpellier científico, sino también, y en pleno, el Montpellier social, en el que figuraban muchas damas que querían ver al legendario hombre de la caverna. Y aunque los adversarios de Taillade, representantes casi todos del Círculo de Amigos de los Jardines Botánicos Universitarios y miembros de la Sociedad para el Fomento de la Agricultura, habían movilizado a todos sus partidarios, el acto obtuvo un éxito clamoroso. Con objeto de recordar al público el estado de Grenouille sólo una semana antes, Taillade-Espinasse hizo repartir dibujos que mostraban al cavernícola en toda su fealdad y embrutecimiento. Entonces mandó entrar al nuevo Grenouille, vestido con una elegante levita de terciopelo azul y camisa de seda, maquillado, empolvado y peinado; y sólo su modo de andar, erguido completamente, con pasos pequeños y airoso movimiento de caderas, y su forma de subir al estrado sin ayuda y de inclinarse con una sonrisa, ya hacia un lado, ya hacia el otro, dejó sin habla a todos los críticos e incrédulos. Incluso los amigos de los jardines botánicos universitarios enmudecieron confusos. Era demasiado impresionante el cambio y demasiado abrumador el milagro que aquí se había producido: mientras una semana antes había aparecido un animal agazapado y salvaje, ahora tenían ante su vista a un hombre realmente civilizado y bien constituido. En la sala reinó un ambiente casi respetuoso y cuando Taillade-Espinasse se levantó para tomar la palabra, se hizo un silencio completo. Desarrolló una vez más su teoría, conocida hasta la saciedad, del fluido letal terrestre, explicó a continuación los medios mecánicos y dietéticos con que lo había eliminado del cuerpo del sujeto, sustituyéndolo por fluido vital, e invitó por fin a todos los presentes, tanto amigos como enemigos, a abandonar, en vista de una evidencia tan concluyente, toda resistencia contra la nueva doctrina y a luchar con él, Taillade-Espinasse, contra el fluido maligno y abrirse al beneficioso fluido vital. Al decir esto extendió los brazos y dirigió la mirada al cielo y muchos científicos le imitaron, mientras las mujeres prorrumpían en llanto.

Grenouille, de pie sobre el podio, no escuchaba. Observaba con gran satisfacción el efecto de un fluido completamente distinto y mucho más real: el suyo propio. Como correspondía a las dimensiones del aula, se había rociado con gran cantidad de perfume y el aura de su fragancia se derramó con gran fuerza a su alrededor en cuando hubo subido al estrado. La vio —¡de hecho la vio incluso con los ojos!— apoderarse de la primera fila de espectadores y avanzar hacia el fondo hasta impregnar las últimas filas y la tribuna. Y todos cuantos quedaban impregnados —el corazón de Grenouille saltaba de alegría— experimentaban una transformación visible. Bajo el hechizo de su aroma cambiaban, sin que ellos lo supieran, la expresión del rostro, la conducta y los sentimientos. Quienes al principio le habían mirado con descarado asombro, le contemplaban ahora con ojos más benévolos; quienes antes le observaban apoyados en los respaldos de su asiento, con el ceño fruncido y las comisuras de los labios hacia abajo, indicando crítica, ahora se inclinaban hacia delante con una expresión infantil en el semblante relajado; e incluso en las caras de los miedosos, los asustados, los hipersensibles, que antes le habían mirado con horror y su estado actual aún les inspiraba escepticismo, se advertían indicios de cordialidad y hasta de simpatía cuando su aroma los alcanzaba.

Al final de la conferencia todo el auditorio se puso en pie y estalló en un aplauso frenético. « ¡Viva el fluido vital! ¡Viva Taillade-Espinasse! ¡Arriba la teoría fluidal! ¡Abajo la medicina ortodoxa!» Esto gritó la culta población de Montpellier, la ciudad universitaria más importante del mediodía francés, y el marqués de la Taillade-Espinasse vivió la hora más grande de su vida.

Pero Grenouille, que ahora bajó del podio y se mezcló con la gente, sabía que las ovaciones iban dirigidas a él, exclusivamente a Jean-Baptiste Grenouille, aunque ninguno de los vitoreadores presentes en el aula tenía la menor idea de este hecho.

34

Se quedó todavía unas semanas en Montpellier. Había conseguido bastante celebridad y le invitaban a los salones, donde le hacían preguntas sobre su vida en la caverna y su curación en manos del marqués. Siempre tenía que repetir la historia de los salteadores de caminos que lo habían secuestrado, de la cesta que le bajaban hasta la cueva y de la escalera. Y cada vez la adornaba más y le añadía nuevos detalles. De este modo adquirió cierta práctica en el habla —bien es verdad que bastante reducida, ya que no dominó nunca el lenguaje— y, lo que era más importante para él, en un empleo rutinario de la mentira.

Se dio cuenta de que en el fondo podía contar a la gente todo cuanto quería; una vez había ganado su confianza —y confiaban en él tras el primer aliento con que inhalaban su aroma artificial—, se lo creían todo. En consecuencia, adquirió también cierta seguridad en el trato social que nunca había poseído y que se reflejó incluso en su aspecto físico. Daba la impresión de que había crecido; su joroba pareció disminuir y caminaba casi completamente derecho. Y cuando le dirigían la palabra, ya no se encorvaba como antes, sino que continuaba erguido y mantenía la mirada de sus interlocutores. Huelga decir que en este período de tiempo no se convirtió en un hombre de mundo ni en un dandi o asiduo frecuentador de los salones, pero perdió de modo visible su brusquedad y su torpeza, reemplazándolas por una actitud que fue calificada de modestia natural o al menos de una ligera timidez innata que conmovió a muchas damas y caballeros; en los círculos mundanos de aquella época se tenía debilidad por lo natural y por una especie de atractivo tosco, sin refinamientos.

A principios de marzo recogió sus cosas y se marchó con sigilo una mañana muy temprano, apenas abiertas las puertas de la ciudad, vestido con una sencilla levita marrón que había comprado la víspera en el mercado de ropa vieja, y tocado con un sombrero raído que le tapaba media cara. Nadie lo reconoció, nadie lo vio ni se fijó en él porque aquel día renunció ex profeso a perfumarse. Y cuando el marqués mandó hacia mediodía hacer averiguaciones sobre su paradero, los centinelas juraron por todos los santos que habían visto abandonar la ciudad a las gentes más dispares, pero no a aquel conocido cavernícola, que sin lugar a dudas habría llamado su atención. Entonces el marqués hizo correr la voz de que Grenouille había abandonado Montpellier con su autorización para viajar a París por asuntos familiares. Sin embargo, en su fuero interno estaba furioso porque había acariciado el plan de recorrer todo el reino con Grenouille a fin de ganar adeptos para su teoría fluidal.

Al cabo de un tiempo volvió a tranquilizarse porque su gloria se propagó igualmente sin el recorrido y casi sin su intervención. Aparecieron largos artículos sobre el fluidum letale Taillade en el *Journal des Sçavans* e incluso en el *Courier de l'Europe* y desde muy lejos acudían pacientes afectados por el fluido letal para someterse a sus cuidados. En verano de 1764 fundó la primera «Logia del Fluido Vital», con ciento veinte miembros en Montpellier y más tarde filiales en Marsella y Lyon. Entonces decidió dar el salto hasta París para conquistar desde allí para su doctrina a todo el mundo civilizado, pero antes quería, como propaganda para su campaña, llevar a cabo una proeza fluidal que superase la curación del cavernícola y todos los demás experimentos y, a principios de diciembre, acompañado por un grupo de intrépidos adeptos, emprendió una expedición al Canigó, situado en el mismo meridiano de París y considerado el pico más alto de los Pirineos. Ya en el umbral de la ancianidad, nuestro hombre se proponía hacerse transportar hasta la cima a 2.800 metros de altitud y respirar allí durante tres semanas el aire más puro y vital para descender, como anunció, puntualmente en Nochebuena como un ágil jovencito de veinte años.

Los adeptos renunciaron poco después de Vernet, el último núcleo de población humana al pie de la imponente montaña. Al marqués, sin embargo, nada podía detenerle. Despojándose de sus ropas, que tiró a su alrededor en el ambiente glacial, y lanzando gritos de júbilo, empezó solo el ascenso. Lo último que se vio de él fue su silueta, que desapareció con las manos levantadas hacia el cielo en actitud de éxtasis y cantando en plena tormenta de nieve.

En Nochebuena los prosélitos esperaron en vano el regreso del marqués de la Taillade-Espinasse. No llegó ni como anciano ni como jovencito. Tampoco a principios de verano del año siguiente; cuando los más osados treparon en su busca hasta la nevada cumbre del Canigó, no se encontró ni rastro de él, ni un trocito de ropa ni una parte del cuerpo ni el hueso más diminuto.

Esto no significó, sin embargo, el fin de su doctrina. Muy al contrario. Pronto se difundió la leyenda de que se había unido en la cima de la montaña con el fluido vital eterno, fundiéndose en él y flotando invisible desde entonces, enteramente joven, sobre los picos de los Pirineos, y de que quien ascendiera hasta él sería partícipe de su sino y durante un año estaría libre de enfermedades y del proceso de envejecimiento. Hasta muy entrado el siglo XIX, la teoría fluidal de Taillade fue defendida en muchas cátedras de medicina y empleada terapéuticamente en muchas sociedades ocultas. Y todavía hoy existen en ambas vertientes de los Pirineos, concretamente en Perpiñán y Figueras, logias tailladistas secretas que se reúnen una vez al año para ascender al Canigó.

Allí encienden una gran hoguera, supuestamente con ocasión del solsticio y en honor de san Juan, pero en realidad para honrar la memoria de su maestro Taillade-Espinasse y su gran fluido y para alcanzar la vida eterna.

TERCERA PARTE

35

Mientras Grenouille necesitó siete años para la primera etapa de su viaje a través de Francia, completó la segunda en menos de siete días. Ya no evitaba la animación de las calles y las ciudades ni daba ningún rodeo. Tenía un olor, tenía dinero, tenía confianza en sí mismo y tenía prisa.

Ya al atardecer del día en que abandonó Montpellier llegó a Le Grau-du-Roi, una pequeña ciudad portuaria al sudoeste de Aigues-Mortes, donde embarcó en un carguero con destino a Marsella. En esta ciudad no se alejó de la zona del puerto, sino que buscó en seguida un buque que le llevara a lo largo de la costa hacia el este. Dos días después estaba en Tolón y tres días más tarde en Cannes. El resto del viaje lo hizo a pie, siguiendo un camino que conducía tierra adentro, hacia el norte, y serpenteaba colina arriba.

Dos horas después alcanzó la cumbre, desde donde contempló una cuenca de varias millas de extensión, una especie de plato gigantesco rodeado de colinas de pendiente suave y sierras escarpadas, cuya dilatada depresión estaba cubierta de campos recién labrados, jardines y olivares. Sobre este plato reinaba un clima muy particular, de una intimidad sorprendente. Aunque el mar estaba tan cerca que podía divisarse desde la cumbre de la colina, no había en la cuenca nada marítimo, nada salado ni arenoso, nada abierto, sino un aislamiento silencioso, como si se encontrara a muchos días de viaje de la costa. Y aunque al norte se elevaban las grandes montañas de cimas todavía nevadas, cuya nieve no se derretiría durante algún tiempo, no se notaba nada áspero ni crudo y el viento no era frío. La primavera estaba mucho más adelantada que en Montpellier. Un fino vapor cubría los campos como una campana de cristal. Los almendros y albaricoqueros estaban en flor y en el aire templado flotaba el perfume de los narcisos.

Al otro lado de la gran depresión, tal vez a una distancia de dos millas, se extendía o, mejor dicho, se encaramaba a las montañas una ciudad. Vista desde lejos no causaba una impresión de grandiosidad; carecía de una imponente catedral que sobresaliera de las casas, y en su lugar sólo había un campanario chato. Tampoco tenía una fortaleza en un punto estratégico ni edificios que llamaran la atención por su magnificencia. Las murallas parecían más bien endebles y aquí y allá surgían casas fuera de sus límites, sobre todo hacia la llanura, prestando a la ciudad un aspecto algo abandonado, como si hubiera sido conquistada y sitiada demasiadas veces y estuviera harta de ofrecer una resistencia seria a futuros invasores, pero no por debilidad, sino por indolencia o incluso por un sentimiento de fuerza. Parecía no necesitar ninguna ostentación. Dominaba la gran cuenca perfumada que tenía a sus pies y esto parecía bastarle.

Este lugar a la vez modesto y consciente del propio valor era la ciudad de Grasse, desde hacía varios decenios indiscutida metrópoli de la producción y el comercio de sustancias aromáticas, artículos de perfumería, jabones y aceites. Giuseppe Baldini había mencionado siempre su nombre con arrobado entusiasmo. La ciudad era una Roma de los perfumes, la tierra prometida de los perfumistas y quien no había ganado aquí sus espuelas, no tenía derecho a llevar este nombre.

Grenouille contempló con mirada muy grave la ciudad de Grasse. No buscaba ninguna tierra prometida de la perfumería y no le inspiraba ninguna ilusión la vista del nido que se encaramaba a las laderas. Había venido porque sabía que aquí se aprendían mejor que en ninguna otra parte las técnicas de la extracción de perfume y de ellas quería apropiarse, ya que las necesitaba para sus fines. Extrajo del bolsillo el frasco de su perfume, se aplicó unas gotas, muy pocas, y reemprendió la marcha. Una hora y media después, hacia el mediodía, estaba en Grasse.

Comió en una posada en el extremo superior de la ciudad, en la Place aux Aires. Cruzaba longitudinalmente esta plaza un arroyo en el que los curtidores lavaban sus pieles, que a continuación extendían para el secado. El olor era tan penetrante, que muchos de los huéspedes perdían el gusto mientras comían. No así Grenouille, que conocía aquel olor y se sentía seguro al aspirarlo. En todas las ciudades buscaba ante todo el barrio de los curtidores; después de visitarlo tenía la impresión de que, recién salido de su esfera maloliente, ya no era un extraño en las demás partes de la localidad.

Pasó toda la tarde vagando por las calles. El lugar estaba increíblemente sucio, a pesar o tal vez a causa de la gran cantidad de agua que, procedente de docenas de manantiales y fuentes, bajaba gorgoteando hacia la ciudad en anárquicos regueros y arroyuelos que minaban las calles o las cubrían de fango. En muchos barrios las casas estaban tan juntas que sólo quedaba una vara para pasajes y escaleras y los transeúntes, chapoteando en el barro, apenas tenían sitio para pasar. E incluso en las plazas y las escasas calles más anchas, los carruajes se sorteaban con dificultad unos a otros.

A pesar de todo, en medio de la suciedad, el fango y la estrechez, la ciudad bullía de actividad comercial. Grenouille descubrió en su recorrido nada menos que siete jabonerías, una docena de maestros de perfumería y guantería, innumerables destiladores, talleres de pomadas y especierías y por último unos siete vendedores de perfumes al por mayor.

Todos ellos eran comerciantes que disponían de grandes existencias de sustancias aromáticas, aunque por el aspecto de sus casas era difícil deducirlo. Las fachadas que daban a la calle impresionaban por su modestia burguesa y, sin embargo, lo que ocultaban en su interior, en gigantescos almacenes y sótanos, en cubas de aceite, en pila sobre pila del más fino jabón de lavanda, en bombonas de aguas florales, vinos, alcoholes, en balas de cuero perfumado, en sacos, arcas y cajas llenas a rebosar de toda clase de especias... —Grenouille lo olía con todo detalle a través de las paredes más gruesas— eran riquezas que no poseían ni los príncipes. Y cuando olfateó más a fondo a través de los prosaicos almacenes y tiendas, descubrió que en la parte posterior de aquellas casas burguesas, pequeñas y cuadradas, se levantaban edificios realmente lujosos. En torno a jardines de tamaño reducido pero encantadores, donde crecían adelfas y palmeras alrededor de rumorosos y delicados surtidores rodeados de parterres, se extendían las auténticas viviendas, la mayoría en forma de U y orientadas al sur: dormitorios inundados de sol y tapizados de seda en los pisos superiores, magníficos salones con paredes revestidas de maderas exóticas en la planta baja y comedores en terrazas al aire libre donde, como Baldini le había contado, se comía con cubiertos de oro y en platos de porcelana. Los señores que vivían tras aquellas modestas fachadas olían a oro y a poder, a grandes y aseguradas fortunas, y su olor era más fuerte que todo cuanto Grenouille había olido hasta entonces a este respecto durante su viaje por la provincia.

Ante uno de los palacios camuflados se detuvo más rato. La casa se encontraba al principio de la Rue Droite, una calle principal que atravesaba la ciudad en toda su longitud, de este a oeste. Su aspecto no tenía nada de extraordinario; era algo más ancha y vistosa que las demás, pero no imponente, ni mucho menos. Ante la puerta cochera había un furgón lleno de cubas que eran descargadas mediante una plataforma. Otro furgón esperaba tras el primero. Entró en la tienda un hombre con unos papeles, volvió a salir en compañía de otro hombre y ambos desaparecieron dentro del portal. Grenouille se hallaba al otro lado de la calle y observaba toda su actividad. Nada de lo que sucedía le interesaba y, no obstante, permanecía inmóvil. Algo lo retenía.

Cerró los ojos y se concentró en los olores que flotaban hacia él desde el edificio de enfrente. Había el olor de las cubas, vinagre y vino, y luego los múltiples y densos olores del almacén, los olores de la riqueza, transpirados por las paredes como un sudor fino y dorado, y finalmente, los olores de un jardín que debía encontrarse al otro lado de la casa. No era fácil captar los aromas más delicados del jardín porque se elevaban en jirones delgados por encima de los frontones del edificio antes de bajar a la calle. Grenouille distinguió la magnolia, el jacinto, el torvisco y el rododendro... pero en este jardín parecía haber otra cosa, algo divinamente bueno, una fragancia más exquisita que ninguna de las que había olfateado en su vida... Tenía que aproximarse a ella.

Meditó sobre si debía entrar sencillamente en la vivienda por la puerta cochera, pero había allí tantas personas ocupadas en la descarga y el control de las cubas, que no podría pasar inadvertido. Decidió retroceder por la misma calle hasta encontrar una callejuela o un pasaje que condujera a la fachada lateral de la casa. A unos metros de distancia se hallaba la puerta de la ciudad, al principio de la Rue Droite. La franqueó y se mantuvo pegado a la muralla, siguiéndola colina arriba. No tuvo que ir muy lejos para volver a oler el jardín, primero débilmente, mezclado todavía con el aire de los campos, y después cada vez más fuerte. Al final comprendió que estaba muy cerca. El jardín lindaba con la muralla de la ciudad y se encontraba justo a su lado. Retrocediendo unos pasos, pudo ver por encima del muro las ramas superiores de los naranjos.

Volvió a cerrar los ojos. Las fragancias del jardín le rodearon, claras y bien perfiladas, como las franjas policromas de un arco iris. Y la más valiosa, la que él buscaba, figuraba entre ellas. Grenouille se acaloró de gozo y sintió a la vez el frío del temor. La sangre le subió a la cabeza como a un niño sorprendido en plena travesura, luego le bajó hasta el centro del cuerpo y después le volvió a subir y a bajar de nuevo, sin que él pudiera evitarlo. El ataque del aroma había sido demasiado súbito. Por un momento, durante unos segundos, durante toda una eternidad, según se le antojó a él, el tiempo se dobló o desapareció por completo, porque ya no sabía si ahora era ahora y aquí era aquí, o ahora era entonces y aquí era allí, o sea la Rue des Marais en París, en septiembre de 1753; la fragancia que llegaba desde el jardín era la fragancia de la muchacha pelirroja que había asesinado. El hecho de volver a encontrar esta fragancia en el mundo le hizo derramar lágrimas de beatitud... y la posibilidad de que no fuera cierto le dio un susto de muerte.

Sintió vértigos, se tambaleó un poco y tuvo que apoyarse en la muralla y deslizarse con lentitud hasta que estuvo en cuclillas. En esta posición, mientras se recuperaba y frenaba su imaginación, empezó a oliscar la fatal fragancia con inspiraciones más cortas y menos arriesgadas. Y concluyó que el aroma de detrás de la muralla era ciertamente muy parecido al de la muchacha pelirroja, pero no del todo igual. Desde luego lo emanaba una muchacha pelirroja, de esto no cabía la menor duda. Grenouille la veía como dibujada en su imaginación olfativa: no estaba quieta, sino que saltaba de un lado a otro, se acaloraba y se refrescaba, por lo visto jugando a algo que requería movimientos rápidos y acto seguido, inmovilidad... con otra persona de olor totalmente mediocre. Tenía una piel de blancura deslumbrante, ojos verdosos y pecas en la cara, el cuello y los pechos... es decir —Grenouille contuvo un instante el aliento, luego olfateó con más fuerza e intentó evocar el recuerdo olfatorio de la muchacha de la Rue des Marais— ...¡es decir, esta muchacha aún no tenía pechos en el verdadero sentido de la palabra! Tenía apenas un principio de pechos, tenía ondulaciones indescriptiblemente suaves y apenas olorosas, rodeadas de pecas, formadas tal vez hacía sólo pocos días, tal vez pocas horas... tal vez en este momento. En una palabra: la muchacha era todavía una niña. ¡Pero, qué niña!

A Grenouille le sudaba la frente. Sabía que los niños no olían de manera particular, tan poco como las flores aún verdes antes de abrir sus pétalos. En cambio ésta, este capullo casi cerrado del otro lado del muro, que ahora mismo empezaba —sin que nadie, excepto Grenouille, se apercibiera de ello— a abrir sus odoríferos pétalos, olía ya de modo tan divino y sobrecogedor que, cuando floreciera del todo, emanaría un perfume que el mundo no había olido jamás. Ahora ya huele mejor, pensó Grenouille, que la muchacha de la Rue des Marais; con menos fuerza, menos exuberancia, pero más delicadeza, más facetas y, al mismo tiempo, más naturalidad. Dentro de uno o dos años, esta fragancia habría madurado y adquirido una impetuosidad a la que nadie, hombre o mejer, podría sustraerse. Y la gente sería dominada, desarmada y quedaría indefensa ante el hechizo de esta muchacha, sin que nadie supiera la razón. Y como la gente es estúpida y sólo sabe usar la nariz para resollar, pero cree reconocerlo todo con los ojos, dirían todos que era porque la muchacha poseía belleza, gracia y donaire. En su miopía, cantarían las alabanzas de sus facciones regulares, de su figura esbelta, de su pecho impecable. Y sus ojos, añadirían, son como esmeraldas y sus dientes como perlas y sus miembros como el marfil... y demás comparaciones a cual más idiota. Y la nombrarían reina del jazmín y la pintarían necios retratistas y su imagen sería pasto de los mirones, que la proclamarían la mujer más hermosa de Francia. Y los jovencitos vociferarían noches enteras bajo su ventana, al son de la mandolina... ricachones gordos y viejos caerían de hinojos ante su padre para pedir su mano... y mujeres de todas las edades suspirarían al verla y soñarían con ser tan seductoras como ella durante un solo día. Y nadie sabría que no era su aspecto lo que de verdad los había conquistado, que no era su belleza exterior, supuestamente perfecta, ¡sino únicamente su fragancia, magnífica e incomparable! Sólo lo sabría él, Grenouille, que, por otra parte, ya lo sabía ahora.

¡Ah! ¡Quería poseer esta fragancia! No de una forma tan inútil y torpe como en el pasado la fragancia de la muchacha de la Rue des Marais, que se había limitado a aspirar como un borracho, con lo cual la había destruido. No, ahora pretendía apropiarse de la fragancia de la muchacha que jugaba detrás de la muralla, arrancársela como si fuera una piel y convertirla en suya. Aún ignoraba cómo conseguirlo, pero disponía de dos años para reflexionar sobre la cuestión. En el fondo, quizá no era más difícil que arrebatar el perfume de una flor rara.

Se levantó y casi devotamente, como si abandonara un lugar sagrado o a una mujer dormida, se alejó despacio, encorvado, sin ruido, para que nadie le oyera ni se fijara en él, para que nadie se apercibiera de su valioso descubrimiento. Así huyó, siguiendo la muralla, hasta el extremo opuesto de la ciudad, donde el perfume de la muchacha se dispersó al fin y él volvió a entrar en la ciudad por la Porte des Fénéants. Se detuvo a la sombra de las casas. El tufo maloliente de las callejuelas le dio seguridad y le ayudó a dominar la pasión que se había apoderado de él. Al cabo de un cuarto de hora volvía a estar completamente tranquilo. Como primera medida, pensó, no se acercaría más al jardín lindante con la muralla. No era necesario y le excitaba demasiado. La flor que crecía en él maduraría sin su intervención y, por otra parte, ya conocía las fases de su desarrollo. No debía embriagarse a destiempo con su perfume. Antes era preciso consagrarse al trabajo, ampliar sus conocimientos y perfeccionar sus habilidades de artesano para estar preparado cuando llegara el momento de la cosecha. Aún tenía dos años de tiempo.

36

No lejos de la Porte des Fénéants, en la Rue de la Louve, descubrió Grenouille un pequeño taller de perfumería y pidió trabajo.

Resultó que el *patron*, el *maître parfumeur* Honoré Arnulfi, había muerto el pasado invierno y su viuda, una mujer morena y vivaz, de unos treinta años, llevaba el negocio con ayuda de un oficial.

Madame Arnulfi, después de quejarse largo rato de los tiempos adversos y de su precaria situación económica, explicó que en realidad no podía permitirse la contratación de un segundo oficial, pero que por otra parte, debido al exceso de trabajo, lo necesitaba con urgencia; que además no había sitio en la casa para albergar a otro oficial, pero que poseía una pequeña cabaña en un olivar situado detrás del convento de franciscanos —apenas a diez minutos de la casa— donde un joven sin exigencias podía pernoctar en caso necesario; que ella, como patrona honrada, conocía sus responsabilidades en lo relativo a la salud física de sus empleados, pero por otra parte se veía incapaz de procurarles dos comidas calientes al día... en una palabra: madame Arnulfi era —como Grenouille había olido hacia ya mucho rato— una mujer sensata dotada de un sano sentido comercial. Y dado que a él no le importaba el dinero y se declaró satisfecho con un sueldo de dos francos semanales y con todas las demás condiciones, se pusieron de acuerdo en seguida. Se solicitó la presencia del primer oficial, un hombre gigantesco llamado Druot, de quien Grenouille adivinó en el acto que estaba acostum-

brado a compartir el lecho de madame y sin cuya apro-
bación ella no adoptaba por lo visto ciertas decisiones.
Se presentó a Grenouille, que en presencia de aquel
huno parecía de una fragilidad ridícula, con las piernas
separadas y esparciendo a su alrededor una nube de
olor a esperma, le examinó, clavó en él la mirada como
si de este modo quisiera descubrir turbias intenciones
o a un posible rival, esbozó al fin una sonrisa altanera
y dio su consentimiento con una inclinación de cabeza.

Con esto quedó todo arreglado. Grenouille recibió un
apretón de manos, una cena fría, una manta y la llave
de la cabaña, un cobertizo sin ventanas que tenía un
agradable olor a heno y estiércol de oveja seco y donde
se instaló lo mejor que pudo. Al día siguiente entró a
trabajar en casa de madame Arnulfi.

Era el tiempo de los narcisos. Madame Arnulfi los
cultivaba en pequeñas parcelas de tierra que poseía a
los pies de la ciudad, en la gran cuenca, o los compraba
a los campesinos con quienes regateaba sin piedad por
cada partida. Las flores se entregaban apenas abiertas,
en canastas que eran vaciadas en el taller, formando
voluminosos pero ligeros montones de diez mil capullos
perfumados. Mientras tanto, Druot hacía en una gran
caldera una sopa espesa con sebo de cerdo y de vaca
que Grenouille debía remover sin interrupción con una
espátula de mango largo hasta que el primer oficial
echaba en ella las flores frescas. Éstas flotaban un segundo sobre la superficie como ojos horrorizados y pa-
lidecían al desaparecer en la grasa caliente, sumergidas
por la espátula. Y casi en el mismo momento se ablan-
daban y marchitaban, muriendo al parecer con tal rapidez, que no les quedaba otro remedio que exhalar su
último suspiro perfumado precisamente en el líquido
que las ahogaba, porque —Grenouille lo descubrió con
un placer indescriptible— cuantas más flores se echa-
ban a la caldera, tanto más intensa era la fragancia de
la grasa. Y ciertamente no eran las flores muertas lo
que seguía exhalando perfume, sino la propia grasa,
que se había apropiado del perfume de las flores.

Pronto la sopa se espesaba demasiado y entonces
debían verterla a toda prisa en un gran cedazo para eliminar los cadáveres exprimidos y añadir más flores

frescas. Entonces volvían a remover y colar, durante todo el día y sin descanso, pues el negocio no permitía dilaciones y al atardecer toda la partida de flores tenía que haberse cocido en la caldera de grasa. Los restos —para que no se perdiera nada— se hervían en agua y pasaban por una prensa de tornillo para extraerles las últimas gotas, que todavía daban un aceite ligeramente perfumado. El grueso del perfume, sin embargo, el alma de un océano de flores, permanecía en la caldera, encerrado y conservado en una repulsiva grasa de tono blanco grisáceo que se solidificaba poco a poco.

Al día siguiente se continuaba la maceración, como se llamaba este proceso; calentar de nuevo la caldera, colar la grasa, cocer más flores y así día tras día, de sol a sol. El trabajo era agotador. Grenouille tenía los brazos pesados como el plomo, callos en las manos y dolores en la espalda cuando se tambaleaba hasta la cabaña. Druot, que era tres veces más fuerte que él, no le ayudaba nunca a remover la sopa y se contentaba con echar las ingrávidas flores, cuidar del fuego y de vez en cuando, con la excusa del calor, irse a tomar un trago. Pero Grenouille no se rebeló. Sin la menor queja, removía los capullos en la grasa de la mañana a la noche y apenas se daba cuenta de su fatiga durante el trabajo porque nunca dejaba de fascinarle el proceso que se desarrollaba ante su vista y bajo su nariz; el rápido marchitamiento de las flores y la absorción de su fragancia.

Al cabo de un tiempo decidió Druot que la grasa ya estaba saturada y no podía absorber más aroma. Apagaron el fuego, filtraron por última vez la espesa crema y la vertieron en recipientes de loza, donde no tardó en endurecerse, convertida en una pomada de maravilloso perfume.

Ésta era la hora de madame Arnulfi, que se acercaba a probar el valioso producto, etiquetarlo y apuntar en sus libros con la mayor exactitud todos los datos sobre calidad y cantidad. Después de cerrar personalmente los tarros, sellarlos y llevarlos a las frescas profundidades de su sótano, se ponía el traje negro, cogía el crespón de viuda y hacía la ronda de los comerciantes y vendedores de perfumes de la ciudad. Con palabras conmovedoras describía a los caballeros su situación de mujer sola, escuchaba ofertas, comparaba precios, suspiraba y por último vendía... o no vendía. La pomada fragante se conserva mucho tiempo en un lugar fresco y si ahora los precios eran demasiado bajos, quién sabe, tal vez subirían en invierno o en la primavera próxima. También merecía la pena considerar si no le saldría más a cuenta, en vez de vender a estos explotadores, unirse con otros pequeños fabricantes y enviar por barco un cargamento de pomada a Génova o tomar parte en la feria de otoño de Beaucaire, arriesgadas empresas, sin duda, pero muy provechosas en caso de tener éxito. Madame Arnulfi sopesaba cuidadosamente estas diferentes posibilidades y muchas veces se asociaba y vendía una parte de sus tesoros o las rechazaba y cerraba el trato con un comerciante por su cuenta y riesgo. Si durante sus visitas sacaba, sin embargo, la conclusión de que el mercado de las pomadas estaba saturado y no daría un giro favorable para ella en un futuro próximo, volvía al taller a paso rápido, haciendo ondear el negro velo, y encargaba a Druot el lavado de toda la producción para transformarla en *essence absolue*.

Y entonces subían de nuevo la pomada del sótano, la calentaban con el máximo cuidado en ollas cerradas, le añadían el mejor alcohol y la mezclaban a fondo por medio de un agitador incorporado, accionado por Grenouille. Una vez de vuelta en el sótano, la mezcla se enfriaba rápidamente y el alcohol se separaba de la grasa sólida de la pomada y podía verterse en una botella. Ahora constituía casi un perfume, pues poseía una enorme intensidad, mientras que la pomada había perdido la mayor parte de su aroma. De este modo la fragancia floral había pasado a otro medio. La operación, sin embargo, no estaba terminada. Después de un minucioso filtrado a través de gasas que impedían el paso a la más diminuta partícula de grasa, Druot llenaba un pequeño alambique con el alcohol perfumado y lo destilaba a fuego muy lento. Lo que quedaba en la cucúrbita una vez volatilizado el alcohol era una minúscula cantidad de líquido apenas coloreado que Grenouille conocía muy bien pero que nunca había olido en esta calidad y pureza en casa de Baldini ni en la de Runel: la esencia pura de las flores, su perfume absoluto, concentrado cien mil veces en una pequeña cantidad de *essence absolue*. Esta esencia ya no tenía un olor agradable; su intensidad era casi dolorosa, agresiva y cáustica. Y no obstante, bastaba una gota diluida en un litro de alcohol para devolverle la vida y la fragancia de todo un campo de flores.

El resultado era terriblemente exiguo. El líquido de la cucúrbita sólo llenaba tres pequeños frascos. Del perfume de cien mil capullos sólo quedaban tres pequeños frascos. Pero aquí en Grasse ya valían una fortuna, ¡y muchísimo más si se enviaban a París, Lyon, Grenoble, Génova o Marsella! La mirada de madame Arnulfi se enterneció al mirar estos frascos, los acarició con los ojos y contuvo el aliento mientras los cogía y cerraba con tapones de cristal esmerilado, a fin de evitar que se evaporase algo de su valioso contenido. Y para que tampoco escapara en forma de vapor después de tapado el más insignificante átomo, selló los tapones con cera líquida y los envolvió en una vejiga natatoria que sujetó fuertemente al cuello del frasco con un cordel. A continuación los colocó en una caja forrada de algodón, que guardó en el sótano bajo siete llaves.

37

En abril maceraron retama y azahar, en mayo, un mar de rosas cuya fragancia sumergió a la ciudad durante todo un mes en una niebla invisible, dulce como la crema. Grenouille trabajaba sin parar. Humilde, con una docilidad propia de un esclavo, desempeñaba todas las tareas pesadas que le encomendaba Druot. Sin embargo, mientras parecía apático removiendo, emplastando, lavando tinas, limpiando el taller o acarreando leños, ninguna de las cosas esenciales del negocio escapaba a su atención, nada sobre la metamorfosis de los perfumes. Con más precisión de la que Druot habría sido capaz, es decir, con su nariz, seguía y vigilaba la transformación de los aromas a partir de los pétalos de las flores, pasando por el baño de grasa y alcohol, hasta terminar en pequeños y valiosos frascos. Olía, mucho antes de que Druot lo advirtiera, cuándo la grasa se calentaba demasiado, olía cuándo los capullos ya estaban marchitos, cuándo la sopa estaba saturada de fragancia; olía lo que pasaba en el interior de los matraces y el momento preciso en que debía ponerse fin al proceso de destilación. Y de vez en cuando expresaba su parecer; por cierto, sin comprometerse y sin abandonar su actitud de servil. Tenía la impresión, decía, de que la grasa empezaba a estar demasiado caliente; le parecía que había llegado el momento de colar; creía que ya se había evaporado el alcohol del alambique... Y Druot, que desde luego no poseía una inteligencia superior, pero tampoco era tonto del todo, comprendió con el tiempo que sus decisiones eran más acertadas cuando hacía o mandaba hacer justo lo que Grenouille «creía» o «le parecía». Y como Grenouille no se expresaba nunca con arrogancia o aires de sabelotodo y porque jamás —¡y sobre todo nunca en presencia de madame Arnulfi!— ponía en duda, ni siquiera irónicamente, la autoridad de Druot y su posición preponderante como primer oficial, Druot no veía razón alguna para no seguir sus consejos e incluso para no dejar en sus manos, abiertamente, cada vez más decisiones.

Muy pronto Grenouille ya no se limitaba a remover, sino que cebaba el horno, calentaba y colaba, mientras Druot iba en un salto al Quatre Dauphins a beber un vaso de vino o subía a cumplir con madame. Sabía que podía confiar en Grenouille y éste, aunque tenía que trabajar el doble, disfrutaba estando solo, perfeccionando el nuevo arte y haciendo de vez en cuando pequeños experimentos. Y comprobó con inmensa alegría que la pomada preparada por él era incomparablemente mejor y su *essence absolue* varios grados más pura que la obtenida con Druot.

A finales de junio empezó el tiempo de los jazmines, en agosto, el de los nardos. El perfume de ambas flores era tan exquisito y a la vez tan frágil, que no sólo tenían que cogerse los capullos antes de la salida del sol, sino que requerían una elaboración muy especial y delicada. El calor mermaba su fragancia, el baño repentino en la grasa caliente de la maceración la habría destruido por completo. Estos capullos, los más nobles de todos, no se dejaban arrancar el alma con facilidad; era preciso sacársela a fuerza de halagos. Se esparcían, en una sala especial para el perfumado, sobre placas untadas de grasa fría o se tapaban con paños empapados de aceite, donde se dejaban morir mientras dormían. Al cabo de tres o cuatro días ya estaban marchitos del todo, después de traspasar su perfume a la grasa y el aceite. Entonces se quitaban con cuidado y se esparcían flores frescas. Este proceso se repetía diez e incluso veinte veces y cuando la pomada había absorbido toda la fragancia y los paños podían escurrirse para obtener el aceite perfumado, ya había llegado el mes de septiembre. El resultado era todavía más exiguo que el de la maceración. En cambio, la calidad de la pasta de jazmín o del *Huile Antique de Tubéreuse* obtenidos mediante el *enfleurage* en frío superaba la de cualquier otro producto del arte perfumístico en delicadeza y fidelidad al original. Sobre todo en el caso del jazmín, parecía que el perfume dulce y erótico de las flores hubiera quedado grabado en las placas de grasa como en un espejo y ahora lo irradiaran con toda exactitud, *cum grano salis*, por así decirlo. Porque la nariz de Grenouille distinguía sin vacilación la diferencia entre el aroma de los capullos y su perfume concentrado. Como un velo sutil flotaba en este último el olor propio de la grasa —por más limpia y pura que fuese— sobre la fragancia del original, lo suavizaba, debilitaba su intensidad, tal vez hacía incluso soportable su belleza para las personas corrientes... En cualquier caso, el *enfleurage* en frío era el medio más refinado y efectivo de capturar fragancias delicadas. No existía otro mejor. Y si el método aún no bastaba para satisfacer totalmente a la nariz de Grenouille, éste sabía que era mil veces suficiente para engañar a un mundo de narices embotadas.

Al poco tiempo aventajó a su maestro Druot tanto en la maceración como en el arte del perfumado en frío y se lo demostró a su manera discreta, velada y sumisa. Druot le confió de buena gana las tareas de ir al matadero a comprar las grasas más apropiadas, limpiarlas, derretirlas, filtrarlas y determinar la proporción en que debían ser mezcladas, un trabajo sumamente difícil y muy temido por Druot, ya que una grasa impura, rancia o con demasiado olor a cerdo, carnero o vaca podía estropear la pomada más valiosa. Le dejaba determinar la distancia entre las placas en la sala del perfumado, el momento exacto para el cambio de flores, el grado de saturación de la pomada y pronto le confió todas las decisiones precarias que él, Druot, como en otro tiempo Baldini, sólo podía adoptar de acuerdo con ciertas reglas establecidas y que Grenouille tomaba guiado por la infalibilidad de su olfato, aunque Druot no sospechara siquiera este hecho.

«Tiene buena mano —decía—, sabe atinar en las cosas.» Y muchas veces pensaba: «Lo cierto es que posee mucho más talento que yo, es un perfumista cien veces mejor.» Y al mismo tiempo lo consideraba un perfecto idiota, porque a su juicio Grenouille no sacaba ningún provecho de sus facultades, mientras él, Druot, con sus habilidades más modestas, no tardaría en ser maestro artesano. Y Grenouille lo confirmaba en esta opinión, procurando parecer torpe, no demostrando la menor ambición y portándose como si no supiera nada de su propia genialidad y se limitara a seguir las instrucciones del mucho más experimentado Druot, sin el cual él no era nadie. De este modo se llevaban muy bien.

Así llegó el otoño y el invierno. En el taller reinaba más tranquilidad; los perfumes de las flores estaban presos en el sótano, dentro de ollas y tarros, y si madame no deseaba lavar una u otra pomada o destilar un saco de especias secas, no había mucho que hacer. Aún quedaban aceitunas, un par de cestos todas las semanas. Extraían el aceite virgen y daban el resto a la almazara. Y vino, una parte del cual Grenouille destilaba y rectificaba para convertirlo en alcohol.

Druot se dejaba ver cada vez menos. Cumplía con su obligación en el lecho de madame y cuando aparecía, apestando a sudor y a semen, era sólo para desaparecer en el Quatre Dauphins. También madame bajaba muy raramente, ocupada como estaba en sus asuntos financieros y en la renovación de su vestuario para cuando concluyera el año de luto. Grenouille solía pasar días enteros sin ver a nadie excepto a la sirvienta, que le daba una sopa al mediodía y pan y aceitunas al atardecer.

Apenas salía. Participaba en la vida corporativa, es decir, asistía a las reuniones y los desfiles regulares de los oficiales artesanos tan a menudo como era necesario para que ni su ausencia ni su presencia llamaran la atención. Carecía de amigos o conocidos, pero hacía todo lo posible para no pasar por arrogante o insociable, dejando que los demás oficiales encontraran su compañía insulsa y aburrida. Era un maestro en el arte de inspirar tedio y simular torpeza, nunca con tanta exageración como para incitar a burlas o convertirse en blanco de las bromas pesadas de sus colegas del gremio. Lo dejaban en paz y esto era lo que él quería.

38

Pasaba todo el tiempo en el taller. Se justificó ante Druot afirmando que deseaba inventar una receta de agua de colonia, pero en realidad experimentaba con aromas muy diferentes. Su perfume, el que había elaborado en Montpellier, se terminaba poco a poco, pese a que lo usaba con gran parquedad, así que creó uno nuevo. Esta vez no se contentó, sin embargo, con imitar de modo aproximado y con materiales reunidos a toda prisa el olor básico del ser humano, sino que se empeñó en preparar un perfume personal o, mejor dicho, gran número de perfumes personales.

Primero elaboró un olor discreto, un aroma gris para uso cotidiano en cuya composición figuraba, por supuesto, el olor a queso rancio, pero que sólo llegaba al mundo exterior como a través de una gruesa capa de ropas de hilo y lana alternadas sobre la piel reseca de un viejo. Oliendo así, podía mezclarse tranquilamente con los demás seres. El aroma era lo bastante fuerte para basar olfativamente en él la existencia de una persona y a la vez tan discreto, que no podía molestar a nadie. Con él, Grenouille no era en realidad perceptible por el olfato y, no obstante, su presencia estaba siempre justificada del modo más modesto, un estado híbrido que le convenía mucho, tanto en casa Arnulfi como en sus ocasionales paseos por la ciudad.

En algunas ocasiones, sin embargo, este modesto perfume tenía sus inconvenientes. Cuando debía comprar algo por encargo de Druot o quería proveerse de un poco de algalia o unos granos de almizcle, podía ocurrir que en su perfecta discreción pasara completamente inadvertido y no lo atendieran o bien que lo viesen pero no le sirvieran lo solicitado o se olvidaran de él mientras lo atendían. Para tales eventualidades, se mezcló un perfume algo más fuerte, con un ligero olor a sudor y algunos ángulos y cantos olfativos, que le daba una presencia más agresiva y hacía creer a todos que tenía prisa y le apremiaban negocios urgentes. También logró con éxito atraer el grado de atención deseado con una imitación del *aura seminalis* de Druot, que consiguió perfumando un lienzo empapado en grasa con una pasta de huevos frescos de pata y harina de trigo fermentada.

Otro perfume de su arsenal era un aroma que incitaba a la compasión y que daba buenos resultados con las mujeres de edad mediana y avanzada. Olía a leche aguada y madera limpia y blanda. Con él, Grenouille parecía —aunque fuera sin afeitar, llevara abrigo y mirase con expresión ceñuda— un niño pobre y pálido, embutido en una chaqueta raída, que necesitaba ayuda. Las mujeres del mercado le alargaban al verlo nueces y peras relucientes, porque se les antojaba hambriento e indefenso. Y la mujer del carnicero, una pécora severa y cruel, le permitía elegir y llevarse gratis apestosos restos de huesos y carne porque su aroma de inocencia conmovía su corazón maternal. Con estos restos conseguía Grenouille, diluyéndolos directamente en alcohol, los componentes principales de un olor que se aplicaba cuando necesitaba estar solo y ser evitado por todos. Este olor creaba en su torno una atmósfera ligeramente repugnante, un aliento pútrido como el que exhalan al despertar las bocas viejas y mal cuidadas. Era tan efectivo, que incluso el poco exigente Druot tenía que dar media vuelta y buscar el aire libre sin saber con claridad la causa de su asco. Y unas gotas del repelente en el umbral de la cabaña bastaban para ahuyentar a cualquier intruso, hombre o animal.

Al amparo de estos diferentes olores, que alternaba como las ropas según las diferentes circunstancias externas y todos los cuales le servían para no ser molestado en el mundo de los hombres y pasar desapercibido en su personalidad real, se entregaba Grenouille a su verdadera pasión: la caza sutil de perfumes. Y como tenía ante sí un gran objetivo y más de un año de tiempo, no sólo procedía con ardiente celo, sino también de un modo planeado y sistemático a afilar sus armas, limar sus técnicas y perfeccionar lentamente sus métodos. Empezó donde se había detenido en casa de Baldini, capturando los aromas de cosas inanimadas: piedras, metal, vidrio, madera, sal, agua, aire...

Lo que antes fracasara tan lastimosamente con ayuda del tosco procedimiento de la destilación, salió bien ahora gracias a la poderosa fuerza absorbente de las grasas. Grenouille envolvió durante un par de días en grasa de vaca un pomo de puerta de latón cuyo fresco aroma un poco mohoso le gustaba. Y, oh, sorpresa, cuando hubo raspado el sebo y lo olfateó, olía de manera muy vaga, pero inconfundible, a aquel pomo determinado. Este olor persistió incluso después de un lavado en alcohol, suave en extremo, remoto, eclipsado por el vapor del alcohol e imperceptible para todo el mundo menos para la fina nariz de Grenouille... pero presente en la grasa, lo cual significaba que era asequible, por lo menos en principio. Si dispusiera de diez mil pomos para conservarlos envueltos en grasa durante mil días, podría obtener una gota minúscula de *essence absolue* de pomo de latón, tan fuerte que todos tendrían bajo la nariz la ilusión irrefutable del original.

Consiguió lo mismo con el poroso aroma de cal de una piedra que encontró en el bosque de olivos, delante de su cabaña. La maceró y obtuvo una pequeña bola de pomada pétrea cuyo olor infinitesimal le deleitó enormemente. Lo combinó con otros olores, extraídos de todos los objetos que rodeaban su cabaña, y produjo poco a poco un modelo olfativo en miniatura de aquel olivar que se hallaba detrás del convento de franciscanos y que, encerrado en un frasco diminuto, podía llevar consigo y evocar olfativamente cuando se le antojara.

Eran virtuosismos del arte de la perfumería, pequeños y maravillosos divertimentos que nadie más que él

174

podía apreciar o tan siquiera percibir. Él, sin embargo, estaba encantado con estas frívolas perfecciones y no hubo en toda su vida, ni antes ni después, momentos de dicha tan inocente como en aquel período en que creó con ánimo juguetón naturalezas muertas, paisajes perfumados e imágenes de diversos objetos. Porque no tardó en pasar a los objetos vivos.

Empezó cazando moscas, larvas, ratas y gatos pequeños a los que ahogó en grasa caliente. Por la noche entraba a hurtadillas en los establos para envolver durante un par de horas vacas, cabras y cochinillos en paños impregnados de grasa o cubrirlos con vendajes empapados de aceite. O bien se introducía en algún aprisco para esquilar con disimulo un cordero, cuya odorífera lana lavaba después en alcohol. Al principio, los resultados no fueron muy satisfactorios porque, a diferencia de los objetos inanimados como el pomo y la piedra, los animales no se dejaban arrebatar su aroma de buen grado. Los cerdos se quitaban los vendajes frotándose contra las estacas de la pocilga. Las ovejas balaban cuando se aproximaba a ellas de noche con el cuchillo. Las vacas agitaban las ubres hasta que desprendían de ellas los paños engrasados. Algunos escarabajos que capturó segregaron líquidos nauseabundos cuando intentó tratarlos y las ratas se meaban de miedo en las pomadas sumamente sensibles. Los animales que quiso macerar no cedían su olor como las flores, sin queja o sólo con un suspiro inaudible, sino que se defendían de la muerte con desesperación, no se dejaban ahogar y pateaban, luchaban y sudaban con tal profusión, que la grasa caliente se estropeaba por exceso de acidez. Así no se podía trabajar bien, naturalmente. Los objetos debían ser reducidos a la inmovilidad y, además, tan de repente que no tuvieran tiempo de sentir miedo o de resistirse. Era preciso matarlos.

Primero lo probó con un cachorro de perro al que indujo a separarse de su madre ofreciéndole un pedazo de carne delante del matadero e incitándolo así a seguirle hasta el taller, donde, mientras el animal mordía con excitación la carne que él sostenía con la mano izquierda, le asestó en el cogote un golpe fuerte y seco con un leño. La muerte fue tan súbita que el cachorro aún conservaba la expresión de felicidad en el hocico y los ojos cuando Grenouille lo colocó en la sala del perfumado sobre una parrilla, entre las placas engrasadas, donde soltó todo su olor perruno sin que lo enturbiase el sudor del miedo. Huelga decir que la vigilancia era esencial. Los cadáveres, como las flores arrancadas, se descomponían con rapidez. Grenouille hizo, pues, guardia junto a su víctima durante unas doce horas, hasta que notó los primeros efluvios del olor a cadáver, agradable, ciertamente, pero adulterador, emanado por el cuerpo del cachorro. Interrumpió el *enfleurage* en el acto, se deshizo del cadáver y puso la poca grasa conseguida y sutilmente perfumada dentro de una olla, donde la lavó con cuidado. Destiló el alcohol hasta que sólo quedó la cantidad para llenar un dedal y vertió este resto en una probeta minúscula. El perfume olía con claridad al aroma a sebo, húmedo y un poco fuerte del pelaje perruno; de hecho, sorprendía por su intensidad. Y cuando Grenouille lo dejó olfatear a la vieja perra del matadero, el animal estalló en un aullido de alegría y después gimoteó y no quería apartar el hocico de la probeta. Pero Grenouille la tapó bien, se la guardó y la llevó mucho tiempo encima como recuerdo de aquel día de triunfo en que había logrado por primera vez arrebatar el alma perfumada a un ser viviente.

Después, con mucha lentitud y la más extrema precaución, se fue acercando a las personas. Inició la caza desde una distancia prudencial con una red de malla gruesa, ya que su objetivo no era conseguir un gran botín, sino probar el principio de su método de caza.

Camuflado con su ligera fragancia de la discreción, se mezcló al atardecer con los clientes de la taberna Quatre Dauphins y distribuyó por los rincones más ocultos y pegó bajo los bancos y mesas minúsculos trozos de tela impregnados de sebo y aceite. Unos días después fue a recogerlos e hizo la prueba. Y realmente, además de oler a todos los vahos de cocina imaginables, a humo de tabaco y a vino, olían también un poco a ser humano. Pero el olor era muy vago y confuso; se parecía más a un caldo mixto que a un aroma personal. Captó un aura masiva similar, aunque más limpia y con un olor a sudor menos desagradable, en la catedral, donde colgó sus pingos bajo los bancos el veinticuatro de diciembre y los recogió el veintiséis, después de exponerlos a los olores de los asistentes a siete misas; un terrible conglomerado de sudor de culo, sangre de menstruación, corvas húmedas y manos convulsas, mezclados con el aliento expedido por mil cantantes de coro y declamadores de avemarías y el vapor sofocante del incienso y de la mirra, había impregnado los trozos de tela; terrible en su concentración nebulosa, imprecisa y nauseabunda y, no obstante, inequívocamente humano.

Grenouille capturó el primer aroma individual en el Hospicio de la Charité, donde logró robar, antes de que la quemaran, una sábana de la cama de un oficial de tesoro recién muerto de tisis, que lo había cubierto durante dos meses. La tela estaba tan empapada de la grasa del enfermo que había absorbido sus vapores como una pasta de *enfleurage* y pudo ser sometida directamente al lavado. El resultado fue fantasmal: bajo la nariz de Grenouille, y procedente de la solución de alcohol, el tesorero resucitó olfatoriamente de entre los muertos, y quedó suspendido en la habitación, desfigurado por el singular método de reproducción y los innumerables miasmas de su enfermedad, pero aun así reconocible como imagen olfativa individual: un hombre bajo de treinta años, rubio, de nariz gruesa, miembros cortos, pies planos y pálidos, sexo hinchado, temperamento bilioso y aliento desabrido; un hombre poco atractivo por su olor, aquel tesorero, indigno, como el cachorro, de ser conservado por más tiempo. No obstante, Grenouille lo dejó flotar toda la noche como un espíritu perfumado en el interior de su cabaña y lo olfateó una y otra vez, feliz y hondamente satisfecho del poder que había conquistado sobre el aura de otra persona. Al día siguiente lo tiró.

Realizó una prueba más durante aquellos días de invierno. Pagó un franco a una mendiga muda que recorría la ciudad para que llevara todo un día sobre la piel un harapo preparado con diversas mezclas de grasa y aceite. El resultado reveló que lo más apropiado para la captura del olor humano era una combinación de grasa de riñones de cordero y sebo de cerdo y vaca, purificados varias veces, en una proporción de dos por cinco por tres, junto con pequeñas cantidades de aceite virgen.

Con esto, Grenouille se dio por satisfecho. Renunció a apoderarse por completo de una persona viva y tratarla perfumísticamente. Tal proceder comportaría siempre grandes riesgos y no aportaría ningún conocimiento nuevo. Sabía que ahora ya dominaba la técnica de arrebatar la fragancia a un ser humano y no era necesario demostrárselo de nuevo a sí mismo.

La fragancia humana en sí y de por sí le era indiferente. Se trataba de una fragancia que podía imitar bastante bien con sucedáneos. Lo que codiciaba era la fragancia de *ciertas* personas: aquellas, extremadamente raras, que inspiran amor. Tales eran sus víctimas.

39

En enero se casó la viuda Arnulfi con su primer oficial, Dominique Druot, a quien de este modo promocionó a *Maître Gantier et Parfumeur*. Se celebró un gran banquete para los maestros del gremio y otro más modesto para los oficiales, madame compró un colchón nuevo para su cama, que ahora compartía oficialmente con Druot, y sacó del armario su vestuario multicolor. Todo lo demás siguió como antes. Conservó el viejo y buen nombre de Arnulfi, conservó la fortuna indivisa, la dirección económica del negocio y las llaves del sótano; Druot cumplía a diario sus obligaciones sexuales y después se refrescaba con vino; y Grenouille, aunque ahora era el primer y único oficial, continuó desempeñando el grueso del trabajo por el mismo salario exiguo, parca alimentación y pobre alojamiento.

El año comenzó con el torrente amarillo de las casias, con jacintos, violetas y los narcóticos narcisos. Un domingo de marzo —quizá había transcurrido un año desde su llegada a Grasse—, Grenouille salió para ver cómo seguían las cosas en el jardín de detrás de la muralla, en el otro extremo de la ciudad. Esta vez ya iba preparado para la fragancia, sabía con bastante exactitud lo que le esperaba... y a pesar de ello, cuando la olfateó, ya desde la Porte Neuve, a medio camino de aquel lugar de la muralla, los latidos de su corazón se aceleraron y notó que la sangre le bullía de felicidad en las venas: ella continuaba allí, la planta de belleza incomparable había sobrevivido indemne al invierno, ¡estaba llena de savia, crecía, se expandía, lucía las más espléndidas inflorescencias! Tal como esperaba, la fragancia se había intensificado sin perder nada de su delicadeza. El perfume que hacía sólo un año se derramaba en sutiles gotas y salpicaduras era ahora un fragante río ligeramente pastoso que refulgía con mil colores y aun así los unía sin desperdiciarlos. Y este río, como comprobó lleno de dicha Grenouille, se alimentaba de un manantial cada vez más rico. Un año más, sólo un año, sólo doce meses, y este manantial se desbordaría y él podría venir a captarlo y a apresar la salvaje acometida de su perfume.

Corrió a lo largo de la muralla hasta el lugar conocido tras el que se encontraba el jardín. Aunque al parecer la muchacha no estaba en el jardín, sino en la casa, en un aposento y detrás de las ventanas cerradas, su fragancia salía ondeando como una brisa suave y constante. Grenouille permaneció inmóvil. No se sentía embriagado o aturdido como la primera vez que había olfateado, sino lleno de la dicha del amante que escucha u observa desde lejos a su amada y sabe que la llevará consigo al hogar dentro de un año. Verdaderamente, Grenouille, la garrapata solitaria, el monstruo, el inhumano Grenouille, que nunca había sentido amor y nunca podría inspirarlo, aquel día de marzo, ante la muralla de Grasse, amó y fue invadido por la bienaventuranza de su amor.

Bien es verdad que no amaba a una persona, ni siquiera a la muchacha de la casa de detrás de la muralla. Amaba la fragancia. Sólo a ella y nada más y únicamente como su futura y propia fragancia. Vendría a apoderarse de ella dentro de un año, lo juraba por su vida. Y después de esta extraña y solemne promesa, o juramento de amor, después de este voto de fidelidad pronunciado ante sí mismo y ante su futura fragancia, abandonó el lugar con ánimo alegre y volvió a la ciudad por la Porte du Cours.

Cuando yacía en su cabaña por la noche, evocó de

nuevo el recuerdo de la fragancia —no pudo resistirse a la tentación— y se sumergió en ella para acariciarla y dejarse acariciar por ella de un modo tan íntimo, tan soñador, como si ya la poseyera realmente, y amó a su fragancia, su propia fragancia, y a sí mismo en ella durante una hora exquisita y embriagadora. Quería llevar consigo al sueño este sentimiento de amor hacia sí mismo, pero precisamente en el instante en que cerró los ojos y sólo habría necesitado un segundo para conciliar el sueño, la fragancia lo abandonó de repente y en su lugar flotó en la habitación el frío y penetrante olor del redil de cabras.

Grenouille se asustó. «¿Y si esta fragancia que voy a poseer —se dijo— ...desaparece? No es como en el recuerdo, donde todos los perfumes son imperecederos. El perfume real se desvanece en el mundo; es volátil. Y cuando se gaste, desaparecerá el manantial de donde lo he capturado y yo estaré desnudo como antes y tendré que conformarme con mis sucedáneos. ¡No, será peor que antes! Porque ahora entretanto habré conocido y poseído mi propia magnífica fragancia y jamás podré olvidarla, ya que jamás olvido un aroma, y durante toda la vida me consumirá su recuerdo como me consume ahora, en este mismo momento, la idea de que llegaré a poseerlo... ¿Para qué lo necesito, entonces?»

Este pensamiento fue en extremo desagradable para Grenouille. Le aterraba que la fragancia que aún no poseía, dejara de ser suya irremisiblemente cuando la poseyera. ¿Cuánto tiempo podría conservarla? ¿Unos días? ¿Unas semanas? ¿Tal vez un mes, si se perfumaba con suma parquedad? ¿Y después? Se vio a sí mismo agitando el frasco para aprovechar las últimas gotas, enjugándolo con alcohol a fin de no desperdiciar el menor resto y vio, olió cómo se evaporaba para siempre y sin remedio su adorado perfume. Sería como una muerte lenta, una especie de asfixia interna, una dolorosa y gradual evaporación de sí mismo en el repugnante mundo.

Se estremeció. Le asaltó el deseo de renunciar a sus planes, de perderse en la noche y alejarse de allí. Cruzaría las montañas nevadas, sin descanso, recorrería cien millas hasta Auvernia y allí volvería a rastras a su vieja caverna y dormiría hasta que le sorprendiera la muerte. Pero no lo hizo. Permaneció sentado y no cedió al deseo, pese a que era muy fuerte. No cedió a él porque siempre había sentido el deseo de alejarse de todo y esconderse en una caverna. Ya lo conocía. En cambio, no conocía la posesión de una fragancia humana, una fragancia tan maravillosa como la de la muchacha que vivía detrás de la muralla. Y aunque sabía que debería pagar un precio terriblemente caro por la posesión de aquella fragancia y su pérdida inevitable, tanto la posesión como la pérdida se le antojaron más apetecibles que la lapidaria renuncia a ambas. Porque durante toda su vida no había hecho más que renunciar, pero nunca había poseído y perdido.

Poco a poco se esfumaron las dudas y con ellas los estremecimientos. Sintió cómo la sangre caliente volvía a darle vida y cómo se apoderaba de él la voluntad de llevar a cabo lo que se había propuesto, incluso con más fuerza que antes, porque ahora la voluntad ya no tenía su origen en un simple anhelo, sino que había surgido de una decisión meditada. La garrapata Grenouille, colocada ante la disyuntiva de resecarse o dejarse caer, optó por esto último, sabiendo muy bien que esta caída sería la definitiva. Se acostó de nuevo en el catre, sintiéndose muy a gusto sobre la paja y bajo la manta y considerándose un héroe.

Sin embargo, Grenouille no habría sido Grenouille si un sentimiento fatalista y heroico le hubiera satisfecho durante mucho tiempo. Poseía para ello una personalidad demasiado tenaz, un temperamento demasiado retorcido y un espíritu demasiado refinado. De acuerdo... había decidido poseer la fragancia de la muchacha de detrás de la muralla. Y si al cabo de pocas semanas la perdía y la pérdida le causaba la muerte, no le importaría. Sería mejor, sin embargo, no morir y aun así continuar en posesión del perfume, o al menos aplazar todo lo posible su pérdida. Había que hacerlo durar más. Había que eliminar su volatilidad sin arrebatarle sus cualidades... un problema de perfumería.

Existen fragancias que se conservan durante décadas. Un armario frotado con almizcle, un trozo de cuero empapado de esencia de canela, un bulbo de ámbar, un cofre de madera de cedro poseen una vida olfativa casi eterna. En cambio otros —el aceite de lima, la bergamota, los extractos de narciso y nardo y muchos perfumes florales— se evaporan al cabo de pocas horas al ser expuestos al aire. El perfumista lucha contra esta circunstancia fatal ligando las fragancias demasiado volátiles a otras más perennes, como si las maniatara para frenar sus ansias de libertad, un arte que consiste en dejar las ataduras lo más sueltas posible a fin de dar al aroma prisionero una semblanza de libertad y en anudarlas con fuerza para que no pueda huir. Grenouille había realizado a la perfección esta muestra de habilidad con la esencia de nardo, cuya efímera fragancia retuvo con minúsculas cantidades de algalia, vainilla, láudano y ciprés, prestándole así un auténtico valor. ¿Por qué no hacer algo parecido con la fragancia de la muchacha? ¿Por qué usar y derrochar en estado puro el aroma más valioso y frágil de todos? ¡Qué torpeza! ¡Qué grave falta de refinamiento! ¿Acaso se dejaban los diamantes en bruto? ¿Se llevaba el oro en pedruscos alrededor del cuello? ¿Era él, Grenouille, un primitivo ladrón de perfumes como Druot y demás maceradores, destiladores y exprimidores de pétalos? ¿Acaso no era el mayor perfumista del mundo?

Se asestó un manotazo en la cabeza, horrorizado porque no se le había ocurrido antes: aquella singular fragancia no podía usarse en bruto. Debía tratarla como la piedra preciosa de más valor. Debía forjar una diadema fragante en cuya parte más elevada refulgiera *su aroma*, mezclado con otros pero dominándolos a todos. Elaboraría un perfume según todas las reglas del arte y la fragancia de la muchacha de detrás de la muralla sería la nota central.

Como auxiliares, como nota básica, mediana y alta, como aroma de punta y como fijador no eran apropiados ni el almizcle ni la algalia, ni el neroli ni la esencia de rosas; esto por descontado. Para un perfume como aquél, para un perfume humano, se requerían otros ingredientes.

40

En mayo del mismo año se encontró en un campo de rosas, a medio camino entre Grasse y el pueblo de Opio, situado al este de dicha ciudad, el cuerpo desnudo de una muchacha de quince años. Había sido golpeada en la nuca con un garrote. El campesino que lo descubrió quedó tan trastornado por el macabro hallazgo que casi atrajo hacia su persona las sospechas de la policía declarando al teniente con voz trémula que nunca había visto nada tan bello, cuando lo que quiso decir era que nunca había visto nada tan espantoso.

En realidad, la joven era de una belleza exquisita. Pertenecía a aquel tipo de mujeres plácidas que parecen hechas de miel oscura, tersas, dulces y melosas, que con un gesto apacible, un movimiento de la cabellera, un solo y lento destello de la mirada dominan el espacio y permanecen tranquilas como en el centro de un ciclón, al parecer ignorantes de la propia fuerza de atracción, que arrastra hacia ellas de modo irresistible los anhelos y las almas tanto de hombres como de mujeres. Y era joven, muy joven, aún no había perdido en la madurez incipiente el encanto de su tipo. Sus miembros mórbidos eran todavía tersos y firmes, los pechos como recién moldeados, y el rostro ancho, enmarcado por cabellos negros y fuertes, aún poseía los contornos más delicados y los lugares más secretos. La cabellera faltaba sin embargo. El asesino la había cortado y robado, así como la ropa.

Se sospechó de los gitanos; a los gitanos se les podía atribuir todo. Era bien sabido que tejían alfombras con retales viejos, rellenaban almohadas con cabello humano y hacían muñecas con piel y dientes de los condenados a la horca. En el caso de crímenes tan perversos, sólo podía sospecharse de los gitanos. Pero por aquel entonces no había ninguno en muchas millas a la redonda, no habían sido vistos en la región desde el mes de diciembre.

A falta de gitanos, se sospechó de los jornaleros italianos, pero tampoco había ninguno por los alrededores; era demasiado pronto para ellos, pues no iban por allí hasta junio, al tiempo de la cosecha del jazmín, así que tampoco podían haber sido los italianos. A continuación, las sospechas recayeron en los fabricantes de pelucas, a quienes acusaba la melena cortada de la víctima. En vano. Después se pensó en los judíos, después en los monjes del convento de benedictinos, supuestamente lascivos —aunque todos pasaban de los setenta—, después en los cistercienses, en los masones, en los alienados de la Charité, en los carboneros, en los mendigos y, por último, en los nobles disolutos, en particular el marqués de Cabris, que se había casado tres veces y organizaba, según se decía, misas orgiásticas en sus bodegas, en cuyo transcurso bebía sangre de doncella para aumentar su potencia sexual. Sin embargo, no pudo probarse nada concreto. Nadie había sido testigo del asesinato ni pudieron encontrarse ropas o cabellos de la víctima. Al cabo de unas semanas, el teniente de policía dio por terminadas las investigaciones.

A mediados de junio llegaron los italianos, muchos con sus familias, para ganarse la vida como recolectores. Los campesinos los contrataron, pero, recordando el asesinato, prohibieron a sus mujeres e hijas que tuvieran tratos con ellos. Toda precaución era poca, porque a pesar de que los jornaleros no eran culpables del crimen, en principio podían haberlo sido, de ahí que no estuviera de más precaverse de ellos.

Poco después del comienzo de la cosecha del jazmín se produjeron otros dos asesinatos. Las víctimas fueron otra vez muchachas extraordinariamente hermosas, ambas pertenecían al mismo tipo de mujeres morenas y plácidas, las dos fueron halladas también desnudas y con la cabellera cortada, y tendidas en los campos de flores con una herida contusa en la base del cráneo. Tampoco esta vez había rastro del asesino. La noticia se propagó como un reguero de pólvora y se temieron más agresiones contra los inmigrantes cuando se supo que ambas víctimas eran italianas, hijas de un jornalero genovés.

Ahora el temor hizo mella en la región. La gente ya no sabía hacia quién dirigir su cólera impotente. Es cierto que algunos todavía sospechaban de los locos o del misterioso marqués, pero nadie lo consideraba probable, ya que los primeros estaban bajo constante vigilancia y el último se había marchado hacía tiempo a París. En consecuencia, todos hicieron causa común. Los campesinos abrieron sus graneros a los inmigrantes, que hasta entonces habían dormido a la intemperie. Los habitantes de la ciudad organizaron un servicio de patrullas nocturnas en cada barrio. El teniente de policía reforzó la guardia de las puertas. Sin embargo, ninguna de estas disposiciones sirvió de nada. Pocos días después del doble asesinato se encontró el cadáver de otra muchacha, en iguales condiciones que los anteriores. Esta vez se trataba de una lavandera sarda del palacio episcopal, que fue asesinada cerca de la gran alberca de la Fontaine de la Foux, ante las mismas puertas de la ciudad. Y aunque los cónsules, apremiados por la excitada población, tomaron medidas más severas —controles más estrictos en las puertas, reforzamiento de las guardias nocturnas, prohibición de salida de todas las personas del sexo femenino a la caída de la noche—, aquel verano no pasó otra semana sin que fuera encontrado el cadáver de una doncella. Y siempre se trataba de muchachas que acababan de convertirse en mujeres y siempre eran las más hermosas y, en su mayoría, de aquel tipo moreno y seductor, aunque pronto el asesino dejó de despreciar a la clase de muchachas dominante en la región, dulces, de tez blanca y un poco más redondeadas. Incluso las castañas y rubias oscuras, siempre y cuando no fueran muy delgadas, figuraron al final entre sus víctimas. Las buscaba por todas partes, no ya sólo en los alrededores de Grasse, sino en el centro de la ciudad e incluso hasta en las casas. La hija de un carpintero fue hallada muerta de un golpe en su dormitorio del quinto piso y nadie de la casa había oído el menor ruido y ninguno de los perros, que husmeaban y ladraban a todos los extraños, había reaccionado. El asesino parecía inasequible e incorpóreo como un espíritu.

La población se indignó e insultó a las autoridades. El más pequeño rumor daba origen a desmanes. Un vendedor ambulante que ofrecía filtros amorosos y pócimas de curandero estuvo a punto de ser linchado porque alguien dijo que sus remedios contenían cabellos de doncella pulverizados. Se intentó provocar un incendio en la mansión de Cabris y en el hospicio de la Charité. El pañero Alexandre Misnard mató de un tiro a su propio criado cuando éste volvía de noche a casa porque lo tomó por el famoso asesino de doncellas. Quienes podían permitírselo, enviaban a sus hijas adolescentes a casa de familiares o a internados de Niza, Aix o Marsella. El teniente de policía fue relevado de su cargo a instancias del concejo. Su sucesor encomendó el examen del estado virginal de los cadáveres sin cabellera al colegio de médicos. Todas las muchachas estaban intactas.

Extrañamente, este hecho incrementó el horror en vez de disminuirlo, porque en su fuero interno todos estaban seguros de que las muchachas habían sido violadas. En este caso se habría conocido por lo menos el móvil del asesino, mientras que ahora se sabía lo mismo que antes, no se tenía la menor pista. Y quien creía en Dios, se refugiaba en la oración, para que al menos la propia casa se salvara del demoníaco visitante.

El concejo, un gremio de los treinta ciudadanos nobles más ricos y prestigiosos de Grasse, caballeros ilustrados y anticlericales en su mayoría, que habrían preferido ver en el obispo sólo a un buen hombre y los conventos y abadías convertidos en almacenes o fábricas, estos arrogantes y poderosos caballeros del concejo se vieron obligados en su impotencia a redactar una sumisa petición a monseñor el obispo para que se dignara maldecir y excomulgar al monstruoso asesino de doncellas, a quien el poder civil no conseguía atrapar, como hiciera su preclaro antecesor en el año 1708 con las terribles langostas que entonces amenazaban al país. Y de hecho, a finales de septiembre, el asesino de doncellas de Grasse, que hasta la fecha había segado la vida de nada menos que veinticuatro de las más hermosas doncellas de todas las capas sociales, fue maldecido, excomulgado y proscrito con toda solemnidad en todos los atrios de las iglesias por escrito y oralmente desde todos los púlpitos de la ciudad, entre ellos el de Notre-Dame-du-Puy, por boca del obispo en persona.

El éxito fue contundente. Los asesinatos cesaron de la noche a la mañana. Octubre y noviembre transcurrieron sin cadáveres. A principios de diciembre llegaron noticias de Grenoble según las cuales había aparecido allí un asesino de doncellas que estrangulaba a sus víctimas y les arrancaba la ropa a tiras y los cabellos a mechones. Y aunque un crimen tan tosco no coincidía en absoluto con los asesinatos ejecutados tan limpiamente en Grasse, todo el mundo se convenció de que se trataba del mismo criminal. Los habitantes de Grasse se persignaron tres veces con gran alivio porque la bestia ya no se encontraba entre ellos, sino que atacaba en Grenoble, a siete días de viaje. Organizaron una procesión de antorchas en honor del obispo y celebraron el veinticuatro de diciembre un oficio en acción de gracias. El primero de enero de 1766 se suavizaron las medidas de seguridad, levantándose el toque de queda para las mujeres. La normalidad volvió con increíble rapidez a la vida pública y privada. El miedo parecía haberse evaporado, nadie hablaba ya del terror que había dominado a la ciudad y sus alrededores hacía sólo unos meses. Ni siquiera en el seno de las familias afectadas se mencionaba el tema. Parecía que la maldición episcopal no sólo hubiera proscrito al asesino, sino también su recuerdo, y esto complacía a la población.

Sólo los que tenían una hija que acababa de alcanzar la pubertad, la perdían de vista de mala gana y se inquietaban cuando oscurecía y eran felices al día siguiente cuando la encontraban sana y alegre, sin querer confesarse abiertamente el motivo.

41

Había, no obstante, un hombre en Grasse que no se fiaba de la paz. Se llamaba Antoine Richis, desempeñaba el cargo de Segundo Cónsul y vivía en una casa señorial al principio de la Rue Droite.

Richis era viudo y tenía una hija llamada Laure. Aunque aún no había cumplido los cuarenta años y poseía una gran vitalidad, no pensaba contraer segundas nupcias hasta pasado cierto tiempo. Antes quería casar a su hija, y no con el primer buen partido que se presentara, sino con un hombre de elevada condición. En Vence residía un tal barón de Bouyon, que tenía un hijo y un feudo, buena reputación y una precaria situación financiera, con quien Richis ya había convenido el futuro matrimonio de sus vástagos. Una vez casada Laure, él haría gestiones encaminadas a emparentar con las prestigiosas casa Drée, Maubert o Fontmichel, no porque fuera vanidoso y estuviera decidido a conquistar a cualquier precio una esposa noble, sino porque quería fundar una dinastía y preparar para sus descendientes una encumbrada posición social y también influencia política. Para este fin necesitaba por lo menos dos hijos varones, uno de los cuales tomaría las riendas de su negocio mientras el otro estudiaría leyes, llegaría al Parlamento de Aix y obtendría su propio título nobiliario. Sin embargo, un hombre de su condición sólo podía abrigar tales esperanzas con probabilidades de éxito estrechando lazos entre su persona y su familia y la nobleza provinciana.

Lo que justificaba estos planes tan ambiciosos era su legendaria riqueza. Antoine Richis era con gran diferencia el ciudadano más acaudalado de toda la comarca. Poseía latifundios no sólo en la demarcación de Grasse, donde cultivaba naranjas, aceitunas, trigo y cáñamo, sino también en Vence y los alrededores de Antibes, donde había arrendado tierras. Poseía casa en Aix, casas en el campo, intereses en barcos que navegaban hasta la India, una oficina permanente en Génova y las mayores existencias de Francia en sustancias aromáticas, especias, esencias y cuero.

Lo más valioso, sin embargo, de todo cuanto poseía Richis era su hija única, que acababa de cumplir dieciséis años y tenía cabellos de un color rojizo oscuro y ojos verdes. Su rostro era tan encantador que las visitas de cualquier edad y sexo se quedaban inmóviles y no podían apartar de ella la mirada, acariciando su cara con los ojos como si lamieran un helado con la lengua y adoptando mientras lo hacían la típica expresión de admiración embobada. Incluso Richis, cuando contemplaba a su hija, se daba cuenta de pronto de que durante un tiempo indeterminado, un cuarto de hora o tal vez media hora, se había olvidado del mundo y de sus negocios —lo cual no le pasaba ni mientras dormía—, absorto por completo en la contemplación de la espléndida muchacha, y después no sabía decir qué había hecho. Y últimamente —lo notaba con inquietud—, cuando la acompañaba a la cama por la noche o muchas veces por la mañana, cuando iba a despertarla y ella aún estaba dormida, como colocada allí por las manos de Dios, y a través del velo de su camisón se adivinaban las formas de caderas y pechos y del hueco del hombro, codo y axila mórbida, donde apoyaba el rostro, emanando un aliento cálido y tranquilo... sentía un malestar en el estómago y un nudo en la garganta y tragaba saliva y, ¡Dios era testigo!, maldecía el hecho de ser el padre de esta mujer y no un extraño, un hombre cualquiera ante el cual ella estuviera acostada como ahora y quien sin escrúpulos pudiera yacer a su lado, encima de ella y dentro de ella con toda la avidez de su deseo. El sudor le empapaba y los miembros le temblaban mientras ahogaba en su interior tan terrible concupiscencia y se inclinaba sobre ella para despertarla con un casto beso paterno.

El año anterior, en la época de los asesinatos, aún no había sentido nunca tan fatales tentaciones. El hechizo que su hija ejercía entonces sobre él era —o al menos eso le parecía— un mero encanto infantil. Y por ello nunca temió en serio que Laure pudiera ser víctima de aquel asesino que, como era sabido, no atacaba a niñas ni a mujeres, sino exclusivamente a doncellas púberes. Sin embargo, reforzó la vigilancia de su casa, hizo colocar nuevas rejas en las ventanas del piso superior y ordenó a la camarera que compartiera el dormitorio con Laure. Pero se resistía a mandarla lejos, como hacían los hombres de su clase con sus hijas e incluso con toda su familia. Encontraba tal proceder despreciable e indigno de un miembro del concejo y del Segundo Cónsul, quien en su opinión debía dar a sus conciudadanos ejemplo de serenidad, valor y tenacidad. Además, era un hombre a quien no gustaba que nadie influyera en sus decisiones, ni una multitud dominada por el pánico ni, menos aún, un criminal anónimo y repugnante. Y por esto fue uno de los pocos habitantes de la ciudad que, durante aquel horrible período, fue inmune contra el miedo y con-

189

servó la sangre fría. Ahora, extrañamente, esto cambió. Mientras en las calles la gente celebraba, como si ya hubieran ahorcado al asesino, el fin de sus crímenes y olvidaba aquellos terribles días, el miedo se introdujo en el corazón de Antoine Richis como un espantoso veneno. Durante mucho tiempo no quiso confesarse a sí mismo que era el miedo lo que le incitaba a postergar viajes muy urgentes, a abandonar la casa de mala gana y a acortar visitas y reuniones a fin de regresar a casa lo antes posible. Se justificó ante sí mismo achacándolo a una indisposición pasajera y al exceso de trabajo, aunque admitiendo al mismo tiempo que estaba un poco preocupado, como lo está cualquier padre que tiene una hija en edad de casarse, una preocupación totalmente normal... ¿Acaso no había cundido ya en el exterior la fama de su belleza? ¿Acaso no se estiraban ya los cuellos cuando la llevaba los domingos a la iglesia? ¿No le hacían ya insinuaciones ciertos caballeros del concejo, en nombre propio o en el de sus hijos...?

42

Pero un día de marzo, Richis vio desde el salón que Laure salía al jardín con un vestido azul sobre el que se derramaba la cabellera rojiza, encendida por el sol; nunca la había visto tan hermosa. Desapareció detrás de un seto y quizá tardó en reaparecer dos latidos más de los que él esperaba... y tuvo un susto de muerte porque durante aquellos dos latidos pensó que la había perdido para siempre.

Aquella misma noche le despertó una pesadilla espantosa de cuyo contenido no podía acordarse, pero que había tenido que ver con Laure, y se precipitó hacia su dormitorio, convencido de que estaba muerta, de que había sido asesinada, violada y su cabellera cortada mientras dormía... y la encontró sana y salva.

Volvió a su aposento bañado en sudor y temblando de excitación, no, no de excitación, sino de miedo; por fin se confesó a sí mismo que había sentido miedo y al aceptar este hecho, se tranquilizó y sus ideas se aclararon. Si debía ser sincero, nunca había creído en la efectividad del anatema episcopal, ni tampoco que el asesino se encontraba ahora en Grenoble; ni siquiera creía que hubiese salido de la ciudad. No, seguía viviendo aquí, entre los habitantes de Grasse, y volvería a atacar tarde o temprano. Richis había visto en agosto y septiembre algunas de las muchachas asesinadas. La visión le horrorizó y —tenía que admitirlo— fascinó al mismo tiempo, porque todas eran, cada una a su manera especial, de una belleza extraordinaria. Nunca habría creído que en Grasse hubiera tantas bellezas desconocidas. El asesino le abrió los ojos; se trataba, sin duda, de un hombre con un gusto exquisito. Y tenía un sistema. No sólo todos los asesinatos habían sido perpetrados metódicamente, sino que la elección de las víctimas revelaba una intención planeada casi con economía. Era cierto que Richis no sabía *qué* codiciaba realmente de sus víctimas el asesino, ya que lo mejor de ellas, la belleza y el encanto de la juventud, no podía habérselo arrebatado... ¿o sí? En cualquier caso, tenía la impresión de que el asesino no era, por absurdo que pudiera parecer, un espíritu destructivo, sino un coleccionista minucioso. Si, por ejemplo —pensó Richis—, se imaginaba uno a las víctimas no como individuos, sino como parte de un principio más elevado, y fundía idealmente sus cualidades respectivas en un conjunto único, la imagen dada por semejante mosaico tenía que ser la imagen misma de la belleza, y el hechizo desprendido por ella ya no sería de índole humana, sino divina. (Como vemos, Richis era un hombre de mente liberal que no se detenía ante conclusiones blasfemas, y aunque no pensaba en categorías olfatorias, lo hacía en categorías ópticas, por lo que se aproximó mucho a la verdad.)

Suponiendo —siguió pensando Richis— que el asesino fuera un coleccionista de belleza y trabajara en el retrato de la perfección, aunque sólo fuera en la fantasía de su cerebro enfermo; y suponiendo además que fuese un hombre del gusto más refinado y el método más perfecto, como parecía ser el caso, era inevitable deducir que no renunciaría a la pieza más valiosa que podía encontrarse en la tierra: la belleza de Laure. Todos los asesinatos anteriores no tenían ningún valor sin el de ella; Laure era la última piedra de su edificio.

Mientras sacaba estas espantosas conclusiones, Richis estaba sentado en la cama, en camisón, extrañado de la propia serenidad. Ya no se estremecía ni temblaba. El miedo indefinido que le invadiera durante semanas se había evaporado, cediendo el paso a la conciencia de un peligro concreto: todos los esfuerzos y afanes del asesino iban dirigidos a Laure desde el principio, esto era evidente. Todos los demás asesinatos eran accesorios del último y definitivo: el asesinato de Laure. Era cierto que aún no estaba claro el móvil material de los crímenes, ni si tenían alguno, pero Richis había intuido lo esencial, el método sistemático y el móvil ideal del asesino. Y cuanto más reflexionaba sobre ello, más acertados le parecían ambos y mayor era su respeto por el criminal, un respeto, claro está, que rebotaba en un espejo y se reflejaba en él mismo, ya que al fin y al cabo era él, Richis, quien con su astuta mente analítica había desenmascarado al enemigo.

Si él, Richis, fuera un asesino y estuviera poseído de las mismas ideas morbosas de aquel asesino en particular, no habría podido proceder de manera distinta y, como él, habría resuelto coronar a toda costa su obra de demente con el asesinato de Laure, la única, la maravillosa.

Esta última idea se le antojó muy buena. El hecho de que estuviera en situación de ponerse mentalmente en el lugar del futuro asesino de su hija le daba una gran superioridad sobre él, porque una cosa era cierta: por inteligente que fuera, el asesino no estaba en situación de ponerse en el lugar de Richis, aunque sólo fuese porque no podía imaginar que Richis se había puesto ya en su lugar, es decir, en el del asesino. En el fondo, ocurría lo mismo que en el mundo de los negocios... salvando las distancias, claro. Uno tenía siempre cierta superioridad sobre un competidor cuyas intenciones hubiera adivinado; en lo sucesivo, ya no se dejaría engañar, no cuando uno se llamaba Antoine Richis, conocía todos los trucos y poseía un espíritu luchador. Al fin y al cabo, el negocio de perfumería más importante de Francia, su riqueza y el cargo de Segundo

Cónsul no le habían bajado del cielo, sino que los había ganado luchando, porfiando, intuyendo a tiempo los peligros, adivinando los planes de los competidores y adelantándose a ellos. Y lograría también alcanzar sus metas futuras, el poder y la nobleza de sus descendientes, y desbaratar asimismo los planes de aquel asesino, su rival por la posesión de Laure, aunque sólo fuese porque Laure era igualmente la última piedra del edificio de sus propios planes. Él la amaba, ciertamente, pero también la necesitaba. Y lo que necesitaba para la realización de sus más altas ambiciones no se lo dejaría arrebatar por nadie, lo defendería con uñas y dientes.

Ahora se sentía mejor. Desde que había conseguido trasladar sus reflexiones nocturnas sobre la lucha con el demonio al terreno de una transacción comercial, le animaba un valor renovado, incluso un poco temerario. Se había esfumado el resto de temor, desvanecido el desaliento y la sombría preocupación que le habían atormentado como a un viejo senil y tembloroso, evaporado la niebla de tristes presagios en la que se había movido a tientas durante semanas. Ahora se encontraba en terreno conocido y se sentía capaz de afrontar cualquier reto.

43

Aliviado, casi satisfecho, saltó de la cama, tiró del cordón de la campanilla y ordenó al criado, que entró medio dormido, que empaquetara ropas y provisiones porque pensaba viajar al amanecer hacia Grenoble en compañía de su hija. Entonces se vistió y sacó de la cama al resto de la servidumbre.

La casa de la Rue Droite despertó en plena noche para entregarse a una actividad febril. En la cocina se encendieron los fuegos, por los pasillos corrían las aturdidas criadas, el ayuda de cámara subía y bajaba las escaleras, bajo las bóvedas del sótano entrechocaban las llaves del mayordomo, en el patio ardían las antorchas, unos mozos corrían a buscar los caballos mientras otros sacaban a los animales... cualquiera hubiese creído que las hordas austrosargas entraban a sangre y fuego como en el año 1746 y el amo de la casa huía presa del pánico. ¡Pero no era así ni mucho menos! El amo de la casa se hallaba sentado como un mariscal de Francia ante el escritorio de su despacho, bebía café con leche y daba instrucciones a los domésticos que irrumpían en la habitación. También escribió cartas al alcalde y al Primer Cónsul, a su notario, a su abogado, a su banquero de Marsella, al barón de Bouyon y a diversos socios.

Hacia las seis ya había despachado toda la correspondencia y tomado todas las disposiciones necesarias para sus planes. Se metió en los bolsillos dos pequeñas pistolas de viaje, se ajustó la hebilla del cinturón del dinero y cerró el escritorio. Entonces fue a despertar a su hija.

A las ocho, la pequeña caravana se puso en marcha. Richis cabalgaba delante, ofreciendo un magnífico aspecto con su levita granate de galones dorados, redingote negro y sombrero negro con airoso penacho. Le seguía su hija, vestida más modestamente, pero de una belleza tan deslumbrante que el pueblo que paseaba por la calle y se asomaba a las ventanas sólo tenía ojos para ella, la muchedumbre prorrumpía en admirados «¡Ahs!» y «¡Ohs!» y los hombres se quitaban el sombrero, al parecer ante el Segundo Cónsul, pero en realidad ante ella, la mujer de porte regio. A continuación, casi desapercibidos, cabalgaban la camarera y el ayuda de cámara de Richis con dos caballos de carga —el uso de un carruaje era desaconsejado por el conocido mal estado de la ruta de Grenoble— y cerraba la comitiva una docena de mulas cargadas con todos los enseres imaginables, bajo la vigilancia de dos mozos. La guardia de la Porte du Cours presentó armas y no las bajó hasta que hubo pasado la última mula. Los niños corrieron largo rato tras la caravana, que se alejó con lentitud hacia las montañas por el camino abrupto y tortuoso.

La salida de Antoine Richis con su hija causó en la gente una impresión muy honda, porque les pareció que habían presenciado una ofrenda arcaica. Se rumoreaba que Richis se dirigía a Grenoble, la ciudad donde ahora se hallaba el monstruo que asesinaba doncellas, y nadie sabía qué pensar. ¿Era el viaje de Richis un acto de imprudencia temeraria o de un valor digno de admiración? ¿Se trataba de un desafío o de un intento de aplacar a los dioses? Sólo intuían de manera muy vaga que habían visto por última vez a la hermosa muchacha de los cabellos rojizos. Presentían que Laure Richis estaba perdida.

Este presentimiento resultaría cierto, aunque se basaba en premisas totalmente falsas. En realidad, Richis no se dirigía a Grenoble y la aparatosa salida sólo había sido un ardid. A una milla y media al noroeste de Grasse, cerca del pueblo de Saint-Vallier, Richis mandó detener la caravana, dio a su ayuda de cámara plenos poderes y cartas de recomendación y le ordenó que viajara solo con los mozos y las mulas a Grenoble.

Él, con Laure y la camarera de ésta, se alejó en dirección a Cabris, donde hicieron un alto para almorzar antes de dirigirse al sur, atravesando la montaña de Tanneron. El camino ofrecía grandes dificultades, pero se empeñó en describir un amplio círculo en torno a Grasse y la cuenca occidental de Grasse a fin de alcanzar la costa al atardecer, sin llamar la atención... Al día siguiente —siempre según el plan de Richis— quería hacer la travesía hasta las islas Lerinas, en la menor de las cuales se hallaba el bien fortificado monasterio de Saint-Honorat, administrado por una comunidad de monjes ancianos, aún muy duchos en el manejo de las armas y a quienes Richis conocía muy bien, pues compraba y negociaba desde hacía años toda la producción del monasterio de licor de eucalipto, piñones y aceite de ciprés. Y precisamente allí, en el monasterio de Saint-Honorat, el lugar más seguro de Provenza, junto con la prisión del Castillo de If y la cárcel estatal de la Île Sainte-Marguerite, pensaba Richis alojar de momento a su hija. Él regresaría sin tardanza al continente para rodear esta vez Grasse por Antibes y Cagnes y llegar a Vence por la tarde del mismo día. Allí ya había convocado a su notario para firmar con el barón de Bouyon el contrato de matrimonio de sus hijos Alphonse y Laure. Quería hacer una oferta a Bouyon que éste no podría rechazar: saldo de sus deudas hasta 40.000 libras, una dote consistente en una suma similar, diversas tierras, un molino de aceite en Maganosc y una renta anual de tres mil libras para la joven pareja. La única condición de Richis era que el matrimonio se efectuara dentro de un plazo de diez días y se consumara el mismo día de la boda, y que la pareja fijara su residencia en Vence.

Richis sabía que semejante precipitación elevaría considerablemente el precio de la unión de su casa con la de los Bouyon; una espera más larga la habría abaratado. El barón habría mendigado el favor de que su hijo pudiera elevar la condición social de la hija del gran comerciante burgués, ya que la fama de la belleza de Laure no hacía más que crecer, así como la riqueza de Richis y la miseria económica de los Bouyon. ¡Pero, qué remedio! El barón no era el contrincante en esta transacción, sino el asesino anónimo; y era a éste a quien había que estropear el negocio. Una mujer casada, desflorada y tal vez encinta ya no servía para su exclusiva galería. La última piedra del mosaico faltaría, Laure habría perdido todo valor para el asesino, la obra de éste habría fracasado. ¡Y le haría sentir su derrota! Richis quería celebrar la boda en Grasse, con gran pompa y el máximo de publicidad. Y aunque no conociera a su enemigo ni llegara jamás a conocerlo, sería un placer para él saber que éste presenciaría el acontecimiento y vería con sus propios ojos cómo le quitaban a la mujer más codiciada ante sus propias narices.

El plan estaba muy bien pensado y otra vez debemos admirar la intuición de Richis, que tanto se acercó a la verdad. Porque, de hecho, el matrimonio de Laure Richis con el hijo del barón de Bouyon habría significado una abrumadora derrota para el asesino de doncellas de Grasse. Sin embargo, el plan aún no se había realizado. Richis no había llevado todavía a su hija hasta el altar donde se oficiaría la ceremonia salvadora. Aún no la había dejado en el seguro monasterio de Saint-Honorat. Aún cabalgaban el jinete y las dos amazonas por la inhóspita montaña del Tanneron. El camino era tan malo que algunas veces se veían obligados a desmontar. Todo se desarrollaba con gran lentitud. Esperaban llegar al mar hacia el atardecer, a un pueblecito situado al oeste de Cannes que se llamaba Napoule.

44

En el momento en que Laure Richis abandonaba Grasse con su padre, Grenouille se encontraba en el otro extremo de la ciudad, en el taller de Arnulfi, macerando junquillos. Estaba solo y de buen talante. Su estancia en Grasse se acercaba a su fin. El día del triunfo estaba próximo. En su cabaña, dentro de una cajita acolchada con algodón, tenía veinticuatro frascos diminutos con el aura, reducida a gotas, de veinticuatro doncellas... esencias valiosísimas que Grenouille había obtenido durante el último año por medio del *enfleurage* en frío de los cuerpos, digestión de cabellos y ropas, lavado y destilación. Y hoy quería ir a buscar a la vigésimoquinta, la más valiosa y la más importante. Tenía ya preparada una pequeña olla de grasa purificada muchas veces, un paño del lino más fino y una bombona del alcohol más rectificado para esta última pesca. El terreno estaba sondeado con la máxima exactitud. Había luna nueva.

Sabía que era inútil tratar de introducirse en la bien protegida vivienda de la Rue Droite, de ahí que hubiera pensado deslizarse al anochecer, antes de que cerrasen las puertas, y ocultarse en cualquier rincón de la casa, amparado por su falta de olor que, como un manto invisible, le sustraía a la percepción de hombres y animales. Después, cuando todos durmieran, guiado en la oscuridad por la brújula de su olfato, subiría al aposento de su tesoro y allí mismo la envolvería con el paño impregnado de grasa. Sólo se llevaría, como de costumbre, los cabellos y ropas, ya que estas partes podían lavarse directamente en alcohol y esta tarea se hacía con más comodidad en el taller. Para la elaboración final de la pomada y la destilación del concentrado necesitaba otra noche. Y si todo iba bien —y no tenía ningún motivo para dudar de que todo iría bien—, pasado mañana estaría en posesión de todas las esencias para el mejor perfume del mundo y abandonaría Grasse como el hombre mejor perfumado de la tierra.

Hacia el mediodía terminó con los junquillos. Apagó

el fuego, tapó la caldera de grasa y salió del taller para refrescarse. El viento soplaba del oeste.

Con la primera aspiración ya notó que algo iba mal; la atmósfera no estaba completa. En la capa de aromas de la ciudad, aquel velo tejido por muchos millares de hilos, faltaba el hilo de oro. Durante las últimas semanas, este hilo fragante había adquirido tal fuerza que Grenouille lo percibía claramente incluso desde su cabaña, en la otra punta de la ciudad. Ahora no estaba, había desaparecido, no podía captarlo ni con el más intenso olfato. Grenouille se quedó como paralizado por el susto.

Está muerta, pensó y en seguida, algo peor: ¡otro ha arrancado mi flor y robado su fragancia! No exhaló ningún grito porque su consternación era demasiado profunda, pero las lágrimas se le agolparon en los ojos y bajaron de repente por ambos lados de la nariz.

Entonces llegó Druot del Quatre Dauphins a la hora de comer y contó, *en passant*, que hoy, muy temprano, el Segundo Cónsul se había marchado a Grenoble con doce mulas y su hija. Grenouille se tragó las lágrimas y echó a correr, cruzó la ciudad y, cuando llegó a la Porte du Cours, se detuvo en la plaza y olfateó. Y en el viento del oeste, puro y libre de los olores de la ciudad, encontró de nuevo su hilo dorado, muy delgado y fino, es cierto, pero aun así, inconfundible. Lo extraño era que la amada fragancia no venía del noroeste, adonde conducía el camino de Grenoble, sino más bien de la dirección de Cabris, cuando no del sudoeste.

Grenouille preguntó a la guardia qué camino había tomado el Segundo Cónsul. El centinela señaló al norte. ¿No el camino de Cabris? ¿O el otro, el que iba hacia el sur, a Auribeau y La Napoule? Desde luego que no, respondió el centinela. Lo había visto con sus propios ojos.

Grenouille volvió corriendo a la ciudad, irrumpió en la cabaña, metió en su mochila el paño de hilo, el tarro de pomada, la espátula, las tijeras y una pequeña maza de madera de olivo pulida y se puso en camino sin pérdida de tiempo... no en dirección a Grenoble, sino hacia donde le indicaba su nariz: hacia el sur.

Este camino, el camino directo a Napoule, serpenteaba por las estribaciones del Tanneron, cruzando las cuencas de Frayère y Siagne. Era cómodo andar por él y Grenouille avanzaba a buen paso. Cuando Auribeau apareció a su derecha, encaramado a la cumbre de la montaña, olió que estaba a punto de alcanzar a los fugitivos. Poco después estuvo a la misma altura que ellos y pudo olerla por separado y oler incluso el vapor de sus caballos. Debían estar a lo sumo a media milla al oeste, en algún lugar de los bosques de Tanneron. Se dirigían al sur, a la orilla del mar. Exactamente igual que él.

Grenouille llegó a La Napoule hacia las cinco de la tarde. Entró en la posada, comió y pidió un alojamiento barato. Era un oficial curtidor de Niza, explicó, y viajaba a Marsella. ¿Podía dormir en el establo? Allí se acostó a descansar en un rincón. Olió que se acercaban tres jinetes. No tenía más que esperar.

Llegaron dos horas más tarde, cuando ya caía la noche. Con objeto de mantener el incógnito, habían cambiado de ropas. Ahora las dos mujeres llevaban vestidos oscuros y velos, y Richis, una levita negra. Se dio a conocer como un noble que venía de Castellane y que mañana deseaba trasladarse a las islas Lerinas, por lo que pedía al posadero un bote que estuviera dispuesto a la salida del sol. ¿Había en la posada otros huéspedes, además de él y sus acompañantes? No, contestó el posadero, sólo un oficial de curtidor de Niza que pernoctaba en el establo.

Richis envió a las mujeres a la habitación y él se dirigió al establo, para sacar algo de la alforja, según dijo. Al principio no podía encontrar al oficial de curtidor y tuvo que pedir una linterna al mozo de cuadra. Entonces lo vio acostado en un rincón sobre la paja y una vieja manta, con la cabeza apoyada en su mochila, profundamente dormido. Tenía un aspecto tan insignificante, que por un momento Richis tuvo la impresión de que no estaba allí, de que era sólo una quimera proyectada por las oscilantes sombras de la linterna. En cualquier caso, Richis quedó inmediatamente convencido de que este ser cuya indefensión llegaba a parecer conmovedora no podía representar el menor peligro y se alejó despacio, para no perturbar su sueño.

Cenó en compañía de su hija en la habitación. No le había explicado nada del motivo y la meta de su singular viaje y tampoco lo hizo ahora, aunque ella se lo pidió. Respondió que mañana se lo comunicaría y que podía estar segura de que todo cuanto planeaba y hacía era para su bien y su futura felicidad.

Después de cenar jugaron algunas partidas de *L'hombre*, todas las cuales perdió Richis, porque en vez de mirar las cartas, no dejaba de contemplar el rostro de ella para deleitarse con su belleza. Hacia las nueve la acompañó a su habitación, que estaba enfrente de la que él ocupaba, la besó, le deseó buenas noches y cerró la puerta por fuera. Entonces se fue a la cama.

Se sintió de pronto muy cansado por las fatigas del día y la noche anterior y a la vez muy satisfecho de cómo iban las cosas. Sin el menor asomo de la preocupación y de los sombríos presentimientos que hasta la víspera le habían atormentado y mantenido despierto cada vez que apagaba la lámpara, se durmió al instante y durmió sin sueños, sin gemidos, sin estremecimientos y sin dar vueltas y más vueltas en el lecho. Por primera vez desde hacía mucho tiempo, Richis concilió un sueño profundo, tranquilo y reparador.

Más o menos a la misma hora se levantó Grenouille de la paja del establo. También él estaba satisfecho de cómo iban las cosas y se sentía muy refrescado, aunque no había dormido ni un segundo. Cuando Richis entró en el establo para verle, fingió que dormía para reforzar todavía más la impresión de persona inofensiva que siempre comunicaba gracias a la discreción de su olor. A diferencia de Richis, él sí que había percibido a éste con extrema precisión, olfativamente, claro, y no le había pasado por alto el alivio de Richis al verle.

Y de este modo ambos se convencieron mutuamente, durante el breve encuentro, de su candidez, uno con razón y el otro sin ella, y así debía de ser, a juicio de Grenouille, pues su candidez fingida y la auténtica de Richis le facilitaban el trabajo... opinión que, por otra parte, Richis habría compartido totalmente si hubiera estado en su lugar.

45

Con circunspección profesional puso Grenouille manos a la obra. Abrió la mochila, sacó el paño, la pomada y la espátula, extendió el paño sobre la manta que le había servido de colchón y procedió a untarla con la pasta de grasa. Era un trabajo que requería su tiempo, ya que se trataba de distribuir la grasa en capas de diferente grosor según el lugar del cuerpo que tocarían las distintas partes del paño. La boca, las axilas, el pecho, el sexo y los pies despedían mayores cantidades de aroma que, por ejemplo, las espinillas, la espalda y los codos; la palma de la mano más que el dorso; las cejas más que los párpados, etcétera, y por ello debían untarse con más grasa. Así pues, Grenouille modelaba en el paño de lino una especie de diagrama aromático del cuerpo a tratar y esta parte del trabajo era para él la más satisfactoria porque se trataba de una técnica artística que ocupaba al mismo tiempo sentidos, fantasía y manos, y anticipaba de manera ideal el placer del resultado definitivo.

Cuando hubo terminado todo el tarro de pomada, dio todavía unos golpecitos aquí y allá, quitó un poco de grasa de un lugar del paño, la añadió a otro, retocó, comprobó una vez más el paisaje engrasado... con la nariz, no con los ojos, porque todo esto lo hizo en una oscuridad completa, lo cual era tal vez otro motivo para el contento y sereno estado de ánimo de Grenouille. En esta noche de novilunio, nada le distraía; el mundo era sólo olor y un vago rumor de resaca procedente del mar. Estaba en su elemento. Entonces dobló el paño como un papel pintado, de modo que se juntaran las superficies engrasadas. Ésta era una operación dolorosa para él porque sabía muy bien que, pese a todas sus precauciones, partes de los contornos modelados se aplanaban y desplazaban. Pero no había otro sistema para transportar el paño. Después de doblarlo hasta conseguir un tamaño que le permitiera llevarlo cómodamente colgado del brazo, se metió en los bolsillos espátula, tijeras y la pequeña maza de madera de olivo y se escabulló hacia el exterior.

El cielo estaba nublado. En la casa no ardía ninguna luz. La única chispa de esta noche tenebrosa parpadeaba al este, en el faro de la fortaleza de la Île de Sainte-Marguerite, a una milla de distancia; era un minúsculo alfilerazo luminoso en un paño negro. Desde la bahía soplaba un viento ligero con olor a pescado. Los perros dormían.

Grenouille fue hacia la fachada que daba a la era y cogió una escalera que había apoyada contra la pared. La levantó y sostuvo en posición vertical, con tres peldaños bajo el brazo derecho y el resto apretado contra el hombro, y así cruzó el patio hasta que estuvo bajo su ventana, que estaba entreabierta. Mientras subía por la escalera de mano, ágil como si fuera de cemento, se congratuló de poder cosechar la fragancia de la muchacha aquí en La Napoule. En Grasse, con las ventanas enrejadas y la casa sometida a una vigilancia estricta, habría sido mucho más difícil. Aquí incluso dormía sola; ni siquiera necesitaba eliminar a la camarera.

Empujó la ventana, se introdujo en el aposento y dejó el paño a un lado. Entonces se volvió hacia la cama. La fragancia del cabello dominaba porque la muchacha dormía de bruces con el rostro enmarcado por el brazo y apretado contra la almohada, en una postura ideal para el mazazo en la nuca.

El ruido del golpe fue seco y crujiente. Lo detestaba. Lo detestaba sólo porque era un ruido en una operación por lo demás silenciosa. Sólo podía soportar este odioso ruido con los dientes apretados y cuando se hubo extinguido continuó todavía un rato inmóvil y rígido, con la mano aferrada a la maza, como si temiera que el ruido pudiese volver de alguna parte convertido en potente eco. Pero no volvió y el silencio reinó de nuevo en el dormitorio, un silencio incluso intensificado, porque ahora no se oía el aliento profundo de la muchacha. Y en cuanto se relajó la actitud tensa de Grenouille (que tal vez podría interpretarse también como una actitud de veneración o una especie de rígido minuto de silencio), su cuerpo recobró la flexibilidad.

Se guardó la maza y empezó a actuar con diligente premura. Ante todo desdobló el paño del perfumado y lo extendió sobre la mesa y las sillas, cuidando de que el lado engrasado quedara encima y se mantuviera intacto. Entonces apartó la sábana del lecho. La magnífica fragancia de la muchacha, que se derramó súbitamente, cálida y masiva, no le conmovió. Ya la conocía y la disfrutaría, la disfrutaría hasta la embriaguez más adelante, cuando la poseyera de verdad. Ahora se trataba de empezar cuanto antes, de dejar evaporar la menor cantidad posible; ahora se imponía la concentración y la rapidez.

Cortó el camisón de arriba a abajo con unos golpes de tijera, se lo quitó, cogió un paño engrasado y lo echó sobre el cuerpo desnudo. Entonces la levantó, le metió el paño sobrante por debajo, la enrolló como enrolla un barquillo el pastelero, plegó los extremos, la envolvió como una momia desde los dedos de los pies hasta la frente. Sólo sus cabellos sobresalían del vendaje de momia. Los cortó a ras de cráneo y los envolvió en el camisón, que ató como si fuera un hatillo. Por último, le tapó el cráneo rapado con una punta de paño, que introdujo dentro de un doblez con una delicada presión del dedo. Examinó todo el paquete; no había ninguna abertura, ningún agujero, ninguna rendija por la que pudiera escapar la fragancia de la muchacha. Estaba perfectamente envuelta. Ya no quedaba nada más por hacer, sólo esperar durante seis horas, hasta que amaneciera.

Tomó una silla pequeña sobre la que estaban sus ropas y se sentó. La túnica ancha y negra aún conservaba el delicado olor de su fragancia, mezclado con el olor de unas pastillas de anís que llevaba en el bolsillo como provisión para el viaje. Colocó los pies sobre el borde de la cama, cerca de los pies de ella, se cubrió con su túnica y comió las pastillas de anís. Estaba cansado, pero no quería dormirse porque no era decoroso dormirse durante el trabajo, aunque éste consistiera sólo en esperar. Recordó las noches pasadas en el taller de Baldini mientras destilaba: el alambique ennegrecido por el hollín, el fuego llameante, el leve rumor con que el producto de la destilación goteaba desde el tubo de enfriamiento a la botella florentina. De vez en cuando se tenía que vigilar el fuego, echar más agua destilada, cambiar la botella florentina, sustituir el marchito material de destilación. Y sin embargo, siempre le había parecido que no hacía guardia para desempeñar a intervalos estas tareas, sino que la guardia tenía su propio sentido. Incluso aquí, en este aposento, donde el proceso del *enfleurage* se desarrollaba por sí solo, donde incluso una verificación, una vuelta, un contacto inoportuno con el paquete perfumado podía ser contraproducente, incluso aquí, pensó Grenouille, su presencia vigilante tenía importancia. El sueño habría puesto en peligro el espíritu del éxito.

Por otra parte, no le resultaba difícil mantenerse despierto y esperar, pese a la fatiga. Amaba esta espera. También la había amado en el caso de las otras veinticuatro muchachas, porque no se trataba de una espera monótona ni ansiosa, sino de una espera palpitante, llena de sentido y, hasta cierto punto, activa. Ocurría algo mientras esperaba; ocurría lo esencial. Y aunque no lo hiciera él mismo, se hacía gracias a él. Había dado lo mejor que tenía, había aportado toda su habilidad y no había cometido ningún error. La obra era única y sería coronada por el éxito... Sólo debía esperar dos horas más. Esta espera le llenaba de satisfacción. Nunca se había sentido tan bien en su vida, tan tranquilo, tan equilibrado, tan en paz consigo mismo —ni siquiera en su montaña— como en estas horas de pausa en el trabajo durante las cuales esperaba toda la noche velando a sus víctimas. Eran los únicos momentos en que casi se formaban pensamientos alegres dentro de su tenebroso cerebro.

Extrañamente, estos pensamientos no se proyectaban hacia el futuro. No pensaba en la fragancia que cosecharía dentro de un par de horas, ni en el perfume de veinticinco auras de doncellas, ni en planes, felicidad y éxito futuros. No, pensaba en su pasado. Recordó las etapas de su vida desde la casa de madame Gaillard y el montón de leños cálidos y húmedos que había enfrente, hasta su viaje de hoy al pequeño pueblo de La Napoule, con su olor a pescado. Pensó en el curtidor Grimal, en Giuseppe Baldini, en el marqués de la Taillade-Espinasse. Recordó la ciudad de París, su gran caldo torna-solado y maloliente, recordó a la muchacha pelirroja de la Rue des Marais, el campo abierto, el viento enrareci-do, los bosques. Recordó también la montaña de Auver-nia —no evitó en absoluto este recuerdo—, su caverna, el aire sin seres humanos. También recordó sus sueños. Y evocó todas estas cosas con gran complacencia. Sí, al mirar hacia atrás, le pareció que era un hombre espe-cialmente favorecido por la suerte y que su destino le había llevado por caminos que, si bien habían sido tor-tuosos, al final resultaban ser los correctos... ¿cómo, si no, habría sido posible que se encontrase ahora en este oscuro aposento, en la meta de sus deseos? ¡Pen-sándolo bien, era un individuo realmente afortunado!

Le embargaron la emoción, la humildad y el agradeci-miento. «Gracias —murmuró—, ¡gracias, Jean-Baptiste Grenouille, por ser como eres!» Hasta este punto era capaz de emocionarse a sí mismo.

Entonces entornó los párpados, no para dormir, sino para entregarse del todo a la paz de aquella noche sa-grada. La paz llenaba su corazón, pero se le antojó que también reinaba a su alrededor. Olió el sueño tranquilo de la camarera en el aposento contiguo, el sueño satis-fecho de Antoine Richis al otro lado del pasillo, olió el pacífico dormitar del posadero y los mozos, de los pe-rros, de los animales del establo, de toda la aldea y del mar. El viento se había calmado. Todo estaba en silen-cio. Nada perturbaba la paz.

Una vez torció el pie hacia un lado y rozó muy lige-ramente el pie de Laure. No su pie, en realidad, sino la tela que lo envolvía, impregnada de grasa por debajo, que absorbía su fragancia, su magnífica fragancia, la de él.

46

Cuando los pájaros empezaron a gritar —es decir, bastante antes del alba—, se levantó y terminó su traba-jo. Desenrolló el paño, apartándolo del cuerpo como un emplasto. La grasa se separó muy bien de la piel; sólo quedaron algunos restos en los lugares angulosos, que recogió con la espátula. Secó las últimas huellas de pomada con el propio corpiño de Laure, con el cual frotó el cuerpo de pies a cabeza, tan a fondo que incluso la grasa de los poros se desprendió de la piel en diminutas láminas y con ella los últimos efluvios y vestigios de su fragancia. Ahora sí que estaba realmente muerta para él, marchita, pálida y desmadejada como los desechos de una flor.

Tiró el corpiño dentro del paño perfumado, el único lugar donde ella sobrevivía, añadió el camisón que envolvía sus cabellos y lo enrolló todo, formando un pequeño paquete que se puso bajo el brazo. No se tomó la molestia de cubrir el cadáver que yacía en el lecho. Y aunque las tinieblas de la noche ya se habían teñido del gris azulado de la aurora y los objetos de la habitación empezaban a perfilarse, no se volvió a mirar hacia la cama para verla con los ojos por lo menos una sola vez en su vida. Su figura no le interesaba; no existía para él como cuerpo, sólo como una fragancia incorpórea y ésta la llevaba bajo el brazo y se marchaba con ella.

Saltó con cuidado al antepecho de la ventana y bajó por la escalera. Fuera volvía a soplar el viento y el cielo estaba despejado y derramaba una luz azul oscura sobre la tierra.

Media hora después, la sirvienta bajó a encender el fuego de la cocina. Cuando salió al patio a buscar leños, vio la escalera apoyada, pero aún estaba demasiado soñolienta para extrañarse de ello. El sol salió poco antes de las seis. Gigantesco y de un rojo dorado, se elevó sobre el mar entre las dos islas Lerinas. En el cielo no había ni una nube. Empezaba un esplendoroso día de primavera.

Richis, cuya habitación daba al oeste, se despertó a las siete. Por primera vez desde hacía meses había dormido a pierna suelta y, en contra de su costumbre, permaneció acostado un cuarto de hora más, se desperezó, suspiró de placer y escuchó los agradables rumores procedentes de la cocina. Cuando se levantó, abrió la ventana de par en par, contempló el espléndido día, aspiró el fresco y perfumado aire matutino y oyó el susurro del mar, su buen humor no conoció límites y, frunciendo los labios, silbó una alegre melodía.

Siguió silbando mientras se vestía y también cuando abandonó su dormitorio y, con pasos ágiles, cruzó el pasillo y se acercó a la puerta del aposento de su hija. Llamó. Llamó dos veces, muy flojo, para no asustarla. No recibió ninguna respuesta. Sonrió. Comprendía muy bien que todavía durmiera.

Metió con cuidado la llave en la cerradura y le dio la vuelta, despacio, muy despacio, decidido a no despertarla y casi anhelando encontrarla todavía dormida porque quería despertarla con besos una vez más, por última vez antes de entregarla a otro hombre.

Abrió la puerta, cruzó el umbral y la luz del sol le dio de pleno en la cara. El aposento parecía lleno de plata brillante, todo refulgía y el dolor le obligó a cerrar un momento los ojos.

Cuando volvió a abrirlos, vio a Laure acostada en la cama, desnuda, muerta, calva y de una blancura deslumbrante. Era como en la pesadilla que había tenido la noche pasada en Grasse, que ya había olvidado y cuyo contenido le volvió ahora a la memoria como un relámpago. De repente todo era exactamente igual que en aquella pesadilla, sólo que muchísimo más claro.

47

La noticia del asesinato de Laure Richis se propagó con tanta rapidez por la región de Grasse como si hubiera estallado el grito de « ¡El rey ha muerto! » o « ¡Hay guerra! » o « ¡Los piratas han desembarcado en la costa!» y se desencadenó un pánico similar o todavía peor. De improviso reapareció el miedo cuidadosamente olvidado, virulento como en otoño, con todas sus manifestaciones secundarias: el pánico, la indignación, la cólera, las sospechas histéricas, la desesperación. La población permanecía de noche en sus casas, encerraba a sus hijas, vivía tras una barricada, desconfiaba de todos y ya no podía dormir. Todos pensaban que ocurriría lo mismo que entonces, que cada semana habría un asesinato. El tiempo parecía haber retrocedido medio año.

El miedo era aún más paralizante que hacía medio año, porque el súbito regreso del peligro que se creía conjurado hacía tiempo hizo cundir entre la gente un sentimiento de impotencia. ¡Si incluso fracasaba el anatema del obispo! ¡Si ni siquiera Antoine Richis, el hombre más rico de la ciudad, el Segundo Cónsul, un hombre poderoso y respetado que tenía a su alcance todos los medios de defensa, había podido proteger a su propia hija! Si la mano del asesino no se detenía ni ante la sagrada belleza de Laure... porque, de hecho, todos quienes la conocían la consideraban una santa y sobre todo ahora, que estaba muerta, ¿qué esperanza podía haber de burlar al asesino? Era más espantoso que la peste, porque de la peste se podía huir, y en cambio no se podía escapar de este asesino, como demostraba el caso de Richis. Por lo visto poseía facultades sobrenaturales. No cabía la menor duda de que estaba aliado con el demonio, si es que no era él mismo el demonio. Y por esto muchos, sobre todo las almas más sencillas, no encontraron otro consuelo que ir a rezar a la iglesia, cada uno ante el patrón de su oficio, los cerrajeros a san Luis, los tejedores a san Crispino, los jardineros a san Antonio, los perfumistas a san José. Y llevaban consigo a sus mujeres e hijas, rezaban juntos, comían y dormían en la iglesia, no las dejaban ni de día, convencidos de que el amparo de la desesperada comunidad y presencia de la Virgen eran la única seguridad posible ante aquel monstruo, si es que existía aún alguna clase de seguridad.

Otras cabezas más perspicaces, aduciendo que la iglesia ya había fracasado una vez, formaron grupos ocultos, ofrecieron mucho dinero a una bruja autorizada de Gourdon, se escondieron en una de las numerosas grutas de piedra caliza de la región de Grasse y celebraron misas negras para conquistar el favor de Satanás. Otros, distinguidos miembros de la alta burguesía y la nobleza educada, optaron por los más modernos métodos científicos, imantaron sus casas, hipnotizaron a sus hijas y organizaron círculos de silencio fluidal en sus salones con el fin de conseguir emisiones mentales colectivas que exorcizaran telepáticamente el espíritu del asesino. Las corporaciones organizaron una procesión de penitentes desde Grasse a La Napoule y viceversa. Los monjes de los cinco conventos de la ciudad oficiaban misas permanentes, y dirigían rogativas y letanías, de modo que pronto pudo oírse en todos los rincones de la ciudad un lamento ininterrumpido tanto de día como de noche. Apenas se trabajaba.

Así esperaba la población de Grasse, en febril inactividad, casi con impaciencia, el siguiente asesinato. Nadie dudaba de que se produciría y todos anhelaban en secreto conocer la espantosa noticia, en la única esperanza de que no les afectara a ellos, sino a los demás.

Las autoridades, por otra parte, tanto de la ciudad como rurales y provinciales, no se dejaron contagiar en esta ocasión por el histerismo de la población. Por primera vez desde la aparición del asesino de doncellas se organizó una serena y provechosa colaboración entre los gobernadores de Grasse, Draguignan y Tolón y entre prefecturas, policías, intendencias, parlamentos y la Marina.

El motivo de esta solidaridad de los poderosos fue por una parte el temor de una insurrección general y por otra el hecho de que desde el asesinato de Laure Richis se disponía de un punto de partida que permitía por primera vez una persecución sistemática del asesino. Éste había sido visto. Al parecer se trataba de aquel misterioso oficial de curtidor que en la noche del asesinato había pernoctado en el establo de la posada de La Napoule y desaparecido al día siguiente sin dejar rastro. Según las declaraciones concordantes del posadero, del mozo de cuadra y de Richis, era un hombre de baja estatura y aspecto insignificante que llevaba una levita marrón y una mochila de lino grueso. Aunque en todo lo demás el recuerdo de los tres testigos era extrañamente vago y no sabían describir ni su rostro, ni el color de sus cabellos, ni su voz, el posadero insinuó que, aunque podía equivocarse, le había parecido observar en la postura y el modo de andar del forastero algo torpe, semejante a un cojeo, como si tuviera un defecto en la pierna o un pie deforme.

Con estos indicios, dos secciones montadas de la gendarmería emprendieron hacia las doce del mismo día del asesinato la persecución del asesino en dirección a Marsella, una por la costa y la otra por el camino del interior. Un grupo de voluntarios se encargó de rastrillar los alrededores de La Napoule. Dos comisarios de la audiencia provincial de Grasse viajaron a Niza para iniciar investigaciones sobre los oficiales de curtidor. En los puertos de Fréjus, Cannes y Antibes se controlaron todos los buques antes de que zarparan y en la frontera de Saboya se procedió a la identificación de todos los viajeros. Para aquellos que sabían leer, apareció una detallada descripción del criminal en todas las puertas de las ciudades de Grasse, Vence y Gourdon y en las puertas de las iglesias de los pueblos, descripción que se pregonaba además tres veces al día. El detalle del pie deforme reforzó la opinión de que el asesino era el mismo diablo y contribuyó más a aumentar el pánico entre la población que a obtener pistas aprovechables.

Pero cuando el presidente del tribunal de justicia ofreció por encargo de Richis una recompensa de nada menos que doscientas libras a quien suministrara detalles que condujeran a la captura del autor de los hechos, las denuncias llevaron a la detención de varios oficiales de tenería en Grasse, Opio y Gourdon, entre los cuales uno tenía la desgracia de cojear. Ya se disponían a someterle a tortura, pese a la coartada defendida por varios testigos, cuando al décimo día después del asesinato, un miembro de la guardia municipal se presentó en la magistratura y declaró lo siguiente ante los jueces: Hacia las doce de aquel día, mientras él, Gabriel Tagliasco, capitán de la guardia, prestaba servicio como de costumbre en la Porte du Cours, fue abordado por un individuo cuyo aspecto, como ahora sabía, coincidía bastante con la descripción publicada, que le preguntó con insistencia y maneras apremiantes qué camino habían tomado por la mañana el Segundo Cónsul y su caravana al abandonar la ciudad. Ni entonces ni después atribuyó importancia al hecho y tampoco se habría vuelto a acordar del individuo en cuestión —que era muy insignificante— si no le hubiera visto otra vez por casualidad la víspera y precisamente aquí en Grasse, en la Rue de la Louve, ante el taller del *maître* Druot y madame Arnulfi, momento en que también le llamó la atención el claro cojeo del hombre cuando entró en el taller.

Una hora después detuvieron a Grenouille. El posadero y el mozo de La Napoule, que permanecían en Grasse para la identificación de los otros sospechosos, le reconocieron en seguida como el oficial de curtidor que había pernoctado en la posada: era él, no cabía duda, éste tenía que ser el asesino que buscaban.

Registraron el taller y registraron la cabaña del olivar que había detrás del convento de franciscanos. En un rincón, casi a la vista, encontraron el camisón cortado, el corpiño y los cabellos rojizos de Laure Richis. Y cuando cavaron en el suelo, encontraron las ropas y los cabellos de las otras veinticuatro muchachas. También hallaron la maza con que había golpeado a las víctimas y la mochila de lino. Los indicios eran abrumadores. Mandaron repicar las campanas. El presidente del tribunal anunció por bando y pregonero que el famoso asesino de doncellas a quien se buscaba desde hacía casi un año había sido finalmente apresado y estaba bajo estricta custodia.

48

Al principio la gente no creyó en el comunicado oficial. Lo consideraron un ardid de las autoridades para ocultar la propia incapacidad y tranquilizar los ánimos peligrosamente excitados. Aún recordaban demasiado bien el tiempo en que se afirmó que el asesino se había trasladado a Grenoble. Esta vez el miedo había hecho demasiada mella en las almas de los ciudadanos.

La opinión pública no cambió hasta el día siguiente, cuando las pruebas fueron públicamente exhibidas en la plaza de la iglesia, delante de la *Prévôté;* era una visión terrible contemplar en hilera ante la catedral, en el lado noble de la plaza, las veinticinco túnicas con las veinticinco cabelleras, como espantapájaros montados en estacas.

Muchos centenares de personas desfilaron ante la macabra galería. Parientes de las víctimas prorrumpían en gritos al reconocer las ropas. El resto del gentío, en parte por afán sensacionalista y en parte para convencerse del todo, exigía ver al asesino. Las llamadas fueron pronto tan insistentes y la inquietud reinante en la pequeña y atestada plaza tan amenazadora, que el presidente resolvió hacer salir de su celda a Grenouille para presentarlo desde una ventana del primer piso de la *Prévôté*.

Cuando Grenouille se asomó a la ventana, el clamor cesó. De repente el silencio fue total, como al mediodía de un caluroso día de verano, cuando todos están en los campos o se cobijan a la sombra de las casas. No se oía ningún paso, ningún carraspeo, ninguna respiración. Durante varios minutos, la multitud fue sólo ojos y boca abierta. Nadie podía comprender que aquel hombre pequeño, frágil y encorvado de la ventana, aquel hombrecillo, aquel desgraciado, aquella insignificancia hubiera podido cometer más de dos docenas de asesinatos. Sencillamente, no parecía un criminal. Era cierto que nadie hubiese sabido decir *cómo* se imaginaba al asesino, a aquel demonio, pero tódos estaban de acuerdo: ¡así no! Y sin embargo... aunque el asesino no respondía en absoluto a la imagen que la gente se había hecho de él y, por lo tanto, su presentación con buena lógica habría tenido que ser poco convincente, la sola presencia de aquel hombre en la ventana y el hecho de que sólo él y ningún otro fuera presentado como el asesino, causó, paradójicamente, un efecto persuasivo. Todos pensaron: ¡No puede ser verdad!, sabiendo en el mismo instante que tenía que serlo.

Pero cuando la guardia se retiró con el hombrecillo hacia las sombras del interior de la sala, cuando ya no estaba, por lo tanto, ni presente ni visible y era sólo, aunque por una brevísima fracción de tiempo, un recuerdo, existiendo, casi podríamos decir, como un concepto en los cerebros de los hombres, como el concepto de un horrible asesino, entonces remitió el aturdimiento de la multitud para dar paso a una reacción natural: las bocas se cerraron y los millares de ojos volvieron a animarse. Y de pronto estalló un grito atronador de venganza y de cólera: «¡Entregádnoslo!» Y se dispusieron a asaltar la *Prévôté* para estrangularlo con sus propias manos, para despedazarlo, para desmembrarlo. Los centinelas pudieron a duras penas atrancar la puerta y hacer retroceder a la multitud. Grenouille fue devuelto a su mazmorra a toda prisa. El presidente se acercó a la ventana y prometió una sentencia rápida y ejemplarmente severa. A pesar de ello, pasaron horas antes de que la muchedumbre se dispersara, y días, antes de que la ciudad se tranquilizara un poco.

Y en efecto, el proceso de Grenouille se desarrolló con la máxima rapidez, ya que no sólo eran las pruebas de una gran contundencia, sino que el propio acusado se confesó sin rodeos durante los interrogatorios autor de los asesinatos que se le imputaban.

Sólo cuando le preguntaron sobre sus motivos, no supo dar una respuesta satisfactoria. Sólo repetía una y otra vez que necesitaba a las muchachas y por eso las había matado. No respondía a la pregunta de por qué las necesitaba y para qué. Entonces le interrogaron en el potro del tormento, le colgaron cabeza abajo durante horas, le llenaron con siete pintas de agua, le aprisionaron los pies con tornillos a presión... todo sin el menor resultado. Parecía insensible al dolor físico, no exhalaba ningún grito y sólo repetía al ser preguntado: «Las necesitaba.» Los jueces lo tomaron por un demente, interrumpieron las torturas y decidieron poner fin al procedimiento sin más interrogatorios.

La única demora que se produjo se debió a una discrepancia jurídica surgida con el magistrado de Draguignan, en cuyo prebostazgo se hallaba enclavado La Napoule, y con el parlamento de Aix, pues ambos querían que el proceso tuviera lugar ante sus tribunales. Pero el tribunal de Grasse no se dejó arrebatar el caso. Ellos habían detenido al autor de los hechos, la gran mayoría de asesinatos se habían perpetrado en su jurisdicción y si entregaban al asesino a otro tribunal el pueblo se les echaría encima. La sangre del culpable tenía que derramarse en Grasse.

El 15 de abril de 1766 se falló la sentencia, que fue leída al acusado en su celda: «El oficial de perfumista Jean-Baptiste Grenouille —rezaba— será llevado dentro de cuarenta y ocho horas ante la Porte du Cours de esta ciudad donde, con la cara vuelta hacia el cielo y atado a una cruz de madera, se le administrarán en

vida doce golpes con una barra de hierro que le desco-
yuntarán las articulaciones de brazos, piernas, caderas
y hombros, tras lo cual se levantará la cruz, donde per-
manecerá hasta su muerte.» La habitual medida de gracia, que consistía en estrangular al delincuente después
de los golpes por medio de un hilo, fue expresamente
prohibida al verdugo, a pesar de que la agonía podía
prolongarse durante días enteros. El cuerpo sería enterrado de noche en el desolladero, sin ninguna señal
que marcara el lugar.

Grenouille escuchó la sentencia sin inmutarse. El al-
guacil le preguntó por su último deseo. «Nada», contestó Grenouille; tenía todo lo que necesitaba.

Entró en la celda un sacerdote para confesarle, pero
salió al cabo de un cuarto de hora sin haberlo conseguido. El condenado, al oír la mención del nombre de Dios,
le había mirado con una incomprensión tan absoluta
como si oyera el nombre por primera vez y después se
había echado en el catre y conciliado inmediatamente
un sueño profundo. Cualquier palabra ulterior habría
carecido de sentido.

En el transcurso de los dos días siguientes fueron
muchos curiosos a ver de cerca al famoso asesino. Los
centinelas les dejaban aproximarse a la mirilla de la
puerta y pedían seis *sous* por cada mirada. Un grabador que deseaba hacer un bosquejo tuvo que pagar dos
francos. Pero el modelo más bien le decepcionó. Con
grilletes en manos y pies, estuvo todo el rato acostado
en el catre, durmiendo. Tenía la cara vuelta hacia la
pared y no reaccionaba a los golpes en la puerta ni a
los gritos. La entrada en la celda estaba estrictamente
prohibida a los visitantes y los centinelas no se atrevían
a desobedecer esta orden, a pesar de las tentadoras
ofertas. Se temía que el prisionero fuese asesinado a
destiempo por un pariente de sus víctimas; por el mismo motivo no se le podía ofrecer comida, para no correr el riesgo de que fuese envenenado. Durante todo
su cautiverio, Grenouille recibió los alimentos de la
cocina de la servidumbre del palacio episcopal, que antes tenía que probar el director de la prisión. Por otra
parte, los dos últimos días no comió nada, se limitó a
dormir. De vez en cuando sonaban sus cadenas y, al

acudir a toda prisa el centinela, le veía beber un sorbo de agua, volver a echarse y continuar durmiendo. Daba la impresión de ser un hombre tan cansado de la vida que ni siquiera deseaba vivir despierto las últimas horas de su existencia.

Entretanto se preparaba el Cours para la ejecución. Los carpinteros construyeron un cadalso de tres metros de anchura por tres de longitud y dos de altura, con barandilla y una sólida escalera; en Grasse no se había visto nunca uno tan regio. Edificaron asimismo una tribuna de madera para los notables de la ciudad y una valla para contener a la plebe, que debía mantenerse a una distancia prudencial. Las ventanas de las casas que se encontraban a izquierda y derecha de la Porte du Cours, así como las del cuartel, se habían alquilado hacía tiempo a precios exorbitantes. Incluso en el hospital de la Charité, que estaba un poco de costado, había conseguido el ayudante del verdugo desalojar a los enfermos de una sala y alquilarla con pingües beneficios a los curiosos. Los vendedores de limonada se aprovisionaron de agua de regaliz en grandes latas, el grabador en cobre imprimió centenares de ejemplares del bosquejo que había dibujado en la prisión y adornado con su fantasía, los vendedores ambulantes acudieron a docenas a la ciudad y los panaderos cocieron pastas conmemorativas.

El verdugo, monsieur Papon, que no había descoyuntado a ningún delincuente desde hacía años, se hizo forjar una pesada vara de hierro de forma cuadrada y fue con ella al matadero para practicar con las reses muertas. Sólo podía asestar doce golpes, con los que debía romper las doce articulaciones sin dañar las partes valiosas del cuerpo, como el pecho o la cabeza; una tarea difícil que requería mucho tino.

Los ciudadanos se preparaban para el acontecimiento como para una gran festividad. Se daba por descontado el hecho de que nadie trabajaría. Las mujeres se plancharon el vestido de las fiestas y los hombres desempolvaron sus levitas y se hicieron lustrar las botas. Quienes ostentaban un cargo militar o civil o eran maestros de gremio, abogados, notarios, directores de una hermandad o cualquier otra corporación importante, sacaron su uniforme o traje oficial, condecoraciones, fajines, cadenas y blancas pelucas empolvadas. Los creyentes pensaban reunirse, *post festum*, en un oficio divino, los hijos de Satán en una burda misa negra de acción de gracias en honor de Lucifer, la nobleza culta en una sesión de magnetismo en las casas de Cabris, Villeneuves y Fontmichels. En las cocinas ya se horneaba y asaba, se subía vino de las bodegas y se compraban flores en el mercado y tanto organista como coro ensayaban en la catedral.

En casa de Richis, en la Rue Droite, reinaba el silencio. Richis había desdeñado cualquier preparativo para el «Día de la Liberación», como llamaba el pueblo al día de la ejecución del asesino. Todo aquello le repugnaba. Le había repugnado el temor súbito y renovado de la población, así como su febril alegría posterior. La plebe en sí le repugnaba. No había participado en la presentación del asesino y sus víctimas en la plaza de la catedral, ni asistido al proceso, ni desfilado con los curiosos, ávidos de sensaciones, ante la celda del condenado a muerte. Para la identificación de los cabellos y ropas de su hija había recibido en su casa al tribunal, pronunciado su declaración de manera concisa y breve y pedido que le dejaran las pruebas como reliquia, petición que fue atendida. Las llevó a la habitación de Laure, colocó el camisón cortado y el corpiño sobre su lecho, extendió los cabellos rojizos sobre la almohada, se sentó delante y no abandonó más el dormitorio, ni de noche ni de día, como si quisiera, con esta innecesaria guardia, reparar la que no hiciera la noche de La Napoule. Estaba tan lleno de repugnancia, de asco hacia el mundo y hacia sí mismo, que no podía llorar.

También el asesino le inspiraba repugnancia. No quería verle más como hombre, sólo como víctima que va a ser sacrificada. No quería verle hasta el día de la ejecución, cuando estuviera atado a la cruz y recibiera los doce golpes; entonces sí que quería verle, y bien de cerca, para lo cual ya había reservado un lugar en la primera fila. Y cuando el pueblo se hubiera dispersado al cabo de unas horas, subiría al cadalso, se sentaría delante de él y haría guardia noches y días enteros, los que hicieran falta, mirando a los ojos al asesino de su hija para que viera en ellos toda su repugnancia y para que esta repugnancia corroyera su agonía como un ácido cáustico hasta que reventara...

¿Después? ¿Qué haría después? No lo sabía. Quizá reanudaría su vida anterior, quizá se casaría, quizá engendraría un hijo, quizá no haría nada, quizá moriría. Sentía una indiferencia total. Pensar en ello se le antojaba tan insensato como pensar en lo que haría después de su propia muerte. Nada, claro. Nada que pudiera saber ahora.

49

La ejecución estaba fijada para las cinco de la tarde. Los primeros curiosos llegaron ya por la mañana y se aseguraron un lugar, llevando consigo sillas y taburetes, cojines, comida, vino y a sus hijos. Cuando la multitud empezó a acudir en masa desde todas las direcciones más o menos al mediodía, el Cours ya estaba tan atestado que los recién venidos tuvieron que acomodarse en los jardines y campos que formaban terrazas al otro lado de la plaza y en el camino de Grenoble. Los vendedores ya hacían un buen negocio, la gente comía y bebía, zumbaba y bullía como en un mercado. Pronto se congregó una muchedumbre de unos diez mil hombres, mujeres y niños, más que en la fiesta de la reina del jazmín, más que en la mayor de las procesiones, más que en cualquier otro acontecimiento celebrado en Grasse. Se habían encaramado hasta las laderas. Colgaban de los árboles, se acurrucaban sobre muros y tejados, se apiñaban en número de diez o de doce en las ventanas. Sólo en el centro del Cours, protegido por la barricada de la valla, como un recorte entre la masa de seres humanos, quedaba un espacio libre para la tribuna y el cadalso, que de repente parecía muy pequeño, como un juguete o el escenario de un teatro de títeres. Y se dejó libre una callejuela que iba desde la plaza de la ejecución a la Porte du Cours y se adentraba en la Rue Droite.

Poco después de las tres apareció monsieur Papon

con sus ayudantes. Sonó una ovación. Subieron al cadalso el aspa hecha con maderos y la colocaron a la altura apropiada, apuntalándola con cuatro pesados potros de carpintero. Uno de los ayudantes la clavó. Cada movimiento de los ayudantes del verdugo y del carpintero era saludado por la multitud con un aplauso. Y cuando Papon reapareció con la barra de hierro, rodeó la cruz, midió sus pasos y asestó un golpe imaginario ya desde un lado, ya desde el otro, se oyó una explosión de auténtico júbilo.

A las cuatro empezó a llenarse la tribuna. Había mucha gente elegante a quien admirar, ricos caballeros con lacayos y finos modales, hermosas damas, grandes sombreros y centelleantes vestidos. Toda la nobleza de la ciudad y del campo estaba presente. Los miembros del concejo aparecieron en apretada comitiva, encabezados por los dos cónsules. Richis llevaba ropas negras, medias negras y sombrero negro. Detrás del concejo llegó el magistrado, precedido por el presidente del tribunal. El último en aparecer fue el obispo, en silla de manos descubierta, vestido de reluciente morado y tocado con una birreta verde. Los que aún llevaban la cabeza cubierta, se quitaron la gorra. El ambiente adquirió solemnidad.

Después no sucedió nada durante unos diez minutos. Los notables de la ciudad habían ocupado sus puestos y el pueblo esperaba inmóvil; nadie comía, todos se mantenían a la espera. Papon y sus ayudantes permanecían en el escenario del cadalso como atornillados en sus puestos. El sol pendía grande y amarillo sobre el Esterel. Un viento templado soplaba de la cuenca de Grasse, trayendo consigo la fragancia de las flores de azahar. Hacía mucho calor y el silencio era casi irreal.

Por fin, cuando ya parecía que la tensión no podía prolongarse por más tiempo sin que estallara un grito multitudinario, un tumulto, un delirio colectivo o cualquier otro desorden, se oyó en el silencio el trote de unos caballos y un chirrido de ruedas.

Por la Rue Droite bajaba un carruaje cerrado tirado por dos caballos, el carruaje del teniente de policía. Pasó por delante de la puerta de la ciudad y apareció, visible ya para todo el mundo, en la callejuela que conducía a la plaza de la ejecución. El teniente de policía había insistido en esta clase de transporte, pues de otro modo no creía poder garantizar la seguridad del delincuente. No era en absoluto un transporte habitual. La prisión se hallaba apenas a cinco minutos de la plaza y cuando, por los motivos que fueran, un condenado no podía recorrer este corto trecho por su propio pie, se le llevaba en una carreta tirada por asnos. Nunca se había visto que un condenado fuera conducido a su propia ejecución en una carroza con cochero, lacayos de librea y séquito a caballo.

A pesar de esto, la multitud no se inquietó ni encolerizó, sino al contrario, se alegró de que sucediera algo y consideró la cuestión del carruaje como una ocurrencia divertida, del mismo modo que en el teatro siempre resulta grato que una pieza conocida sea presentada de una forma nueva y sorprendente. Muchos encontraron incluso que la escena era apropiada; un criminal tan terrible exigía un tratamiento fuera de lo corriente. No se le podía llevar a la plaza encadenado para descoyuntarlo y matarlo a golpes como a un ratero común. No habría habido nada sensacional en esto. En cambio, sacarle de la cómoda carroza para conducirle hasta la cruz sí que era un acto de crueldad muy original.

El carruaje se detuvo entre el cadalso y la tribuna. Los lacayos saltaron, abrieron la portezuela y bajaron el estribo. El teniente de policía se apeó, tras él lo hizo el oficial de la guardia y por último, Grenouille, vestido con levita azul, camisa blanca, medias de seda blancas y zapatos negros de hebilla. No iba esposado y nadie lo llevaba del brazo. Se apeó de la carroza como un hombre libre.

Y entonces ocurrió un milagro. O algo muy parecido a un milagro, o sea, algo igualmente incomprensible, increíble e inaudito que con posterioridad todos los testigos habrían calificado de milagro si hubieran llegado a hablar de ello alguna vez, lo cual no fue el caso, porque después todos se avergonzaron de haber participado en el acontecimiento.

Ocurrió que los diez mil seres humanos del Cours y las laderas circundantes se sintieron de improviso imbuidos de la más inquebrantable convicción de que el hombrecillo de la levita azul que acababa de apearse del carruaje *no podía ser un asesino*. ¡Y no es que dudaran de su identidad! Allí estaba el mismo hombre que habían visto hacía pocos días en la plaza de la iglesia, asomado a la ventana de la *Prévôté*, y a quien, si hubieran podido cogerlo, habrían linchado con el odio más enfurecido. El mismo que dos días antes había sido justamente condenado sobre la base de la más concluyente evidencia y de la propia confesión. El mismo cuya ejecución por parte del verdugo habían esperado todos con avidez un minuto antes. ¡Era él, no cabía duda!

Y sin embargo... no era él, no podía serlo, no podía ser un asesino. El hombre que estaba en el lugar de la ejecución era la inocencia en persona. En aquel momento lo supieron todos, desde el obispo hasta el vendedor de limonada, desde la marquesa hasta la pequeña lavandera, desde el presidente del tribunal hasta el golfillo callejero.

También Papon lo supo. Y sus puños, que aferraban la barra de hierro, temblaron. De repente sintió debilidad en sus fuertes brazos, flojedad en las rodillas y una angustia infantil en el corazón. No podría levantar aquella barra, jamás en toda su vida sería capaz de descargarla contra un hombrecillo inocente, ¡oh, temía el momento en que lo subieran al cadalso! Se estremeció. ¡El fuerte, el grande Papon tuvo que apoyarse en su barra asesina para que las rodillas no se le doblaran de debilidad!

Lo mismo sucedió a los diez mil hombres, mujeres, niños y ancianos reunidos allí: se sintieron débiles como doncellas que ceden a la seducción de su amante. Les dominó una abrumadora sensación de afecto, de ternura, de absurdo cariño infantil y sí, Dios era testigo, de amor hacia aquel pequeño asesino y no podían ni querían hacer nada contra él. Era como un llanto contra el cual uno no puede defenderse, como un llanto contenido durante largo tiempo, que se abre paso desde el estómago y anula de forma maravillosa toda resistencia, diluyendo y lavando todo. La multitud ya era sólo líquida, se había diluido interiormente en su alma y en su espíritu, era sólo un líquido amorfo y únicamente sentía el latido incesante de su corazón; y todos y cada uno de ellos puso este corazón, para bien o para mal, en la mano del hombrecillo de la levita azul: lo amaban.

Grenouille permaneció varios minutos ante la portezuela abierta del carruaje, sin moverse. El lacayo que estaba a su lado se había puesto de hinojos y se fue inclinando cada vez más hasta adoptar la postura que en Oriente es preceptiva ante el sultán o ante Alá. E incluso en esta actitud temblaba y se balanceaba y hacía lo posible por inclinarse más, por tenderse de bruces en la tierra, por hundirse, por enterrarse en ella. Hasta el otro confín del mundo habría querido hundirse como prueba de sumisión. El oficial de la guardia y el teniente de policía, ambos hombres de impresionante físico, cuyo deber habría sido ahora acompañar al condenado al cadalso y entregarlo al verdugo, ya no eran capaces de ningún movimiento coordinado. Llorando, se quitaron las gorras, volvieron a ponérselas, las tiraron al suelo, cayeron el uno en brazos del otro, se desasieron, agitaron como locos los brazos en el aire, se retorcieron las manos, se estremecieron e hicieron muecas como aquejados del baile de san Vito.

Los notables de la ciudad, que se encontraban un poco más lejos, demostraron su emoción de modo apenas más discreto. Cada uno dio rienda suelta a los impulsos de su corazón. Había damas que al ver a Grenouille se llevaron los puños al regazo y suspiraron extasiadas; otras se desmayaron en silencio por el ardiente deseo que les inspiraba el maravilloso adolescente (porque como tal lo veían). Había caballeros que saltaron de su asiento, volvieron a sentarse y saltaron de nuevo, respirando con fuerza y apretando la empuñadura de su espada como si quisieran desenvainarla, y apenas iniciaban el ademán, volvían a guardarla con ruidoso rechinamiento de metales; otros dirigieron en silencio los ojos al cielo y juntaron las manos como si orasen; y monseñor, el obispo, como si tuviera náuseas, inclinó el torso y se golpeó la rodilla con la frente hasta que la birreta verde le resbaló de la cabeza; y no es que sintiera náuseas, sino que se entregó por primera vez en su vida a un éxtasis religioso, porque había ocurrido un milagro ante la vista de todos, el mismo Dios en persona había detenido los brazos del verdugo al dar apariencia de ángel a quien parecía un asesino a los ojos del mundo. ¡Oh, que algo semejante ocurriera todavía en el siglo XVIII! ¡Qué grande era el Señor! ¡Y qué pequeño e insignificante él mismo, que había lanzado un anatema sin estar convencido, sólo para tranquilizar al pueblo! ¡Oh, qué presunción, qué poca fe! ¡Y ahora el Señor obraba un milagro! ¡Oh, qué maravillosa humillación, qué dulce castigo, qué gracia, ser castigado así como obispo de Dios!

Mientras tanto, el pueblo del otro lado de la barricada se entregaba cada vez con más descaro a la inquietante borrachera de sentimientos ocasionada por la aparición de Grenouille. Los que al principio sólo habían experimentado compasión y ternura al verle, estaban ahora invadidos por un deseo sin límites, los que habían empezado admirando y deseando, se encontraban ahora en pleno éxtasis. Todos consideraban al hombre de la levita azul el ser más hermoso, atractivo y perfecto que podían imaginar: a las monjas les parecía el Salvador en persona; a los seguidores de Satanás, el deslumbrante Señor de las Tinieblas; a los cultos, el Ser Supremo; a la doncella, un príncipe de cuento de hadas; a los hombres, una imagen ideal de sí mismos. Y todos se sentían reconocidos y cautivados por él en su lugar más sensible; había acertado su centro erótico. Era como si aquel hombre poseyera diez mil manos invisibles y hubiera posado cada una de ellas en el sexo de las diez mil personas que le rodeaban y se lo estuviera acariciando exactamente del modo que cada uno de ellos, hombre o mujer, deseaba con mayor fuerza en sus fantasías más íntimas.

La consecuencia fue que la inminente ejecución de uno de los criminales más aborrecibles de su época se transformó en la mayor bacanal conocida en el mundo después del siglo segundo antes de la era cristiana: mujeres recatadas se rasgaban la blusa, descubrían sus pechos con gritos histéricos y se revolcaban por el suelo con las faldas arremangadas. Los hombres iban dando tropiezos, con los ojos desvariados, por el campo de carne ofrecida lascivamente, se sacaban de los pantalones con dedos temblorosos los miembros rígidos como una helada invisible, caían, gimiendo, en cualquier parte y copulaban en las posiciones y con las parejas más inverosímiles, anciano con doncella, jornalero con esposa de abogado, aprendiz con monja, jesuita con masona, todos revueltos y tal como venía. El aire estaba lleno del olor dulzón del sudor voluptuoso y resonaba con los gritos, gruñidos y gemidos de diez mil animales humanos. Era infernal.

Grenouille permanecía inmóvil y sonreía, y su sonrisa, para aquellos que la veían, era la más inocente, cariñosa, encantadora y a la vez seductora del mundo. Sin embargo, no era en realidad una sonrisa, sino una mueca horrible y cínica que torcía sus labios y reflejaba todo su triunfo y todo su desprecio. Él, Jean-Baptiste Grenouille, nacido sin olor en el lugar más nauseabundo de la tierra, en medio de basura, excrementos y putrefacción, criado sin amor, sobreviviendo sin el calor del alma humana y sólo por obstinación y la fuerza de la repugnancia, bajo, encorvado, cojo, feo, despreciado, un monstruo por dentro y por fuera... había conseguido ser estimado por el mundo. ¿Cómo, estimado? ¡Amado! ¡Venerado! ¡Idolatrado! Había llevado a cabo la proeza de Prometeo. A fuerza de porfiar y con un refinamiento infinito, había conquistado la chispa divina que los demás recibían gratis en la cuna y que sólo a él le había sido negada ¡Más aún! La había prendido él mismo, sin ayuda, en su interior. Era aún más grande que Prometeo. Se había creado un aura propia, más deslumbrante y más efectiva que la poseída por cualquier otro hombre. Y no la debía a nadie —ni a un padre, ni a una madre y todavía menos a un Dios misericordioso—, sino sólo a sí mismo. De hecho, era su propio Dios y un Dios mucho más magnífico que aquel Dios que apestaba a incienso y se alojaba en las iglesias. Ante él estaba postrado un obispo auténtico que gimoteaba de placer. Los ricos y poderosos, los altivos caballeros y damas le admiraban boquiabiertos mientras el pueblo, entre el que se encontraban padre, madre, hermanos y hermanas de sus víctimas, hacían corro para venerarle y celebraban orgías en su nombre. A una señal suya, todos renegarían de su Dios y le adorarían a él, el Gran Grenouille.

¡Sí, *era* el Gran Grenouille! Ahora quedaba demostrado. Igual que en sus amadas fantasías, así era ahora en la realidad. En este momento estaba viviendo el mayor triunfo de su vida. Y tuvo una horrible sensación.

Tuvo una horrible sensación porque no podía disfrutar ni un segundo de aquel triunfo. En el instante en que se apeó del carruaje y puso los pies en la soleada plaza, llevando el perfume que inspira amor en los hombres, el perfume en cuya elaboración había trabajado dos años, el perfume por cuya posesión había suspirado toda su vida... en aquel instante en que vio y olió su irresistible efecto y la rapidez con que, al difundirse, atraía y apresaba a su alrededor a los seres humanos, en aquel instante volvió a invadirle la enorme repugnancia que le inspiraban los hombres y ésta le amargó el triunfo hasta tal extremo, que no sólo no sintió ninguna alegría, sino tampoco el menor rastro de satisfacción. Lo que siempre había anhelado, que los demás le amaran, le resultó insoportable en el momento de su triunfo, porque él no los amaba, los aborrecía. Y supo de repente que jamás encontraría satisfacción en el amor, sino en el odio, en odiar y ser odiado.

Sin embargo, el odio que sentía por los hombres no encontraba ningún eco en éstos. Cuanto más los aborrecía en este instante, tanto más le idolatraban ellos, porque lo único que percibían de él era su aura usurpada, su máscara fragante, su perfume robado, que de hecho servía para inspirar adoración.

Ahora, lo que más le gustaría sería eliminar de la faz de la tierra a estos hombres estúpidos, apestosos y erotizados, del mismo modo que una vez eliminara del paisaje de su negra alma los olores extraños. Y deseó que se dieran cuenta de lo mucho que los odiaba y que le odiaran a su vez para corresponder a este único sentimiento que él había experimentado en su vida y decidieran eliminarlo, como había sido su intención hasta ahora mismo. Quería expresarse por primera y última vez en su vida. Quería ser por una sola vez igual que los otros hombres y expresar lo que sentía: expresar su odio, así como ellos expresaban su amor y su absurda veneración. Quería, por una vez, por una sola vez, ser reconocido en su verdadera existencia y recibir de otro hombre una respuesta a su único sentimiento verdadero, el odio.

Pero no ocurrió nada parecido; no podía ser y hoy menos que nunca, porque iba disfrazado con el mejor perfume del mundo y bajo este disfraz no tenía rostro, nada aparte de su total ausencia de olor. Entonces, de repente, se encontró muy mal, porque sintió que las nieblas volvían a elevarse.

Como aquella vez en la caverna, en el sueño en el corazón de su fantasía, surgieron de improviso las nieblas, las espantosas nieblas de su propio olor, que no podía oler porque era inodoro. Y, como entonces, sintió un miedo y una angustia terribles y creyó que se ahogaba. Pero a diferencia de entonces, esto no era ningún sueño, ninguna pesadilla, sino la realidad desnuda. Y a diferencia de entonces, no estaba solo en una cueva, sino en una plaza en presencia de diez mil personas. Y a diferencia de entonces, aquí no le ayudaría ningún grito a despertarse y liberarse, aquí no le ayudaría ninguna huida hacia el mundo bueno, cálido y salvador. Porque esto, aquí y ahora, *era* el mundo y esto, aquí y ahora, era su sueño convertido en realidad. Y él mismo lo había querido así.

Las temibles nieblas asfixiantes continuaron elevándose del fango de su alma, mientras el pueblo gemía a su alrededor, presa de estremecimientos orgiásticos y orgásmicos. Un hombre se le acercaba corriendo desde las primeras filas de la tribuna de autoridades, después de saltar al suelo con tanta violencia que el sombrero negro se le cayó de la cabeza, y ahora cruzaba la plaza de la ejecución con los faldones de la levita negra ondeando tras él, como un cuervo o como un ángel vengador. Era Richis.

Me matará, pensó Grenouille. Es el único que no se deja engañar por mi disfraz. No puede dejarse engañar. La fragancia de su hija se ha adherido a mí de un modo tan claro y revelador como la sangre. Tiene que reconocerme y matarme. Tiene que hacerlo.

Y abrió los brazos para recibir al ángel que se precipitaba hacia él. Ya creía sentir en el pecho la magnífica punzada de la espada o el puñal y cómo penetraba la hoja en su frío corazón, atravesando todo el blindaje del perfume y las nieblas asfixiantes... ¡por fin, por fin algo en su corazón, algo que no fuera él mismo! Ya se sentía casi liberado.

Pero de repente Richis se apretó contra su pecho, no un ángel vengador, sino un Richis trastornado, sacudido por lastimeros sollozos, que le rodeó con sus brazos y se agarró fuertemente a él como si no hallara ningún otro apoyo en un océano de dicha. Ninguna puñalada liberadora, ningún acero en el corazón, ni siquiera una maldición o un grito de odio. En lugar de esto, la mejilla húmeda de lágrimas de Richis pegada contra la suya y unos labios trémulos que le susurraron:

—¡Perdóname, hijo mío, querido hijo mío, perdóname!

Entonces surgió de su interior algo blanco que le tapó los ojos y el mundo exterior se volvió negro como el carbón. Las nieblas prisioneras se licuaron, formando un líquido embravecido como leche hirviente y espumosa. Lo inundaron y, al no encontrar salida, ejercieron una presión insoportable contra las paredes interiores de su cuerpo. Quiso huir, huir como fuera, pero... ¿adónde...? Quería estallar, explotar, para no asfixiarse a sí mismo. Al final se desplomó y perdió el conocimiento.

50

Cuando volvió en sí, estaba acostado en la cama de Laure Richis. Sus reliquias, ropas y cabellos, habían sido retirados. Sobre la mesilla de noche ardía una vela. A través de la ventana entornada, oyó la lejana algarabía de la ciudad jubilosa. Antoine Richis, sentado en un taburete junto a la cama, le velaba. Tenía la mano de Grenouille entre las suyas y se la acariciaba.

Aun antes de abrir los ojos, Grenouille revisó la atmósfera. En su interior había paz; nada bullía ni ejercía presión. En su alma volvía a reinar la acostumbrada noche fría que necesitaba para que su conciencia estuviera clara y tersa y pudiera asomarse hacia fuera: allí olió su perfume. Había cambiado. Las puntas se habían debilitado un poco, de ahí que la nota central de la fragancia de Laure dominara con magnificencia todavía mayor, como un fuego suave, oscuro y chispeante. Se sintió seguro. Sabía que aún sería inexpugnable durante horas. Abrió los ojos.

La mirada de Richis estaba fija en él, una mirada que expresaba una benevolencia infinita, ternura, emoción y la profundidad hueca e insulsa del amante.

Sonrió, apretó más la mano de Grenouille y dijo:

—Ahora todo irá bien. El magistrado ha anulado tu sentencia. Todos los testigos se han retractado. Eres libre. Puedes hacer lo que quieras. Pero yo quiero que te quedes conmigo. He perdido una hija y quiero ganarte como hijo. Te pareces a ella. Eres hermoso como ella, tus cabellos, tu boca, tu mano... Te he retenido la mano todo el tiempo y es como la de ella. Y cuando te miro a los ojos, me parece que la estoy viendo a ella. Eres su hermano y quiero que seas mi hijo, mi alegría, mi orgullo y mi heredero. ¿Viven todavía tus padres?

Grenouille negó con la cabeza y el rostro de Richis enrojeció de felicidad.

—Entonces, ¿serás mi hijo? —tartamudeó, levantándose del taburete de un salto para sentarse en el borde del lecho y apretar también la otra mano de Grenouille—. ¿Lo serás? ¿Lo serás? ¿Me aceptas como padre? ¡No digas nada! ¡No hables! Aún estás muy débil para hablar. ¡Asiente sólo con la cabeza!

Grenouille asintió. La felicidad de Richis le brotó entonces como sudor rojo por todos los poros e, inclinándose sobre Grenouille, le besó en la boca.

—¡Duerme ahora, mi querido hijo! —exclamó al enderezarse—. Me quedaré a tu lado hasta que te duermas. —Y después de contemplarle largo rato con una dicha muda, añadió—: Me haces muy, muy feliz.

Grenouille curvó un poco las comisuras de los labios, como había visto hacer a los hombres cuando sonreían. Entonces cerró los ojos. Esperó un poco antes de respirar profunda y regularmente, como respira la gente dormida. Sentía en su rostro la mirada amorosa de Richis. En un momento dado, notó que Richis volvía a inclinarse para besarle de nuevo, pero se detuvo por temor a despertarle. Por fin apagó la vela de un soplo y salió de puntillas de la habitación.

Grenouille permaneció acostado hasta que no oyó ningún ruido ni en la casa ni en la ciudad. Cuando se levantó, ya amanecía. Se vistió, enfiló despacio el pasillo, bajó despacio las escaleras, cruzó el salón y salió a la terraza.

Desde allí se podían ver las murallas de la ciudad, la cuenca de Grasse y, con tiempo despejado, incluso el mar. Ahora flotaba sobre los campos una niebla fina, un vapor más bien, y las fragancias que llegaban de ellos, hierba, retama y rosas, eran como lavadas, limpias, simples, consoladoramente sencillas. Grenouille atravesó el jardín y escaló la muralla.

Arriba, en el Cours, tuvo que luchar otra vez para soportar los olores humanos antes de alcanzar el campo abierto. El lugar entero y las laderas parecían un enorme y desordenado campamento militar. Los borrachos yacían a miles, exhaustos tras el libertinaje de la fiesta nocturna, muchos desnudos y muchos medio cubiertos por ropas bajo las que se habían acurrucado como si se tratara de una manta. El aire apestaba a vino rancio, a aguardiente, a sudor y a orina, a excrementos de niño y a carne carbonizada. Aquí y allá humeaban aún los rescoldos de las hogueras donde habían asado la comida y en torno a las cuales habían bebido y bailado. Aquí y allí sonaba todavía entre los miles de ronquidos un balbuceo o una risa. Es posible que muchos aún estuvieran despiertos y siguieran bebiendo para nublar del todo los últimos rincones sobrios de su cerebro. Pero nadie vio a Grenouille, que sorteaba los cuerpos tendidos con cuidado y prisa al mismo tiempo, como si avanzara por un campo de lodo. Y si alguien le vio, no le reconoció. Ya no despedía ningún olor. El milagro se había terminado.

Cuando llegó al final del Cours, no tomó el camino de Grenoble ni el de Cabris, sino que fue a campo traviesa en dirección oeste, sin volverse a mirar ni una sola vez. Hacía rato que había desaparecido cuando salió el sol, grueso, amarillo y abrasador.

La población de Grasse se despertó con una espantosa resaca. Incluso aquéllos que no habían bebido tenían la cabeza pesada y náuseas en el estómago y en el corazón. En el Cours, a plena luz del día, honestos campesinos buscaban las ropas de que se habían despojado en los excesos de la orgía, mujeres honradas buscaban a sus maridos e hijos, parejas que no se conocían entre sí se desasían con horror del abrazo más íntimo, amigos, vecinos, esposos se encontraban de improviso unos a otros en penosa y pública desnudez.

Muchos consideraron esta experiencia tan espantosa, tan inexplicable y tan incompatible con sus auténticas convicciones morales, que en el mismo momento de adquirir conciencia de ella la borraron de su memoria y después realmente ya no pudieron recordarla. Otros, que no dominaban con tanta perfección el aparato de sus percepciones, intentaron mirar hacia otro lado, no escuchar y no pensar, lo cual no resultaba nada sencillo, porque la vergüenza era demasiado general y evidente. Los que habían encontrado a sus familias y sus efectos personales, se marcharon de la manera más rápida y discreta posible. Hacia el mediodía, la plaza estaba desierta, como barrida por el viento.

Los ciudadanos que salieron de sus casas, lo hicieron al caer la tarde, para atender a los asuntos más urgentes. Se saludaron con prisas al encontrarse, y sólo hablaron de temas banales. Nadie pronunció una palabra sobre los sucesos de la víspera y la noche pasada. El desenfreno y el descaro del día anterior se había convertido en vergüenza. Y todos la sentían, porque todos eran culpables. Los habitantes de Grasse no habían estado nunca tan de acuerdo como en aquellos días. Vivían como entre algodones.

Muchos, sin embargo, por la índole de su profesión, tuvieron que ocuparse directamente de lo ocurrido. La continuidad de la vida pública, la inviolabilidad del derecho y el orden exigían medidas inmediatas. Por la tarde se reunió el concejo municipal. Los caballeros, entre ellos el Segundo Cónsul, se abrazaron en silencio, como si con este gesto conspiratorio quedara constituido un nuevo gremio. Decidieron por unanimidad, sin mencionar los hechos, ni siquiera el nombre de Grenouille, «ordenar el desmantelamiento inmediato de la tribuna y el cadalso del Cours y restablecer el orden en la plaza y los campos circundantes». Y acordaron desembolsar ciento sesenta libras para este fin.

A la misma hora celebró una sesión el tribunal de la *Prévôté*. El magistrado acordó sin discusión considerar cerrado el «Caso G.», archivar las actas y abrir un nuevo proceso contra el asesino, hasta ahora desconocido, de veinticinco doncellas de la región de Grasse. El teniente de policía recibió orden de iniciar sin tardanza las investigaciones.

Al día siguiente ya lo encontraron. Basándose en sospechas bien fundadas, arrestaron a Dominique Druot, *maître parfumeur* de la Rue de la Louve, en cuya cabaña se habían descubierto al fin y al cabo las ropas y cabelleras de todas las víctimas. El tribunal no se dejó engañar por sus protestas iniciales. Tras catorce horas de tortura lo confesó todo y pidió incluso una ejecución rápida, que se fijó para el día siguiente. Se lo llevaron al alba, sin ninguna ceremonia, sin cadalso y sin tribunas, y lo colgaron sólo en presencia del verdugo, varios miembros del tribunal, un médico y un sacerdote. El cadáver, después de que la muerte se produjera y fuese constatada y certificada por el médico forense, fue enterrado sin pérdida de tiempo. Con esto se liquidó el caso.

De todos modos, la ciudad ya lo había olvidado y, por cierto, tan completamente, que los viajeros que en los días siguientes llegaron a Grasse y preguntaron de paso por el famoso asesino de doncellas, no encontraron ni a un hombre sensato que pudiera informarles al respecto. Sólo un par de locos de la Charité, notorios casos de enajenación mental, chapurrearon algo sobre una gran fiesta en la Place du Cours a causa de la cual les habían obligado a desalojar su habitación.

Y la vida pronto se normalizó del todo. La gente trabajaba con laboriosidad, dormía bien, atendía a sus negocios y era recta y honrada. El agua brotaba como siempre de los numerosos manantiales y fuentes y arrastraba el fango por las calles. La ciudad volvió a ofrecer su aspecto sórdido y altivo en las laderas que dominaban la fértil cuenca. El sol calentaba. Pronto sería mayo. Ya se cosechaban las rosas.

CUARTA PARTE

51

Grenouille caminaba de noche. Como al principio de su viaje, evitaba las ciudades, eludía los caminos, se echaba a dormir al amanecer, se levantaba a la caída de la tarde y reemprendía la marcha. Devoraba lo que encontraba en el campo: plantas, setas, flores, pájaros muertos, gusanos. Atravesó la Provenza, cruzó el Ró- dano al sur de Orange en una barca robada y siguió el curso del Ardèche hasta el corazón de las montañas Cévennes y después el del Allier hacia el norte.

En Auvernia pasó muy cerca del Plomb du Cantal. Lo vio elevarse al oeste, alto y gris plateado a la luz de la luna, y olió el viento frío que procedía de él. Pero no sintió necesidad de escalarlo. Ya no le atraía la vida en una caverna. Había conocido esta experiencia y com- probado que no era factible vivirla. Como tampoco la otra experiencia, la de la vida entre los hombres. Uno se asfixiaba tanto en una como en otra. En general, no que- ría seguir viviendo. Quería llegar a París y morir allí. Esto era lo que quería.

De vez en cuando metía la mano en el bolsillo y to- caba el pequeño frasco de cristal que contenía su per- fume. Estaba casi lleno. Para su aparición en Grasse había utilizado sólo una gota. El resto bastaría para hechizar al mundo entero. Si lo deseaba, en París podría dejarse adorar no sólo por diez mil, sino por cien mil; o pasear hasta Versalles para que el rey le besara los pies; o escribir una carta perfumada al Papa, revelán- dole que era el nuevo Mesías; o hacerse ungir en Notre- Dame ante reyes y emperadores como emperador su- premo o incluso como Dios en la tierra... si aún podía ungirse a alguien como Dios...

Podía hacer todo esto cuando quisiera; poseía el poder requerido para ello. Lo tenía en la mano. Un po- der mayor que el poder del dinero o el poder del terror o el poder de la muerte; el insuperable poder de inspirar amor en los seres humanos. Sólo una cosa no estaba al alcance de este poder: hacer que él pudiera olerse a sí mismo. Y aunque gracias a su perfume era capaz de aparecer como un Dios ante el mundo... si él mismo no se podía oler y, por lo tanto, nunca sabía quién era, le importaban un bledo el mundo, él mismo y su perfume.

La mano que había tocado el frasco olía con gran delicadeza y cuando se la llevó a la nariz y olfateó, se sintió melancólico, dejó de andar y olió. Nadie sabe lo bueno que es realmente este perfume, pensó. Nadie sabe lo bien *hecho* que está. Los demás sólo están a merced de sus efectos, pero ni siquiera saben que es un perfume lo que influye sobre ellos y los hechizo. El único que conocerá siempre su verdadera belleza soy yo, porque lo he hecho yo mismo. Y también soy el único a quien no puede hechizar. Soy el único para quien el perfume carece de sentido.

Y en otra ocasión pensó, ya en Borgoña: Cuando me hallaba junto a la muralla, al pie del jardín donde jugaba la muchacha pelirroja, y su fragancia llegó flotando hasta mí... o, mejor dicho, la promesa de su fragancia, ya que su fragancia posterior aún no existía... tal vez experimenté algo parecido a lo que sintió la multitud del Cours cuando los inundé con mi perfume... Pero entonces desechó este pensamiento: No, era otra cosa, porque yo sabía que deseaba la fragancia, no a la muchacha. En cambio, la multitud creía que me deseaba a *mí* y lo que realmente deseaban siguió siendo un misterio para ellos.

En este punto dejó de pensar, porque pensar no era su fuerte y ya se encontraba en el Orleanesado.

Cruzó el Loira en Sully. Un día después ya tenía el aroma de París en la nariz. El 25 de junio de 1767 entró en la ciudad por la Rue Saint-Jacques a las seis de la mañana.

Era un día cálido, el más cálido del año hasta la fecha. Los múltiples olores y hedores brotaban como de mil abscesos reventados. El aire estaba inmóvil. Las verduras de los puestos del mercado se marchitaron antes del mediodía. La carne y el pescado se pudrieron.

El aire pestilente se cernía sobre las callejuelas, incluso el río parecía haber dejado de fluir y apestaba, como estancado. Era igual que el día en que nació Grenouille.

Cruzó el Pont Neuf para ir a la orilla derecha y se dirigió a Les Halles y al Cimetière des Innocents. Se sentó en las arcadas de los nichos que flanqueaban là Rue aux Fers. El terreno del cementerio se extendía ante él como un campo de batalla bombardeado, lleno de agujeros y surcos, sembrado de tumbas, salpicado de calaveras y huesos, sin árboles, matas o hierbas, un muladar de la muerte.

Ningún ser vivo merodeaba por allí. El hedor a cadáveres era tan fuerte, que incluso los sepultureros se habían marchado. No volvieron hasta el crepúsculo, para cavar a la luz de sus linternas, hasta bien entrada la noche, las tumbas de los que morirían al día siguiente.

Pasada la medianoche —los sepultureros ya se habían ido—, el lugar se animó con la chusma más heterogénea: ladrones, asesinos, apuñaladores, prostitutas, desertores, jóvenes forajidos. Encendieron una pequeña hoguera para cocer comida y disimular así el hedor.

Cuando Grenouille salió de las arcadas y se mezcló con los maleantes, al principio éstos no se fijaron en él. Pudo llegar inadvertido hasta la hoguera como si fuera uno de ellos. Este hecho les confirmó después en la opinión de que debía tratarse de un espíritu o un ángel o algún ser sobrenatural, ya que solían reaccionar inmediatamente a la proximidad de un desconocido.

El hombrecillo de la levita azul, sin embargo, había aparecido allí de repente, como surgido de la tierra, y tenía en la mano un pequeño frasco que en seguida procedió a destapar. Esto fue lo primero que todos recordaron: que de pronto apareció alguien y destapó un pequeño frasco. Y a continuación se salpicó varias veces con el contenido de este frasco y una súbita belleza lo encendió como un fuego deslumbrante.

En el primer momento retrocedieron con profundo respeto y pura estupefacción, pero intuyendo al mismo tiempo que su retirada era más bien una postura para coger impulso, que su respeto se convertía en deseo y su asombro, en entusiasmo. Se sintieron atraídos hacia aquel ángel humano del cual brotaba un remolino furioso, un reflujo avasallador contra el que nadie podía resistirse, sobre todo porque no quería hacerlo, ya que el reflujo arrastraba a la voluntad misma, succionándola en su dirección: hacia él.

Habían formado un círculo a su alrededor, unas veinte o treinta personas, y ahora este círculo se fue cerrando. Pronto no cupieron todos en él y empezaron a apretar, a empujar, a apiñarse; todos querían estar cerca del centro.

Y de improviso desapareció en ellos la última inhibición y el círculo se deshizo. Se abalanzaron sobre el ángel, cayeron encima de él, lo derribaron. Todos querían tocarlo, todos querían tener algo de él, una plumita, un ala, una chispa de su fuego maravilloso. Le rasgaron las ropas, le arrancaron cabellos, la piel del cuerpo, lo desplumaron, clavaron sus garras y dientes en su carne, cayeron sobre él como hienas.

Pero el cuerpo de un hombre es resistente y no se deja despedazar con tanta facilidad; incluso los caballos necesitan hacer los mayores esfuerzos. Y por esto no tardaron en centellear los puñales, que se clavaron y rasgaron, mientras hachas y machetes caían con un silbido sobre las articulaciones, haciendo crujir los huesos. En un tiempo muy breve, el ángel quedó partido en treinta pedazos y cada miembro de la chusma se apoderó de un trozo, se apartó, e impulsado por una avidez voluptuosa, lo devoró. Media hora más tarde, hasta la última fibra de Jean-Baptiste Grenouille había desaparecido de la faz de la tierra.

Cuando los caníbales se encontraron de nuevo junto al fuego después de esta comida, ninguno pronunció una palabra. Varios de ellos eructaron, escupieron un huesecillo, chasquearon suavemente con la lengua, empujaron con el pie un último resto de levita azul hacia las llamas; estaban todos un poco turbados y no se atrevían a mirarse unos a otros. Todos, tanto hombres como mujeres, habían cometido ya en alguna ocasión un asesinato u otro crimen infame. Pero ¿devorar a un hombre? De una cosa tan horrible, pensaron, jamás habían sido capaces. Y se extrañaron de que les hubiera resultado tan fácil y de que, a pesar de su turbación, no sintieran la menor punzada de remordimiento. ¡Al contrario! Aparte de una ligera pesadez en el estómago, tenían el ánimo tranquilo. En sus almas tenebrosas se insinuó de repente una alegría muy agradable. Y en sus rostros brillaba un resplandor de felicidad suave y virginal. Tal vez por esto no se decidían a levantar la vista y mirarse mutuamente a los ojos.

Cuando por fin se atrevieron, con disimulo al principio y después con total franqueza, tuvieron que sonreír. Estaban extraordinariamente orgullosos. Por primera vez habían hecho algo por amor.

Traer Papeles
Para afore.